三聯學術

著作财产权人：© 东大图书股份有限公司
本书中文简体字版由东大图书股份有限公司授权生活·读书·新知三联书店在中国境内（台湾、香港、澳门地区除外）独家出版。
本书中文简体字版禁止以商业用途于台湾、香港、澳门地区散布、销售。
版权所有，未经著作权所有人书面授权，禁止对本书之任何部分以电子、机械、影印、录音或其他方式复制或转载。

钱穆作品系列

◎ 钱穆 著

中国文学论丛

生活·讀書·新知 三联书店

Simplified Chinese Copyright © 2016 by SDX Joint Publishing Company.
All Rights Reserved.
本作品中文简体版权由生活·读书·新知三联书店所有。
未经许可，不得翻印。

图书在版编目（CIP）数据

中国文学论丛／钱穆著．—3 版．—北京：生活·读书·新知三联书店，2016.8
（钱穆作品系列）
ISBN 978-7-108-05676-4

Ⅰ．①中⋯　Ⅱ．①钱⋯　Ⅲ．①中国文学－文学研究　Ⅳ．①I206

中国版本图书馆 CIP 数据核字（2016）第 064090 号

责任编辑	冯金红
装帧设计	蔡立国
责任印制	崔华君
出版发行	生活·讀書·新知 三联书店
	（北京市东城区美术馆东街 22 号 100010）
网　　址	www.sdxjpc.com
经　　销	新华书店
印　　刷	河北鹏润印刷有限公司
版　　次	2002 年 8 月北京第 1 版
	2005 年 10 月北京第 2 版
	2016 年 8 月北京第 3 版
	2016 年 8 月北京第 7 次印刷
开　　本	880 毫米×1092 毫米　1/32　印张 10.5
字　　数	182 千字
印　　数	39,001－47,000 册
定　　价	36.00 元

（印装查询：01064002715；邮购查询：01084010542）

目 录

自序 / 1

再序 / 3

中国民族之文字与文学 / 1

文化中之语言与文字 / 25

中国文化与中国文学 / 32

中国文学史概观 / 53

中国散文 / 74

中国文学中的散文小品 / 87

中国古代文学与神话 / 105

略论中国韵文起源 / 113

谈诗 / 122

诗与剧 / 144

中国文化与文艺天地

论评施耐庵《水浒传》及金圣叹批注 / 154

情感人生中之悲喜剧 / 177

中国京剧中之文学意味 / 189

再论中国小说戏剧中之中国心情 / 199

略论中国文学中之音乐 / 211

漫谈新旧文学 / 223

品与味 / 232

欣赏与刺激 / 244

恋爱与恐怖 / 251

读书与游历 / 260

释诗言志：读文随笔之一 / 274

释《离骚》：读文随笔之二 / 278

略论《九歌》作者：读文随笔之三 / 280

略谈《湘君》《湘夫人》：读文随笔之四 / 282

为诽韩案鸣不平 / 288

韩柳交谊：读文随笔之五 / 294

读欧阳文忠公笔记：读文随笔之六 / 297

记唐文人干谒之风 / 300

记唐代文人之润笔 / 314

无师自通中国文言自修读本之编辑计划书 / 317

自 序

贯之屡次要把我几篇有关中国文学的讲演记录汇印一单本，我都婉言拒绝了。一因我这几次讲演并不是同时继续的。多是隔着一年两年，应人邀请，偶尔拈一题，讲过即搁置了，其间并没有一贯的计划和结构。二则听众对象不同，记录人亦不同，因此所讲所记，精粗详略各不同。其中有两篇是我舍弃原记录稿而径自另写的。有几篇我只就记录稿删削，并未多加润色。亦有记者把我所讲遗漏了一节，我也懒得整段添进去。而且讲演究和著作不同，有许多意见，我自知非精密发挥，不仅不易得人同意，抑且容易引起误解。我曾在新亚讲过两年中国文学史，比较有系统，但我在冗忙中，并未能把学生课堂笔记随时整理改定。我又想把平日意见挑选几个重要题目，分别写成专文，先后已写了《读〈诗经〉》《读〈文选〉》，及《略论唐代古文运动》等诸篇（均已散入《中国学术思想史论丛》中），但也是隔着一两年遇兴到，又得闲，才写一篇，终非一气呵成。又不知究须到何时才能把我心中所想写的都陆续写出。因念贯之厚意不可却，而那些讲演稿，虽是一鳞半爪，尽多罅漏，也终还有值得一读处，所以终于重把来再看一遍，又在文字上小有删润，集为此编。偶有几篇小笔记，亦是临时遇索稿者，信手拈笔为之，更不成体段，而尚幸其未散落，仍在手边，姑附于后，聊充篇幅。此等讲演和笔记，大部分是在到香港后这十几年中所成，很少一两篇，成于未到香港以前。我在此更不注明年月。原记录人姓名能记忆者，有孙鼎宸、黄伯飞、叶龙、杨远、陈志诚，记此志谢。

我更应感谢贯之屡次催索之诚意，没有他这般催索，此书不会在此刻出版。

壬寅岁暮钱穆识于九龙之沙田

再 序

余之此书，初次付印，在1962年之春。乃汇集此前数年来在各地有关中国文学之讲演稿及少许笔记而成。书名《中国文学讲演集》，所收凡十六篇。此下又续有撰述，今再加进，编为一书，改名为《中国文学论丛》。所加入者，共十四篇，再以付印。前后相距，则已逾二十年之久矣。

自念幼嗜文学，得一诗文，往往手抄口诵，往复烂熟而不已。然民国初兴，新文学运动骤起，诋毁旧文学，提倡新文学，甚嚣尘上，成为一时之风气。而余所宿嗜，乃为一世鄙斥反抗之对象。余虽酷嗜不衰，然亦仅自怡悦，闭户自珍，未能有所树立，有所表达，以与世相抗衡。

但亦仅以如此，乃能粗涉四库，稍通经史，凡余之于中国古人略有所知,中国古籍略有所窥,则亦惟以自幼一片爱好文学之心情,为其入门之阶梯,如是而已。

今年已老,双目模糊,书籍文字,久不入眼。前所诵记,遗忘亦尽。学无成就,亦惟往年爱好之一番回忆而已。重编此书,惭汗何极。

1983年夏时年八十九钱穆
自志于士林外双溪之素书楼

中国民族之文字与文学

（一）

一民族文字文学之成绩，每与其民族之文化造诣，如影随形，不啻一体之两面。故觇国问俗，必先考文识字，非切实了解其文字与文学，即不能深透其民族之内心而把握其文化之真源。欲论中国民族传统文化之独特与优美，莫如以中国民族之文字与文学为之证。

中国文字由于中国民族独特之创造，自成一系，举世不见有相似可比拟者。而中国文学之发展，即本于此独特创造之文字，亦复自成一系，有其特殊之精神与面貌。即论其语文运用所波及之地域，及其所绵历之时间，亦可谓举世无匹。

姑就尽人皆晓者言："关关雎鸠，在河之洲。窈窕淑女，君子好逑。"此已是三千年前之诗歌。"时甲子昧爽，王朝至于商郊牧野，乃誓。王左杖黄钺，右秉白旄以麾，曰：逖矣西土之人。"此亦是三千年前之史记。子曰："学而时习之，不亦说乎？有朋自远方来，不亦乐乎？人不知而不愠，不亦君子乎？"此乃二千五百年前一圣人之言辞。"北溟有鱼，其名为鲲，鲲之大不知其几千里也。化而为鸟，其名为鹏，鹏之背不知其几千里也。"此亦二千三百年前一哲人之著作。"孟子见梁惠王，王曰，叟不远千里而来，亦将有以利吾国乎？孟子对曰：王何必曰利，亦有仁义而已矣。"此又二千三百年前哲人之对话。"道可道，非常道。名可名，非常名。"此又二千数百年前一哲人之格言。诗、书、论、孟、老、庄，为中国二千年来学者尽人必读之书。即在二千年后之今日，翻阅二千年前之古籍，文字同，语法同，明白如话，栩栩如生，此何等事！中国人习熟而不察，恬不以为怪。试游埃及、巴比伦，寻问其土著，于彼皇古所创画式表音文字，犹有能认识能使用者否？不仅于此，即古希腊文、拉丁文，今日欧洲人士能识能读者又几？犹不仅于此，即在十四五世纪，彼中以文学大名传世之宏著，今日之宿学，非翻字典亦不能骤晓也。

中国人最早创造文字之时间，今尚无从悬断。即据安阳甲骨文字，考其年代已在三千年以上。论其文字之构造，实有特殊之优点，其先若以象形始，而继之以象事（即指事），又以单字相组合或颠倒减省而有象意（即会意）。复以形声相错综而有象声（即形声，或又称谐声）。合是四者而中国文字之大体略备。形可象则象形，事可象则象事，无形事可象则会意，无意可会则谐声。大率象形多独体文，而象事意声者则多合体字。以文为母，以字为子，文能生字，字又相生。孳乳寖多，而有转注。转注以本意相生，本意有感不足，则变通其义而有假借。注之与借，亦寓乎四象之中而复超乎四象之外。四象为经，注借为纬，此中国文字之所谓六书。一考中国文字之发展史，其聪慧活泼自然而允帖，即足象征中国全部文化之意味。

故中国文字虽原本于象形，而不为形所拘，虽终极于谐声，而亦不为声所限。此最中国文字之杰出所在。故中国文字之与其语言乃得相辅而成，相引而长，而不至于相妨。夫物形有限，口音无穷。泰西文字，率主衍声。人类无数百年不变之语言，语言变，斯文字随之。如与影竞走，身及而影又移。又如积薪，后来居上。语音日变，新字叠起。文字递增，心力弗胜。数百年前，已成皇古。山河暌隔，即需异文。欧洲人追溯祖始，皆出雅里安种。当其未有文字之先，业已分驰四散，各阅数千年之久。迨其始制文字，则已方言大异，然犹得追迹方言，穷其语根，而知诸异初本一原。然因无文字记载，故其政俗法律，风气习尚，由同趋异，日殊日远。其俗乃厚己而薄邻，荣今而蔑古，一分不合，长往莫返。

至于中国，文字之发明既早，而语文之联系又密。

形声字,于六书占十之九。北言河洛,南云江漾,方言各别,制字亦异。至于古人言厥,后世言其。古人称粤,后人称曰,亦复字随音变,各适时宜。故在昔有右文之编,近贤有文始之辑,讨源文字,推本音语。故谓中国文字与语言隔绝,实乃浅说。惟中国文字虽与语言相亲接,而自具特有之基准,可不随语言而俱化,又能调洽殊方,沟贯异代,此则中国文化绵历之久,融凝之广,所有赖于文字者独深也。

(二)

中国文字又有一独特之优点,即能以甚少之字数而包举甚多之意义。其民族文化绵历愈久,融凝愈广,而其文字能为之调洽殊方,沟贯异代,而数量不至于日增,使其人民无不胜负荷之感,此诚中国文字一大优点。考之《说文》,如曰:"骘,牡马也。"今则径称牡马。又马一目白曰瞯,今径称马一目白。又马浅黑色曰骊,今则径称马色浅黑。又马衔脱曰䭿,今径称马衔脱。牧马之苑曰駉,今径称牧马苑。此类不胜枚举。古言牡马声若郅,故特象声造此骘字。后世语变,只称牡马,或曰雄马、公马,则骘语既废,骘字亦不援用。此因语言之变,自专而通,而文字随之简省,其例一也。

又如《方言》:"亟、怜、怃、俺,爱也。东齐海岱之间曰亟;自关而西秦晋之间凡相敬爱谓之亟;陈楚江淮之间曰怜;宋卫邠陶之间曰忨或曰㥦。又如眉、梨、耋、鲐,老也。东齐曰眉;燕代之北鄙曰梨;宋卫兖豫之内曰耋;秦晋之郊,陈兖之会曰耇鲐。"夫爱而曰亟,老而曰梨,倘各依方言,自造新字,则文字既难统一,而方言亦且日淆。因中国早臻一统,能以政治握文字之枢纽。周尚雅言,秦法同文,于是亟、怜、忨、㥦,必曰爱。眉、梨、耋、鲐,必曰老。文字不放纷,语言亦随之凝聚。今虽遐陬僻壤,曰爱、曰老,无不晓领。以文字之明定,驭语言之繁变。故今中国虽广土众民,燕、粤、吴、陇,天旷地隔,而文字无不一致。抑且语言亦相通解。凡《尔雅》《方言》之所载,转注互训之所通,约定俗成,渐趋一致,此又语言之变,自别而通,而文字随之简省,其例二也。

由第一例言之,后世有事物新兴,而必有新兴之言语。轮船铁路,电影飞机,凡此之类,即以旧语称新名。语字不增,而意蕴日富。近人有谓当前事物,求之雅言,皆有相应字语可以借用,如车轮外胎,寻之古文,曰𫐓、曰辋。车行暂止,曰辍。然今直言车胎,或曰橡皮车胎,不必复用古文𫐓辋诸字,又不必别创橡辋橡𫐓之名。更不必为橡皮车胎另造新字。至车行暂止,则直言车站,不必假借辍字,更不必再制新字。此见中国语言文字之简易而生动。辍之与𫐓未必雅,车站车胎未必俗。盖中国语字简洁,一字则一音,一音则一义。嗣以单音单字，不足济用，乃连缀数字数音，而曰车站，曰橡皮车胎，即目之为一新字亦无不可也。如此连缀旧字以成新语，则新语无穷，而字数仍有限，则无穷增字之弊可免。抑且即字表音，而字本有义，其先则由音生义，其后亦由义缀音。如是则音义回环，互相济助，语音之变不至于太骤，而字义之变又不至于不及。此中国文字以旧形旧字表新音新义之妙用一也。

惟其音义回环相济，故方言俗语，虽亦时时新生，而终自环拱于雅文通义之周侧，而相去不能绝远，逡巡既久，有俗语而上跻雅言之列者，有通文而下降僻字之伍者。故中国文字常能消融方言，冶诸一炉。语言之与文字，不即不离，相为吞吐。与时而俱化，随俗而尽变。此又中国文字不主故常，而又条贯如一，富有日新，而能递传不失之妙用二也。

（三）

世界各民族最古文字，主要有埃及、巴比伦、中国三型。其先皆以象形为宗，然就此三者之体制而较论之，则实以中国文字为最优。巴比伦楔形文字，尽作尖体，纵横撇捺，皆成三角，又一切用直线，如手字作ᴫᴫᴫ，日字作◇，颇难繁变。埃及文则竟如作画，其文字颇未能脱离绘画而独立。中国文字虽曰象形，而多用线条，描其轮廓态势，传其精神意象，较之埃及，灵活超脱，相胜甚远。而中国线条又多采曲势，以视巴比伦专用直线与尖体，婀娜生动，变化自多。巴埃文字既难演进，则惟有改道易辙。故象形之后，皆继之以谐声。然巴埃之谐声字复与中土形声有异，巴埃谐声特如画谜，画谜以图代字，某字有若干音，就用若干同音物象拼合之。姑以中国语作例为说，如造杀字，则画上狮下鸭二形，狮鸭切声杀，此则狮鸭两形仅等于一音符，不复是图像。然其语言，不受文字控制，则不能如我之简洁，一字多音，则借图谐声，其道亦苦。巴埃文字，演进不深，职由此故。今所知者，埃及才有千余字。亚述亦尔。而中国殷墟龟甲出土者逾十万片，略计字数当在四千以上。此则我皇古先民仓、诵圣智，艺术聪颖，胜越巴埃之一证也。

盖中国文字虽曰形符，实多音标。而形声会意，错综变化，尤臻妙境。姑举古声之一例言之。大抵古语作辟音者，皆有分开在旁之意，故臂，上肢在身两旁也。壁，室之四旁也。擘，大指独分一旁也。躄，下肢离披不良于行也。擗，以手裂物分两旁也。劈，刀剖物开也。襞，布幅两旁相缝叠也。璧，玉佩身旁也。嬖，女宠旁侍也。僻，屏开一边，侧陋邪僻，不在正道也。闢，门开两旁也。避，走向旁去也。譬，以旁喻正，使人晓了也。癖，宿食不消，僻积一旁也。又嗜好所偏也。故凡形声字，声亦有义，形声实亦会意也。

再进言之，声相通转，义亦随之，如辟通边，边通旁，又通偏，故通其声斯识其义。凡谓中国文字仅为一种形符者，皆不识中国文字之荒言也。

巴埃古文字，窒于演进，于是有腓尼基人变其趋向，不用字母集合，而用分音集合。借形定声，拼声成字。希腊人袭其成法，以子母音相配，遂为近代欧洲文字之肇始。故希腊人非能自创文字，特承袭之于腓尼基。腓尼基人亦非能自创文字，特承袭之于埃及与巴比伦。巴埃古文字已途穷路绝，而腓尼基变之，然其初则商人用于账簿做记号而已。然既易新辙，其事乃突飞猛进，迥异故态。文字随语言而转化，于是乃得与年与境相逐尽变。最近数百年来，欧西诸邦，各本其方言竞创新字，相去不百里而文字相异，抑且相去不百年而文字又相异。其字数之激急增加，若足以适应于社会事物之日新无穷，而又简易敏疾，明白准确，足以尽其记录传达之功用。就英文言，其普通字书，所收单字，常逾四五万。而回顾吾国则三千数百年以前，即就贞卜文字言，已有四千字之多，乃秦汉一统，李斯之《仓颉》，赵高之《爰历》，胡毋敬之《博学》等篇，都其文字，不过三千三百。下逮东汉许叔重撰集《说文解字》，所收字数，乃及九千三百余文。若去其所谓重字一千一百余，则仍仅八千余字。然此乃字书，体尚广搜。纵有逸文，殊不能多。民国以来，《中华大字典》所收四万余字。然亦备存体制，非关实用。清乾隆朝武英殿聚珍版，先刻枣木活字，共约六千数百字。四库巨著，唐宋鸿编，所用文字，约略可包。至于今日社会俗用，则一千二百字便绰有余裕矣。或者遂疑中国文字本体有缺，不便演进。不悟中土造字，轨途本宽。四象六书，格律精妙，明其条例，可应繁变，随时增创，不待仓、诵。故膏易为糕，饧转为糖。比如迹、蹟、谋、皃，虽分雅俗，要皆别造。秦皇改皋为罪，宋帝改驵为驱，此等事例，不胜罗举。则中国文字实非增创之难，乃由中国文字演进，自走新途，不尚多造新字，重在即就熟用单字，更换其排列，从新为缀比，即见新义，亦成为变。故谓中国文字仍以单字单音为用者，是又不识中国文字之荒言也。

（四）

或疑中国文字不适于科学发展，其实中国科学亦别有发展。其文字构造，亦即一种科学也。又如以中国文字翻译欧西科学，亦绝不见困难扞格。或疑中国文字不适于哲学思辨，此乃中西文化根本一异，非中国思辨无逻辑，乃中国人之思辨逻辑，自与欧人有不同。今以中国文字翻译欧西古今哲人著作，亦非不能明达尽意。或疑中国文字不适于群众教育，则当知中国教育不普及，仍自另有因缘，非关文字艰深。昔寓北平，有所谓小报者，车夫走卒，人手一纸，销售甚广。

顷来川中，乡农村老，亦多能识字作浅易书简者。此等皆受村塾旧式教育，历岁无多。若谓其下笔不能文从字顺，又不能阅读高文典册，则西国教育普及，其国民入学读书七八年，如英美诸邦，入其乡僻，亦复拼音不准确，吐语不规律者比比皆是。彼中亦自有高文典册，虽近在三四百年间，即如莎翁戏剧，英伦伧粗，岂尽能晓？若中国经济向荣，国家积极推行国民教育，多培良师，家弦户诵，语文运用，岂遽逊于他邦。欧语同一根源，英人肄法文，法人习德语，寒暑未周，略能上口。骤治华籍，惊诧其难。今中土学者，群学西文，少而习之，朝勤夕劬，率逾十载，其能博览深通，下笔条畅者，又几人乎？今既入黉序，即攻西语，本国文字，置为后图，故书雅记，漫不经心。老师宿儒，凋亡欲尽，后生来学，于何取法？卤莽灭裂，冥行摘埴，欲求美稼而希远行，其犹能识字读书，当相庆幸。而尚怪中国文字之艰深，遂有倡废汉字，创造罗马拼音者，呜呼！又何其颠耶？

（五）

其次请论文学。中国民族素好文学。孔子删诗，事不足信。然当时各国风诗，亦决不尽于今《诗经》十五国风之所收，即《左传》所载可证。而十五国风所载各诗，凡以登之庙堂，被之管弦，则殆已经王朝及各国士大夫之增润修饰，非复原制。故此十五国风，以今地言之，西逾渭至秦，东逾济达齐，南逾淮至陈，北逾河至唐，分布地域，甚为辽阔。而风格意境，相差不太远，则早已收化一风同之效矣。故孔子曰："不学诗无以言。"又曰："诵诗三百，使于四方，不辱君命。"是知文学趣味之交会，亦即当时国际沟通一大助力也。吴季札聘鲁，请观周乐，为之歌周南、召南，曰："美哉！始基之矣！犹未也，然勤而不怨矣。"为之歌邶鄘卫，曰："美哉！渊乎！忧而不困者也。是其卫风乎？"为之歌王，曰："美哉！思而不惧，其周之东乎？"为之歌郑，曰："美哉！其细已甚，民弗堪也。是其先亡乎？"为之歌齐，曰："美哉！泱泱乎大风也哉！国未可量也。"为之歌豳，曰："美哉！荡乎！乐而不淫，其周公之东乎？"为之歌秦，曰："此之谓夏声，其周之旧乎？"为之歌魏，曰："美哉！沨沨乎！大而婉，险而易行。"为之歌唐，曰："思深哉！其有陶唐氏之遗民乎？"为之歌陈，曰："国无主，其能久乎？"当时声诗一贯，所谓十五国风，乃与雅颂同一雅言，同一雅乐，固已经一番统一之陶铸，而季子闻乐知俗，则此十五国风，仍未脱净风土气味也。然循此而往，中国文学之风土情味日益消失，而大通之气度，日益长成。虽亦时有新分子渗入，如汉、淮、江、海之交，所谓楚辞吴歌，此乃十五国风所未收，而战国以下崛起称盛。然骚赋之与雅诗，早自会通而趋一流。故楚辞以地方性始，而不以地方性终，乃以新的地方风味与地方色彩融入传统文学之全体而益增其美富。《汉书·艺文志》载，吴楚汝南歌诗十五篇，燕代讴雁门云中陇西歌诗九篇，邯郸河间歌诗四篇，齐郑歌诗四篇，淮南歌诗四篇，左冯翊秦歌诗三篇，京兆尹秦歌诗五篇，河东蒲坂歌诗一篇，洛阳歌诗四篇，河南周歌诗七篇，周谣歌诗七十五篇，周歌诗二篇，南郡歌诗五篇。此所谓汉乐府，亦即古者十五国风之遗意，亦自不脱其乡土之情味与色调。然当时文学大流，则不在风诗而在骚赋。魏晋以下诗人模拟乐府旧题者绵缀不绝。此如汉人之效为楚辞，前此地方性之风味，早已融解于共通之文学大流，实不在其能代表地方性，而尤在其能代表共通性。此即所谓雅化也。若以今人观念言之，则中国人之所谓雅，即不啻今日言国际文学与世界文学也。而中国人之所谓俗，实即相当今日所谓之民族文学与国别文学。

鄂君子皙泛舟新波，越人拥楫而歌曰："滥兮抃草滥予昌枑泽予昌州州𩜁州焉乎秦胥胥缦予乎昭澶秦逾渗惿随河湖。"鄂君曰："吾不知越歌，子试为我楚说之。"乃召译使楚说之。曰："今夕何夕兮，搴中洲流？今日何日兮，得与王子同舟？蒙羞被好兮，不訾诟耻，心几顽而不绝兮，知得王子。山有木兮木有枝，心说君兮君不知！"此所谓越歌而楚说之者，其实即俗歌而雅说之者也。当是时，楚已雅化而越仍随俗，继此以往，则越亦雅化。故中国文学乃以雅化为演进，而西洋文学则以随俗而演进。彼之越人，自随其俗，自制新字，而歌俗歌，不求于楚说。故使今人不识古语，英人不通法字，其近代各国乡土文学之开始，先后略当中国明代嘉、隆、万历之际，则如中国人治文学而推极祖始于归有光、王世贞诸人而已。今若为中国人讲文学而命其自限于归、王以下，岂所心甘。且不仅此也，苏格兰人有以苏格兰方言写诗，而英人或称之为半外国的。法国南方诗人用其旧省土语写诗，而法人不认以为法诗人。可知中国文学上之尚雅化，其事岂可厚非。

（六）

中西文学异征，又可以从题材与文体两端辨之。西方古代如希腊有史诗与剧曲，此为西方文学两大宗，而在中土则两者皆不盛。此何故？曰，此无难知，盖即随俗与雅化两型演进之不同所致也。荷马略当耶稣纪元前九世纪，适值中国西周厉宣之际。其时希腊尚无书籍，无学校，无戏院，亦尚无国家，无市府。"夕阳古柳赵家庄，负鼓盲翁正作场。死后是非谁管得，满村听说蔡中郎。"荷马当时，亦复如是。若在中国，则崧高、烝民、韩奕、江汉、六月、采芑、车攻、吉日、鸿雁、庭燎、斯干、无羊，风雅鼓吹，斯文正盛。中国当大一统王朝中兴之烈，其文学为上行。希腊在支离破碎，漫无统纪之时，其文学为下行。故中国古诗亦可以征史，而史与诗已分途。希腊则仅以在野诗人演述民间传说神话而代官史之职，此一不同也。循是以下，不数百年，孔子本鲁史为《春秋》，左丘明聚百二十宝书成《左传》，其时中国史学已日臻光昌，而诗书分科，史之与诗，已有甚清晰之界线。《荷马史诗》之写定年代，今虽无从悬断，虑亦不能与此大相悬绝。正以中国早成大国，早有正确之记载，故如神话剧曲一类民间传说，所谓齐东野人之语，不以登大雅之堂也。

其后中国大一统局面愈益焕炳，文化传统愈益光辉，学者顺流争相雅化。荆楚若较迟，观于今传楚辞，南方神话传说，可谓极盛。然楚骚亦复上接风诗之统，盖屈原、宋玉、唐勒、景差之徒，莫不随俗味薄而雅化情深。故楚辞终为中国古代文学一新芽，终不仅以为楚人之辞而止。下逮汉初，蜀中文化亦辟。今观《蜀王本纪》，《华阳国志》所载，其风土神话，亦殊瑰瑰绝丽。然以司马相如不世卓荦之才，终亦不甘自限于乡土，未尝秉笔述此以媚俗。必远游梁国，一时如齐邹阳、淮阴枚乘、吴严忌夫子之徒，诸侯游士皆萃。相如既得与居数年而著子虚之赋，遂卓然成汉赋大国手。若使相如终老临邛成都间，不事远游，不交东方学士，不寄情于雅化，自以蜀语说蜀故而媚于蜀之乡里，则适成其为一蜀人而已矣。苟蜀人群相慕效，则流风所被，亦将知有蜀不知有中国，蜀人早为夜郎之自大矣。蜀之先有楚，楚之先有齐，若复一一如此，则齐楚亦夜郎也。中国皆夜郎，则中国常此分裂，常此负隅，亦如今西欧然。越歌不楚说，蜀才不东学。随俗而不雅化，固非中国人之所愿，然则纵使有负鼓盲翁如荷马其人者，生于斯时，挟其齐谐志怪之书，遍历三齐七十余城，歌呼淋漓，绘声绘色，亦仅如下里巴人，而不能为阳春白雪。俗人护之，雅士呵之，若之何而牢笼才杰，播为风气，而成其为文学之正统乎？

戏剧之不盛于中国，其理亦尔。伊士奇悲剧第一次获奖之年，正孔子自卫返鲁之岁（西元前四八四）。孔子曰："吾自卫返鲁，然后乐正，雅颂各得其所。"雅典文明，即限以雅典一城为中心。文学家之戏院，犹之政治家之演说台，其所能邀致之听众有限。春秋时未尝无优伶，优孟衣冠，惟妙惟肖，亦足感悟于楚王，而有其所建白。然志在行道天下者，则于此有所不暇、不屑，故在西土其文化常为中心之密集，在东方则常为外围之磅礴，惟其为中心之密集，故其文人之兴感群怨，亦即专注于此密集之中心。雅典有戏剧作家端由是起。惟其向外磅礴，故其文化空气不免广而稀，则一时文人之兴感群怨，自不甘自限于此稀薄疏落之一隅，而不得不总揽全局，通瞰大体。具体乃剧曲所贵。故亚里斯多芬之喜剧，乃即以同时人苏格拉底为题材。若在中国,则临淄剧情不习熟于咸阳,鄢郢衣冠不见赏于邯郸。局于偏方,格于大通,诚使中国有伊士奇、斯多芬,斯亦一乡里艺人而已。彼且终老于社庙墟市间,徒供农夫野老市侩走卒之欣赏而赞叹,流连而绝倒。纵其翱翔都邑,揖让王侯,简兮简兮,亦非贤者所安。故中国民族文学之才思,乃不于戏剧见之也。

然则中国文学之取材常若何?曰,西方文学取材,常陷于偏隅,中国文学之取材,则常贵于通方。取材异,斯造体亦不同。以民间故事神话为叙事长诗,为剧本,为小说,此西方文学之三大骨干,在中国亦皆有之,而皆非所尚。中土著述,大体可分三类:曰,史;曰,论;曰,诗。中国人不尚作论,其思辨别具蹊径,故其撰论亦颇多以诗史之心情出之,北溟有鱼,论而近诗。孟子见梁惠王,论而即史。后有撰论,大率视此。诗史为中国人生之轮翼,亦即中国文化之柱石。吾之所谓诗史,即古所谓诗、书。温柔敦厚,诗教也。疏通知远,书教也,絜静精微,则为易教。诗书之教可包礼乐,易则微近于论。木落而潭清,归真而返朴,凡不深于中国之诗与史,将不知中国人之所为论。史籍浩繁,史体恢宏,旁览并世,殆无我匹。中国民族之文学才思其渗透而入史籍者,至深且广。今姑不论而论诗。诗者,中国文学之主干。诗以抒情为上。盖记事归史,说理归论,诗家园地自在性情。而诗人之取材，则最爱自然。宇宙阴阳，飞潜动植，此固最通方，不落偏隅之题材也。然则风花雪月，陈陈相因，又何足贵？不知情景相融，与时俱新。有由景生情者，有由情发景者。故取材极通方，而立意不蹈袭。"昔我往矣，杨柳依依。今我来思，雨雪霏霏。"杨柳之在诗三百，固屡见不鲜。然后人曰："忽见陌头杨柳色"，此又一杨柳也。"杨柳岸晓风残月"，此又一杨柳也。中国诗人上下千万数，诗集上下千万卷，殆无一人不咏杨柳，殆无一集无咏杨柳诗。然不害光景之常新。"月出皎兮"，月之在诗三百，又屡见不鲜。然后人曰："明月出天山"，此又一月也。"暗香浮动月黄昏"，此又一月也。诗人千万数，诗集千万卷，何人不咏月，何集不有咏月诗？然亦不害其光景之常新。天上之明月，路旁之杨柳，此则齐秦燕越，共睹共晓，故曰，通方也。次乎自然则人事。即如萧选所分诸类，如燕饯、游览、行旅、哀伤，大率皆人人所遇之事，亦人人所有之境，则亦通方也。否则如咏史、咏怀，史既人人所读，怀亦人人共抱。要之，其取材皆贵通国通天下，而不以地方为准。

（七）

中西文学萌苗，环境之不同，精论之，则有影响双方文学家内心情感之相异者。文学必求欣赏，要求欣赏对象之不同,足以分别其文学创造之路径。钟子期死,伯牙终身不复鼓琴。非郢人则匠石无所运其斤。文学亦然。文学萌茁于小环境,故其作者所要求欣赏其作品之对象,即其当身四围之群众。而其所借以创作之工具,即文学,又与其所要求欣赏对象之群众所操日常语言距离不甚远。故诸作家常重视现实,其取材及表达,常求与其当身四围之群众密切相接。因此重视空间传播,甚于其重视时间绵历。一剧登台,一诗出口,群众之欢忻赞叹,此即彼之钟子期与郢人也。而所谓藏诸名山,传诸其人,豹死留皮,人死留名,此乃中土所尚。因其文学萌茁于大环境,作者所要求欣赏其作品之对象,不在其近身之四围,而在辽阔之远方。其所借以表达之文字,亦与近身四围所操日常语言不甚接近。彼之欣赏对象,既不在近,其创作之反应,亦不易按时刻日而得。因此重视时间绵历,甚于重视空间散布。人不知而不愠,以求知者知。钟子期之与郢人,有遥期之于千里之外者,有遥期之于百年之后者。方扬子云之在西蜀,知有司马相如耳。故司马赋子虚、上林,而彼即赋长杨、羽猎。及久住长安,心则悔之,曰:"雕虫小技,壮夫不为。"于是草《太玄》模《周易》,曰:"后世有扬子云,必好之矣。"其所慕效者在前世,其所期望者在后世。下帘寂寂,斯无憾焉。若演剧之与唱诗,则决不能然。苟无观者何为演?苟无听者何为唱?故而西方文学家要求之欣赏对象，即在当前之近空，而中国文学家要求之欣赏对象，乃远在身外之久后。此一不同，影响于双方文学心理与文学方法者至深微而极广大。故西方文学尚创新，而中国文学尚传统。西方文学常奔放，而中国文学常矜持。阮籍孤愤，陶潜激昂，李白豪纵，杜甫忠恳，而皆矜持，尊传统。所谓纳之轨物，不失雅正。故西方文学之演进如放花炮，中国文学之演进如滚雪球。西方文学之力量，在能散播，而中国文学之力量，在能控搏。此又双方文学一异点也。

古者声诗一贯，诗三百皆以被管弦。而颂之为体，式舞、式歌，犹演剧也。然声常为地域限。强楚人效北音，强齐人效西音，终非可乐。故自汉而后，乐府亦不为文学正宗，而音乐之在中国亦终不能大盛。魏晋而下，钟王踵起，书法大兴。书法固不为地域限，虽南帖北碑，各擅精妙，而结体成形，初无二致。抑且历久相传，变动不骤。故中国文人爱好书法，遂为中国特有之艺术，俨与音乐为代兴。学者果深识于书法与音乐二者兴衰之际而悟其妙理，则可以得中国传统文化之一趣，而中国文学演进之途径，亦可由此相推而深见其所以然之故矣。

（八）

然所谓中国文学贵通方，非谓其空洞而无物，广大而不着边际。谓中国文学尊传统,亦非谓其于当身四围漠不经心。中国文人常言文以载道,或遂疑中国文学颇与现实人生不相亲。此又不然。凡所谓道,即人生也。道者,人生所不可须臾离,而特指其通方与经久言之耳。夫并论中西,非将以衡其美丑,定其轩轾。如实相比,则即彼而显我,拟议而易知也。谓西方文学有地方性尚创新,非谓其真困于邦域,陷于偏隅,拘墟自封,花样日新,而漫无准则也。谓中土文学贯通方尊传统,亦非谓其陈腐雷同,无时地特征,无作者个性也。盖西方文学由偏企全,每期于一隅中见大通。中土文学,则由通呈独,常期于全体中露偏至。故西方文学之取材虽具体就实,如读莎士比亚、易卜生之剧本,刻画人情,针砭时滞,何尝滞于偏隅,限于时地?反观中土,虽若同尊传统,同尚雅正,取材力戒土俗,描写必求空灵,然人事之纤屑,心境之幽微,大至国家兴衰,小而日常悲欢,固无不纳之于文字。则乌见中土文学之不见个性,不接人生乎。今使读者就莎士比亚、易卜生之戏剧而考其作者之身世,求见其生平,则卷帙虽繁,茫无痕迹。是西方戏剧虽若具体就实,而从他端言之,则又空灵不著也。若杜甫、苏轼之诗,凡其毕生所遭值之时代,政事治乱,民生利病,社会风习,君臣朋僚,师友交游之死生离合,家人妇子,米盐琐碎,所至山川景物,建筑工艺,玩好服用,不仅可以考作者之性情,而求其歌哭颦笑,饮宴起居，嗜好欢乐，内心之隐，抑且推至其家庭乡里，社会国族，近至人事，远及自然，灿如燎如，无不毕陈，考史问俗，恣所渔猎。故中国文学虽曰尚通方、尚空灵，然实处处着实，处处有边际也。

（九）

中国文学之亲附人生，妙会实事，又可从其文体之繁变征之。史体多方，此姑勿论。专就诗言，三百篇之后，变之以骚赋，广之以乐府。魏晋以下，迄于唐人，诗体繁兴，四言、五言、七言，古近律绝，外而宇宙万变，内而人心千态，小篇薄物，无不牢笼。五代以下有词，宋元以下有曲，途径益宽，无乎不届。汉魏以下之文章，凡萧选所收，后世谓之骈体，大多皆赋之变相耳。此可名曰散赋。韩愈以下之文章，凡姚选所收，后世谓之古文，则亦诗之变相耳。可名之曰散诗。大凡文体之变，莫不以应一时之用，特为一种境界与情意而产生。又不徒此也，前言西土文学下行，中土文学上行，此亦特举一端言之。中国文化环境阔而疏，故一切宗教、文学、政治、礼律，凡所以维系民族文化而推进之者，皆求能向心而上行。否则国族精神散弛不收。然而未尝不深根宁极于社会之下层，新源之汲取，新生之培养，无时不于社会下层是资是赖。文学亦莫能逃此。"文以载道"，正为此发。

及于交通日变,流布日广,印刷术发明,中国文学向下散播活动亦日易。故自唐以来小说骤盛,并有语体纪录,始乎方外,果及儒林。宋元以来,说部流行,脍炙人口,如《水浒传》《三国演义》《红楼梦》诸书,独《红楼梦》年代较晚,《水浒传》尚当元末,乃在西历十四世纪之后半。其时欧洲民族国家尚未成立,近代英法德俄诸国新文字尚未产生。《三国演义》倘稍后,亦当在近代欧洲各国新文学出世之前。若论禅宗语体纪录,则更远值西历八世纪之初期。近人震于西风,轻肆讥病,谓中国文字仅上行不下逮,此则目论之尤。岂有文不下逮而能成其为文者?至于晚明昆曲,其剧情表演之曲折细腻,其剧辞组织之典雅生动,其文学价值之优美卓绝,初不逊于彼邦,而论其流行年代,亦正当与英伦莎翁诸剧先后比肩。昆曲何以产生于晚明之江南?此亦由当时江浙一带文化环境小而密,学者聪明,乐于随俗,而始有此等杰作之完成。元代戏曲盛行,则由蒙古入主,中国传统政治破坏,学者聪明无所泄,故亦转向于此。雅化不足以寄情,乃转而随俗。向上不足以致远,乃变而附下。此正足证吾前此之所论。凡中国文学演进之特趋,所以见异于西土者,自有种种因缘与相适应而感召。而唐宋以来随俗向下之一路,愈趋愈盛,并有渊源甚古,惟不为中国文学之正趋大流耳。

（十）

民国以来，学者贩稗浅薄，妄目中国传统文学为已死之贵族文学，而别求创造所谓民众之新文艺。夫文体随时解放，因境开新，此本固然，不自今起。中国文字虽与口语相隔，然亦密向追随，不使远暌。古文句短而多咽灭，唐宋以下句长而多承补，若驰若骤，文章气体常在变动之中。而晚清以来，文变益骤，骎骎乎非辔勒之所能制。语体之用，初不限于语录与说部，则诏令、奏议、公告诸体，亦多用之。诗求无韵，亦非今创，唐宋短篇古文，味其神理，实散文古诗耳。今求于旧有轨途之外，别创新径，踵事增美，何所不可。而张皇太过，排击逾情，以为往古文语，全不适于当前之用，则即如林纾译西洋说部，委悉秾织，意无不达。谓其不解原本，转翻有讹，此洵有之。谓其所操文笔已属死去，不足传达文情，苟论曲谳，宁非欺世？而颓波骇浪，有主尽废汉字而为罗马拼音者，有主线装书全投茅厕者，趋新之论转为扫旧。一若拔本塞源，此之不塞，则彼之不流。则往古文体不变，岂必全废旧制，始成新裁？谬悠之论，流弊无极！欲尽翻中国文学之臼窠，则必尽变中国文化之传统，此如蚍蜉撼大树，"王杨卢骆当时体，不废江河万古流。"杜老深心，固已深透此中消息矣。

抑且又有进者，文运与时运相应，文字语言，足以限思想，亦足以导行动。故忠厚之情，直大之气，恢博之度，深静之致，凡文学之能事，如风之散万物，其在社会，无微不入，无远弗届，而为时也速，有莫之见，莫之知而忽已然者。故时运之开新，常有期于文运之开新。而文薄风嚣，衰世之象，亦必于是见之。斯时也！则刻薄为心，尖酸为味，狭窄为肠，浮浅为意。俏皮号曰风雅，叫嚣奉为鼓吹，陋情戾气，如尘埃之迷目，如粪壤之窒息。植根不深，则华实不茂。膏油不滋，则光彩不华。中国固文艺种子之好园地也。田园将芜胡不归？窃愿为有志于为国家民族创新文艺者一赋之。

文化中之语言与文字

中国文化又有一特征,则为语言文字之分途发展。故虽以广土众民,各地方言不同,而书同文之传统,则历数千年不变。如古诗三百首,有远起三千年以上者,而今日国人稍识文字,即能通读。此为并世其他民族所不及。

近人为慕西化,竞倡白话文,不知白话与文言不同。果一依白话为主,则几千年来之书籍为民族文化精神之所寄存者,皆将尽失其正解,书不焚而自焚,其为祸之烈,殆有难言。今姑举一例为说。

余生前清之末,民国元年,仅十八岁,已熟闻人言中国人无公德,并举古诗"各人自扫门前雪,莫管他人瓦上霜"为例。但中国文言,德字本指私德。孔子曰:"天生德于予",此即私德。韩愈言:"足于己无待于外之谓德",此亦私德。老子曰:"失道而后德。"《中庸》言:"苟非至德,至道不凝焉。"道始是公,德仍是私。在中国文言中，凡德字皆指私德，不言公德。惟道则指公道，亦无私道可言。而俗语白话，则道德二字连称，既非专指道，亦非专指德。须当先通道德二字，乃能知其意义之所在。故非先通文字，即不能了解此一语言之意义。近人惟口语通行，不求甚解，则甚难深入，诚可憾矣。

今试申言之，人所共同当行者始是道，人之行道，则必有其德。如孝，人人当行，此是道。孝子能行此道，乃见其德。故孝道属公，而孝德则属私。何者乃为公德？如治国平天下，此属大道，必具大德者始能之。如古之尧舜禹汤文武周公是也。但不得谓尧舜禹汤文武周公乃具有公德心。此公德心三字，从中国传统文字言，则为不通。然今则成为一普通流行语，绝无疑其为不通者。是则凡属不通，尽在古人。古人不复作，谁为之辩白乎。

又如修桥补路，今人称之为公德心。不知此乃属一善行。善行固是公，但有人来践此善行，则属其人之私德。当言公道，不当言公德。若由政府公共机关用公款来修桥补路，最多可谓政府此举于人民有德，然不得言此乃政府之公德。若于此道德两字不先加明白，则进读古书将备感困难。但若果尽求白话通行，不能通读古书，则文化传统亦将中断。故此语公德心不如改为道德心三字，始少错误。

中国人俗称道理，其实此道理两字应有别。又俗称德性，此德性二字亦有别。又称道德与理性，则此两语更有别。实则中国人每一成语皆深有渊源，尽从古书古文中来。若果尽废古书古文，则此话究含何意，将无人得知。今则俗语通行，尽教人要懂得道德，懂得理性，而不再诵读古书。试问又有何人真能懂得此道德与理性两语，则又如何教人来奉行。

又如封建二字，近人专用来诟厉人，谓其人有封建思想或封建观念、封建头脑等。不知封建乃中国古代治国平天下之一项政治制度。即就西周开国言，武王周公推行封建，此乃当时一大道，而亦可见武王与周公之德。此须略治中国古代史始明其义。今人之所谓封建，其意义果何指，则未见有人加以说明，而竟通行于全国人之口中，此亦可憾也。

若谓封建二字乃指西方中古时期之社会情况言，则不当用中国古语封建二字来翻译。谁为妄作此翻译者，今人则绝不问，而一语及封建，则无不摇首。不仅中国三千年以上之此项政治制度已为之尽情打倒，即中国四五千年来之全部社会情况，亦已为此两字所打倒。又何从再来作一正确之理解。

又如人权二字，不数年前由美国前总统提起，乃在中国不胫而走，不翼而飞，口中笔下，甚嚣尘上。不知此二字在西方固有渊源，在中国则自有文字书籍以来，绝不见此两字之连用。中国人只言人道人心，或言人性人情，绝不言人权。果言人权，则夫有夫权，妇有妇权,父有父权,子有子权,五伦之道,岂不扫地以尽。即言政治,一国之君,有君位,有君职,但亦不言君权。秦以武力统一天下,自谓古有皇有帝,但未有如今之尊,乃自称始皇帝。自此以往,二世皇帝三世皇帝,以至万世皇帝,一脉相承。此职此位,当永世相传,如此而已。亦绝未言及皇权帝权。其时博士官议复封建,始皇帝亦未坦率自作主张,乃下其议于丞相,由于丞相建议,乃始下焚书之令。此事昭垂史册,明白可据。及始皇帝卒,不二世,秦即亡。始皇帝之为政,永为中国后世人诟病。然国人自受西化,乃称中国自秦以来两千年永为一君权专制政府,则试翻中国二十五史,以及十通诸书,何尝有此君权两字或专制两字出现过。

孙中山先生主张三民主义,首为民族主义,次为民权主义,然民权与人权仍不同。民权之民,乃指全国人民言,不指全体人民中之每一私人言。中山先生犹曰,权在民,而能在政。在政则有职有位,纵有权,亦当为其职位所限。越职越位,此为不道无德,又乌复有权可言。今国人则尽谓人权自由,此乃中国人崇慕西化后乃有之。若谓中国人尚有自己传统文化,则断非此之谓矣。

又有青年二字,亦为民国以来一新名词。古人只称童年、少年、成年、中年、晚年。男二十而冠,女十八而笄,始为成年。亦即称成人。男亦称丁。至是始授田而耕，又当充义务兵役。男女成年始得婚嫁，结为夫妇。至中年，则已为人父母。乃独无青年之称。或称青春，则当在成婚前后数年间。及其为人父母，则不再言青春矣。民初以来，乃有《新青年》杂志问世。其时方求扫荡旧传统，改务西化。中年以后兴趣勇气皆嫌不足，乃期之于青年。而犹必为新青年，乃指在大学时期身受新教育具新知识者言。故青年二字乃民国以来之新名词，而尊重青年亦成为民国以来之新风气。在民国二十年左右，又有《中学生》杂志问世，可证中学时期尚不获称青年。直至对日抗战，蒋公号召青年从军，大抵其年龄尚限在大学时期，与前无变。逮及最近，而青年一名词可以下达中学时期，又可以上达至大学毕业为人父母以后。如每年社会选拔十大杰出青年，多有年近四十者。古人言，四十强而仕，孔子四十而不惑，孟子四十而不动心。在新文化运动旺盛时，已有人言，年过四十即不当再有生存价值。而今则曰四十为青年，或又谓人生七十方开始。要之，语言无定，则思想无定，一任所言，皆属自由，而国人亦绝不以为怪。

提倡新青年，乃又提倡新文学。一时群认白话始为新文学，前所旧传，则名之曰官僚文学、贵族文学、封建文学，皆在排斥之列。但此等皆近人所立之新名词，倘起古人于地下而告之，如屈原，如陶潜，斥之为贵族，为官僚，为封建，闻及此等名词岂不惊诧，更复何辞以答。

风气已变,昔所排斥,今皆无存。即以余幼年在前清所读上海商务印书馆出版之小学国文教科书,今皆变为国语教科书,而逐次所变,其内容之深浅高下,果使有心人一一对读,则中国近八十年来之文化进步,其快速之程度,亦可谓举世莫比。而今人乃又以古典文学四字来称旧文学。既曰古典,即见其不合时,可不再有排斥,而尽人知弃之不加理会矣。其实所谓现代化,亦不过为西化一变相新名词。乃又有纯文学一名词出现,则试问当具如何条件始得称之曰文学,又当具如何条件始得称之曰纯文学。凡此皆可不加讨论,人云亦云,众口一辞,而论自定。故今日已不待有如秦始皇帝之焚书,而线装书自可扔茅厕里不再须讨论。文化惟竞出新口语,竞创新口号,竞立新名词,而一切自随而化。要之,余之所言,惟求文言与白话相承相通,而后始有文化传统之可言。孔子曰:"言之无文,行之不远。"实则孔子意亦只求语言白话与书籍文字之相通。中国人每一语言,必求通之文字。语言属现代化,文字则传统化,现代与传统相承,乃可行之久远。故中国之言,亦能日变日新,而惟中国人之文,则可三千年相传而不变。而今人则不务求之文,而仅惟求之言,而又尊称之曰白话,无根源、无规律,随意所欲,出口即是,此诚不失为中国传统文化一大突变。旧者已扫地无存,而新者即萌芽方茁。求如西欧,求如美国,恐亦终难如意。是亦为国人一憾事，究不知将何道以赴。惟有再待新口语，再增新名词之不断出现，或庶有此一日，则惟有拭目待之矣。

中国文化与中国文学

(一)

文化乃指人类生活多方面的一个综合体而言,而文学则是文化体系中重要之一部门。欲求了解某一民族之文学特性,必于其文化之全体系中求之。换言之,若我们能了解得某一民族之文学特性,亦可对于了解此一民族之文化特性有大启示。此下所述,乃在就中国之文化特性而求了解中国文学特性之一种尝试,而所述则偏重在文学之一面。

(二)

试分六端逐一述说之:

一 就表达文学之工具言

文学必赖文字为工具而表达，而中国文字正有其独特之性格。与其他民族文字相比较，其他民族语言与文字之隔离较相近，而中国独较相远。但语言随地随时而变，与语言较相近之文学，易受时地之限制，而陷于地域性与时间性。中国文学则正因其文字与语言隔离较远，乃较不受时地之限制。

就《诗经》言，雅颂之与十五国风，其所包括之地域已甚广大，但论其文学之风格与情调，相互间实无甚大差异。是中国文学在当时，实已超出了地域性之限制，可谓已形成了当时一种世界性国际性的文学。秦代统一，书同文，此下中国成为大一统的国家，亦可谓乃有大一统的文学，此其基于文字之影响者特大，可无烦详论。

再就《诗经》之时代言，其作品距离现代，最远当在三千年以上，最近亦在两千五百年之外。但今日一初中学生，只须稍加指点，便可了解其大义。试举例言之。如：

一日不见，如三秋兮。

此句除末尾一兮字外，上七字，即十一二龄之幼稚学生亦可懂。故此一语，遂得成为二千五百年来中国社会一句传诵不辍之成语。又如：

> 昔我往矣，杨柳依依。今我来思，雨雪霏霏。

此两语，除思字外，依依霏霏四字，须稍经阐释，而此两千五百年以前之一节绝妙文辞，其情景，其意象直令在两千五百年以下之一个十一二龄之幼稚学生，亦可了解，如在目前，抑不啻若自其口出。又如：

> 投我以木瓜，报之以琼琚，匪报也，永以为好也。

此一章，惟琼琚二字须略加说明。全节涵义，跃然纸上，十一二龄之幼稚生，仍可领会。

以上不过随拈三例，其他类此者尚多。若使一聪慧之高中学生，年龄在十七八左右，获得良师指导，可以不费甚大功力，而对于此两千五百年以前之一部最高文学，约可以诵习其四分之一，当无困难。国人习熟，视若固然。然试问，世界尚有其他民族，亦能不费甚大功力，而直接诵习其两三千年以上之文字与文学如中国之例否？

中国文学可谓有两大特点。一普遍性，指其感被之广。二传统性，言其持续之久。其不受时地之限隔，即是中国文化之特点所在。此即《易传》所谓之可大与可久。而此一特点，其最大因缘，可谓即基于其文字之特点。

本此观点而专就文学立场言，此即中国文学上之所谓雅俗问题。雅本为西周时代西方之土音，因西周人统一了当时的中国，于是西方之雅，遂获得其普遍性。文学之特富于普遍性者遂亦称为雅。俗则指其限于地域性而言。又自此引申，凡文学之特富传统性者亦称雅。俗则指其限于时间性而言。孰不期望其文学作品之流传之广与持续之久，故中国文学尚雅一观念，实乃绝无可以非难。

二 就表达文学之场合言

文学表达，每有一特定之场合，指其有特定之时空对象，此乃连带及于文学之使用问题。就广义言，文学应可分为四项：

一、唱的文学，原始诗歌属之。此殆为世界各民族所有文学之一种最早的共同起源。

二、说的文学，原始神话与故事小说属之。以上两项，亦可称为听的文学，乃谓其表达于他人之听觉。

三、做的文学，即表演的文学，原始舞蹈与戏剧属之。亦可称为看的文学，乃谓其表达于他人之视觉。

四、写的文学，此始为正式形之于文字之文学。亦可称为读的文学。此与上述第三项不同。因看表演与读文字不同。读的文学亦可称为想的文学，因读者必凭所读而自加以一番想象。此亦可谓其表达于他人之心觉。

若我们称前三项为原始直接的文学,则第四项表达之于文字之文学,实乃一种后起而间接之文学也。若我们认为第四项表达之于文字之文学,始为正式的文学,则前三项仅是一种原始的文学资料。

继此又有一问题连带发生,即此一民族所发明之文字,苟其与此民族本有之语言相距不甚远,则甚易把其原所本有之前三项直接的文学资料,即用文字记录而成为写的文学。故世界各民族一般文学之起始,往往以诗歌与神话故事小说及戏剧为主,职以此故。

但若此一民族之文字与语言,相隔距离较远,则便不易将其在未有文字以前之许多原始文学材料,用文字记录而成为写的文学。于是此一民族之正式的写的文学,亦易与前三项唱的说的做的原始文学隔离,而势须别具匠心,另起炉灶,重新创造,此乃中国文学起源所由与其他民族甚有所不同之主要一因。此事固当从文化全体系中之各方面而阐说之,而文字之影响,要为其极显然者。

今姑名前一种为较直接的文学,后一种为较间接的文学,当知两者间可有甚大之不同。前一种文学之对象,因其常为直接当前之群众,故创作者与欣赏者之间,易起一种活泼动荡之交流。而后一种文学,其对象则常非对面觌体,直接当前,读者则仅在作者之心象中存在，故此项文学之创作者与欣赏者之间，相隔距离较远，其相互间之心灵交流亦较不易见，因此亦较不活泼，而转富于一种深厚蕴蓄之情味。

从另一面言之，前一种文学，因其对象直接当前而较多限制性，此即前文所谓时地之限制也。因于此种限制，而作者内心所要求于读者之欣赏程度，亦不能不有所限制。故此种文学之内容，必然将更富于通俗性，更富于具体性与激动性。而此项文学之写成，则往往可以经历长时期多人之修改与增饰。因此项文学之主要特性，乃偏向外倾，常须迁就于当前外在之欣赏者而变动其作品之内容。后一种文学，其对象既不直接当前，因此较广泛，较少时地限制，在作者内心所要求于读者之欣赏程度，较可由作者之自由想象自由选择而提高。因而此种文学之内容，则较不受外在欣赏者之影响。因欣赏者既不当前，则所谓以俟知者知，如是则较富于内倾性。而此辈知者，既常不在一地，乃至不在一时，因此其文学内容，亦比较多采抽象性，重蕴蓄，富于沉思性与固定性，乃由作者自造一批心象中之读者，可以不顾有否外在之读者而自抒心灵。此种文学，则必待读者方面之深思体会，而始可以了解作家之内心。

我常言中国文化为偏向于内倾性者，而中国文学正亦具此特性。上述前一种较直接的文学，如神话故事小说戏剧等，在中国古代文学开始，乃不占重要地位，亦并无甚大发展。此亦当于中国文化之全体系中之各方面而求其理解，此则亦仅就文学史立场言。

即就《诗经》三百首言，雅颂可不论。即十五国风，亦已经政府采诗之官，经过一番雅化工夫而写定。即如周南首篇关关雎鸠，其题材纵是采于江汉之民间，然其文字音节殆已均经改写，决不当认为在西周初年江汉民间本有此典雅之歌辞。采诗之官，亦仅有采集之责，而润饰修改之者则犹有人在。是则中国古代文学，一开始即求超脱通俗的时地限制，而向较不直接的雅化的趋向而发展，亦可断知。

复有另一分辨当继此申述者。上述前一种文学，比较多起于人类社会之自然兴趣与自然要求。近代人则多称此种文学为纯文学，盖因其不为社会之某种需要与某种应用而产生，此乃一种无所为而为者。亦可谓是由于人类心性中之特有的文学兴趣与文学需求而产生，故谓之为是纯文学性的文学。而后一种文学则不然，大体言之，乃多应于社会上之其他需要与特种应用而产生，此种文学乃特富于社会实用性。因而此种文学乃易融入社会其他方面，而不见其有独特发展与隔别自在之现象。而中国文学之早期发展，则显然属于此一类。故经史子集之次序，亦以集部之兴起为最后。经史子三部皆非纯文学，由其皆具特殊应用性，皆应于社会之某一种需要而兴起而成立。

六经皆史，史指官文书言，可谓是一种政治文件，或政府档案，此皆有其在政治上之特殊使用。诗三百首，不外颂扬讽刺，皆有政治对象，皆于政治场合中使用。其他诸经可以例推。史则属于历史记载，子则属于思想著录，是皆具备某种应用性而非可归之于纯文学之范围，亦不烦详说。

集部之正式开始，严格言之，当起于晚汉建安之后。故范晔《后汉书》乃始有《文苑传》。若求之古代，惟屈原《离骚》，可谓是一种纯文学作品。但若从另一方面看，亦可说屈原乃由于政治动机而作《离骚》。其内心动机，仍属于政治的。太史公《屈原列传》发明其作意，可谓深切著明。故就屈原个人言，决不当目之为是一纯文学家，而《离骚》亦不得目之为是一种纯文学作品。中国之有纯文学家与纯文学作品，严格言之，当自建安以后。因此在中国历史上，开始并没有一种离开社会实际应用而独立自在与独立发展之纯文学，与独特之文学家。此亦正如在中国历史上，开始亦并没有分离独立之宗教与哲学，以及分离独立之宗教家与哲学家等。盖中国文化主要在看重当前社会之实际应用，又尚融通，不尚隔别。因此中国文学乃亦融入于社会之一切现实应用中，融入于经史子之各别应用中，而并无分隔独立之纯文学发展。此正为中国文学之特性，同时亦即是中国文化之特性。

三 就表达文学之动机言

中国古代文学,乃就于社会某种需要,某种应用,而特加之以一番文辞之修饰。故曰:"言之无文,行之不远。"又曰:"修辞立其诚。"此种意见,显本文辞修饰之效能言。至若纯文学之产生,则应更无其他动机,而以纯文学之兴趣为动机,此乃直抒性灵,无所为而为者。此等文体,则大率应起于建安之后。屈原《离骚》,非由纯文学动机来,前已言之。汉赋似当属于纯文学,然仍非由纯文学动机来。汉赋之使用场合,仍在政治圈中,而实乏可贵之效能。故扬雄晚而悔之,转变途向,模拟经籍,是仍未脱向来传统。尝草《太玄》,人讥其艰深,世无好者,谓仅可覆酱瓿。雄言,无害也。后世复有扬子云,必好之矣。此一语,始启以下文学价值可以独立自存之一种新觉醒。曹丕《典论·论文》,谓"文章乃经国之大业,不朽之盛事"。当知曹氏前一句,乃以前中国传统文学之共同标则,而后一句,乃属文学价值可以独立自存之一种新觉醒。此之所谓不朽,已非叔孙豹立言不朽之旧观念。若论立言不朽,叔孙豹所举如臧文仲,此下如孔孟老庄,下至扬雄作《法言》《太玄》,亦皆立言不朽,惟其着意于文辞修饰,实已隐含有文章不朽之新意向,至曹丕而始明白言之。故曰:"年寿有时而尽,荣乐止乎其身,未若文章之无穷。"此种文学不朽观,下演迄于杜甫，益臻深挚。其诗曰："但觉高歌有鬼神，焉知饿死填沟壑。"世无好者，乃始有饿死之忧，然无害也。至于后世是否仍有杜子美，亦可不计。引吭高歌，吾诗之美，已若有鬼神应声而至。此种精神，几等于一种宗教精神，所谓"推诸四海而皆准，质诸天地鬼神而无疑，百世以俟圣人而不惑"。不仅讲儒家修养者有此意境，即文学家修养而达于至高境界，亦同有此意境。中国文化体系中本无宗教，然此种自信精神，实为中国文化一向所重视之人文修养之一种至高境界，可与其他民族之宗教信仰等视并观。而中国文学家对于其所表达之文学所具有之一种意义与价值之内在的极高度之自信，正可以同时表达出中国内倾型文化之一种极深邃之涵义。

此种精神，推而外之有如此。若言其收敛向内，则又必以作家个人为中心。所谓道不虚行，存乎其人也。请再举陈子昂一诗阐说之。子昂诗有云：

> 前不见古人，后不见来者，念天地之悠悠，独怆然而涕下。

此种文学家意境，实即中国文化中所一向重视之一种圣贤意境也。此诗从一方面看，则只见一怆然独泣之个人，然从另一方面看，在此个人之意境中，固是上接古人，下待来者，有一大传统存在之极度自信。彼之怆然独泣，实为天地悠悠之一脉之所存寄。金圣叹批《西厢》，在其序文中，有思古人，赠后人两文。遇见最高文学索解无从之际，便易起此等感想。而子昂此诗之意境犹不止此，盖子昂身世，适值武后当朝，彼之感遇诗，正如嗣宗咏怀，各有茹痛，难于畅宣。其忧世深情，立身大节，实非具有不求人知之最高修养，勿克臻此。上言中国文学为一种内倾性之文学，此种文学，必以作家个人为主。而此个人，则上承无穷，下启无穷，必具有传统上之一种极度自信。此种境界，实为中国标准学者之一种共同信仰与共同精神所在。若其表现于文学中，则必性情与道德合一，文学与人格合一，乃始可达此境界。而此种境界与精神，亦即中国文化之一种特有精神也。苟其无此精神，则又何来有可大可久之业绩？

四　就表达文学之借材言

此即文学之内容，属于题材选择方面者。中国之经史子三部，此皆有特定内容，皆有所为而发。而中国集部之最高境界，亦同贵于有所为，此亦文化体系中一大传统也。故中国文学家最喜言有感而发，最重有寄托，而最戒无病呻吟。论其取材方面，则亦有其独特之匠心。盖中国文学题材，多抽象，少具体。多注重于共相，少注重于别相。此层已在上文约略述及。试再举例，如汉乐府，"上山采蘼芜，下山逢故夫。"

此即一种共相。至于此故夫与此弃妇两人之个性如何，生活背景如何，相结合与相离弃之经过如何，凡属具体之分别相，要为中国文学所不重视。中国文学正因其较不受时空限制，乃亦不注重特定之时间与空间之特殊背景，与夫在此特殊时空背景中所产生之特殊个性。而求能超越时空与个性而显露出一个任何时地任何个性所能同鸣同感之抽象的共相来。此亦中国文化到处可见之一种共有精神也。

请试再举中国之戏剧为例。戏剧亦文学中一支。中国戏剧发展较迟，并少获文学界之特别注意，然亦不脱中国文学之传统意境与共有精神。故中国戏剧亦深富一种特殊性，与其他民族之戏剧有所不同。戏剧表演应属最富具体性者，应重别相，而中国戏剧固不然。我尝言，中国戏剧，乃语言音乐化，动作舞蹈化，场面绘画化，此皆从注意抽象共相方面发展而来。故中国戏台无特定而具体之时空布景。戏中角色，使用面具，成为脸谱，将人类各各个性略去，而归纳出几个共相。所表演之故事，其实亦大同小异，忠奸义利，死生离合，悲欢歌哭，仍是侧重在抽象与共相方面。因此使观者得以遗弃迹貌，直透内情。纵使不了解其戏情本事，不熟悉其唱词内容，亦能受甚深感动。盖已摆脱净了人世间种种特殊情况，而直扣观者之心弦，把握到人心一种超越而客观之同情，是亦中国传统文学中理想的一种最高境界，而中国戏剧亦莫能自外。

然戏剧与小说，在中国文学史上，发展较迟，并受外来影响。若论中国文学正宗，其取材又必以作者本身个人作中心，而即以此个人之日常生活为题材。由此个人之日常生活，而常连及于家国天下。儒家思想所谓修身齐家治国平天下，亦从个人出发，而文学亦然。此个人之日常生活与其普通应接，皆成为此一家文学之最高题材。此一作家，务求将其日常人生能熔铸入其文学作品中，而其作品，则又全属短篇薄物，旁见侧出，而不失为一作家本身之最高中心。中国文学重在即事生感，即景生情，重在即由其个人生活之种种情感中而反映出全时代与全人生。全时代之心情，全时代之歌哭，以及于全人生之想象与追求，则即由其一己之种种作品中透露呈现。此文学家之一生，即其全时代之集中反映之一焦点，即全人生中截取之一镜，而涵映有人生全体之深面者。故时代酝酿出文学，文学反映出时代，文学即人生，人生即文学，此一境界，特借此作家个人之生活与作品而表现。故中国文学之成家，不仅在其文学之技巧与风格，而更要者，在此作家个人之生活陶冶与心情感应。作家不因于其作品而伟大，乃是作品因于此作家而崇高也。中国文化精神，端在其人文主义，而中国传统之人文主义，乃主由每一个人之真修实践中而表达出人生之全部最高真理。故曰："人能宏道，非道宏人。"故非了解中国文化之真精神，将不能了解一中国文学家。而苟能于中国一文学家有真切了解，亦自于了解中国文化有窥豹一斑之启示矣。

由于上之所述，而有所谓诗史之观念。然当知杜诗固不仅为杜甫时代之一种历史记录，而同时亦即是杜甫个人人生之一部历史记录。因此中国文学家乃不须再有自传，亦不烦他人再为文学家作传。每一文学家，即其生平文学作品之结集，便成为其一生最翔实最真确之一部自传。故曰不仗史笔传，而且史笔也达不到如此真切而深微的境地。所谓文学不朽，必演进至此一阶段，即作品与作家融凝为一，而后始可无憾。否则不朽者乃其作品，而非作家。作家之名特附于其作品而传。此乃一种反客为主。此乃外倾性文化之所有，而中国文化之传统精神，则不在此。此亦所谓人能宏道，非道宏人也。

因此乃有专为文学家作专集编年之工作兴起，而此一工作，实甚重要。若不能由读编年诗文而进窥此文学家之成就，即为不了解中国文学家之最高造诣与最大成就者。换言之，若此一专集，缺乏有为之作编年之必要，是即证此作家之尚未能到达理想之最高境界。

由此言之，欲成为一理想的文学家，则必具备有一种对人生真理之探求与实践之最高心情与最高修养。抑不仅于此而已，欲成为一理想的大文学家，则必于其生活陶冶与人格修养上，有终始一致，前后一贯，珠联璧合，无懈可击，无疵可指之一境，然后乃始得成为一大家。其真能到达此境界与否，则只须将其生平作品编年排列，通体观之，便成为一最科学最客观之考验，而更无遁形。

故中国之集部，若分别观之，则全是些零章短简，小品杂作，若无奇瑰惊动之致，此虽大家亦不免。然果会合而观，则《中庸》所谓"君子尊德性而道问学，致广大而尽精微，极高明而道中庸"，凡成为一文学大家，亦莫不经此修养，遵此轨辙而后成。兹试举一例言之，东坡前后《赤壁赋》，固已千古传诵，脍炙人口，妇孺皆晓矣。然试就东坡编年全集循序读下，自徐州获罪而下狱，自狱释放而贬黄州，自卜居临皋而游赤壁，此三数年间之生活经过，真所谓波谲云诡，死生莫卜，极人世颠沛困厄惊险磨折之至。若依次读其诗词信札，随笔杂文，关于此段经过，逐年逐月，逐日逐事，委屑毕备，使人恍如亲历。读者必至是乃始知东坡赤壁之游之一切因缘与背景，然后当时东坡赤壁之游之真心胸与真修养，乃可了然在目，跃然在心。然试思之，方其掌守徐州，固不知有乌台之案。方其见囚狱中，固不知有黄州之谪。方其待罪黄州，亦不知有赤壁之游，更不知此下之岁月与遭遇。此实人生遭际所最难堪者，读者必循此而细诵其诗文之所抒写，又必设身处地而亲切体会之，然后始知一个文学作品之短篇薄物，彼之所为随时随地而随意抒写者，其背后具备有何等胸襟，何等修养。盖其全人生之理想追求，与夫道德修养纳入于此一短篇薄物之随意抒写中，固不求人知，抑且其全人生之融凝呈露于此日常生活与普通应接中者，在彼亦已寻常视之，并无可求人知，故在其当时，亦仅是随意抒写而止。至此始是中国文学家之最高的理想境界，此亦君子无入而不自得之境界。而中国文化关于人文修养之一种至高极深之意义与价值，亦即可于文学园地中窥见之。

五 就表达文学之境界与技巧言（上）

本于上述，可见中国文学之理想境界，并非由一作家远站在人生之外圈，而仅对人生作一种冷静之写照。亦非由一作家远离人生现实，而对人生作一种热烈幻想之追求。中国文学之理想最高境界，乃必由此作家，对于其本人之当身生活，有一番亲切之体味。而此种体味，又必先悬有一种理想上之崇高标准的向往，而在其内心，经验了长期的陶冶与修养，所谓有"钻之弥坚，仰之弥高"之一境。必具有此种心灵感应，然后其所体味，其所抒写，虽若短篇薄物，旁见侧出，而能使读者亦随其一鳞片爪而隐约窥见理想人生之大体与全真。

故所谓性灵抒写者，虽出于此一作家之内心经历，日常遭遇，而必有一大传统，大体系，所谓可大可久之一境，源泉混混，不择地而出。在其文学作品之文字技巧，与夫题材选择，乃及其作家个人之内心修养与夫情感锻炼，实已与文化精神之大传统，大体系，三位一体，融凝合一，而始成为其文学上之最高成就。一面乃是此一作家之内心生活与其外围之现实人生，家国天下之息息相通，融凝一致。而另一面即是其文字表达之技巧，与其内心感应人格锻炼之融凝一致。在理想上到达人我一致、内外一致之境界，此亦中国传统文化精神主要的人文修养之一种特有境界也。

六 就表达文学之境界与技巧言（下）

继此复有一境界当加申述。人生不能脱离大群，而人群亦复不能脱离自然。故个人人生，不仅当与大群人生融凝合一，而又须与大自然融凝合一，此即中国思想传统中之所谓"万物一体"与夫"天人合一"。而此种精神之向往与追求，亦在中国文学中充分表达。

《诗经》三百首，即分赋比兴三体。而比兴二体，实为此下中国文学表达之主要方式与主要技巧。其实比兴即是万物一体天人合一之一种内心境界，在文学园地中之一种活泼真切之表现与流露。不识比兴，即不能领略中国文学之妙趣与深致。而比兴实即是人生与自然之融凝合一，亦即是人生与自然间之一种抽象的体悟。此种体悟，既不属宗教，亦不属科学，仍不属哲学，毋宁谓之是一种艺术。此乃一种人生艺术也。中国文化精神，则最富于艺术精神，最富于人生艺术之修养。而此种体悟，亦为求了解中国文化精神者所必当重视。

兹试再举例略说之。孔子曰：

> 饭疏食、饮水、曲肱而枕之，乐亦在其中矣。不义而富且贵，于我如浮云。

此一节自属道德之修养之至高境界，然临了"于我如浮云"五字，便转进到文学境界中去。因此五字，正是一种比兴。有此五字，全章文字便超脱出尘，别开生面。有此五字，便使读者心胸豁然开朗，有耸身飘举之感。凡读中国文学，必须具此一法眼。而凡有志中国文化传统中之道德修养者，亦必玩心于此一深趣。即研讨此下宋儒理学，亦当于此一深趣中玩索之，而后可以免于枯槁拘碍之一境。

今试再拈唐人诗两句，发挥中国文学中比兴之妙趣。王维诗：

> 雨中山果落，灯下草虫鸣。

此十字所谓诗情画意，深入禅理者。其实此十字之真神，正为有一作者之冥心妙悟，将其个人完全投入此环境中而融化合一，而达于一种无我之境界。然虽无我，而终有此一我以默为之主。于是遂见天地全是一片化机，于此化机中又全是一片生机，而此诗人则完全融入于此一片化机一片生机中，而若不见有其个别之存在。然若无此一主，则山果乎，草虫乎，雨乎，灯乎，果之落，虫之鸣乎，此一切若仅是赋而无比兴，则一切全成为一堆具体事物之各别存在，既不见有人，亦不见有天，其互相间，除却时间空间之偶然凑合的关系外，试问尚有所余剩乎？读者试由此细参之，便知中国诗人于描写景物之外，实自有一番大本领，而此番本领，实由于极深修养中来。故苟能极深了解中国之文学，同时亦必能体悟到此种极深之修养。故中国文学实同时深具一种极深的教育功能者。教育功能正为中国文化所重视，故中国文学而果达于至高境界，则必然会具有一种深微的教育功能。

又如杜甫诗：

水流心不竞，云在意俱迟。

此与上引摩诘诗复有不同。摩诘走了庄老释迦的路，而子美则是走的孔孟儒家的路。然虽路径不同，而神理大体相似。此等意境，既不是写实，亦不是写意。西方人作画，注重写实。画一苹果，则必求其酷肖一苹果。近代西方人作画，又转向写意。画一苹果，却求不像一苹果，只求画出看苹果时心中之意象。写实便不见有我之存在，写意又不见有物之存在。其实见与所见，正贵融凝合一。摩诘诗若是写物，然正贵其有我之存在。子美诗若是写我，然亦正贵其有物之存在。一俯一仰之间，水流云在，心意凝然。若如关着门，闭着眼，来学守静居敬，则何如子美之心胸活泼而广大，有鸢飞鱼跃之乐乎？故学中国文学则必通比兴，知比兴则知文学修养，亦自知中国之文化精神矣。

上言比兴，亦仅就其浅显易于举例者。其实中国文学之全部精彩，则正在比兴中。诗以言志，而志不易言，有不肯径情直说者，有委曲宛转，在己有不可不达，而在人有未必能知者。诗人之一番深情厚意，方其穷而呼天呼父母，人亦仅闻其呼天呼父母而已，正不知其所为呼与所以呼，是何蕴蓄，此始是文学中一种至高境界。上自诗骚，下迄李杜，莫不有此一境界。我们必由此而深体之，乃可见中国文化表现于中国文学中者有何等深致也。

（三）

中国文学中亦有小说神话戏剧传奇等，此等大体上皆所谓作家站在人生圈外，对人生作旁观描述。或是作家远走到人生面前，对人生作幻想追求。此等文学，在中国文学史上发展较晚，而大体都是受了外来影响。最先是印度佛学之传入，最近是西方文学之传入，皆给予此诸体文学以甚大鼓励。亦可谓是在中国人心灵方面，因于外来启示，而另辟了一些新的户牖。一民族之文化，则必然期其多能与外来异文化接触，而使其文化传统更丰富，更充实。自唐之中晚期，迄于现代，中国文学中，小说剧曲等，开始占有重要地位。此下此一趋势当望其逐步加强，此亦可谓是中国文学园地上一可欢迎之新客莅止。然我们实不当认此才始是文学，更不当一笔抹煞了中国以往文学大统，而谓尽是些冢中枯骨与死文学。当知新文学之创兴，仍必求其有得于旧文学之神髓，此乃文化大统所不能以时代与私人意见而加以轻蔑与破毁者。转而言之，新文学运动则实是新文化运动之主要一项目。如何来提倡新文学，实即是如何来提倡新文化之一重要课题，一重要任务。孔子曰："温故而知新，可以为师矣。"有志提倡新文学，求为中国文学开新风气，而仍望其所开新之可久可大，则必于旧有文学之传统与其体系有所了解，而更必于旧有文化之传统与其体系有所了解。本文之旨趣，则亦期于此能稍有所贡献则幸甚。

中国文学史概观

中国文学，一线相传，绵亘三千年以上。其疆境所被，凡中国文字所及，几莫不有平等之发展。故其体裁内容，复杂多变，举世莫匹。约而言之，当可分政治性的上层文学与社会性的下层文学两种，而在发展上则以前者为先，亦以前者占优势。

西周以来，中国已成为封建的统一，黄河流域历淮汉而至江，在广大地面上，无不奉周天子为一尊，其文学亦属政治性。如诗之有雅颂，乃王室文人所为，歌唱于周天子之宗庙与朝廷，诸侯来朝，同所讽诵，成为一大典礼。二南为风诗之首，采自民间，带有社会性，然经周王室之改制与编配，谱以特定之乐调，施之特定之场合，便亦转为政治性。其次如豳诗。虽亦带社会色彩，而其为政治性者益显。故诗之有风雅颂，实皆出于西周王朝，周公制礼作乐一主要项目也。

自王朝文学推广至诸侯，乃有列国风诗，郑、卫、齐、唐、秦、陈皆有诗，富地方性，多采自民间，虽经政府改制，民间诗之特征尚在，朱子谓其多男女相悦相念之辞是也。如《召南》之野有死麇即其例。如郑风之《子衿》《将仲子》，卫风之《氓》，齐风之《鸡鸣》，其取材来源，显见多自民间。惟经列国卿大夫之润色，配以同一之声乐，亦同在政治场合中使用，则仍是政治化了。风是社会性，雅颂是政治性，风雅颂合称四诗，则风诗之同具政治性可知。

《关雎》为二南之始，谓是文王之德化，然亦以讽康王之晏朝。有作诗之旨，有采诗之旨，有讽诗之旨，有读诗之旨。如切如磋，如琢如磨，何尝是说贫而无谄富而无骄之不如贫而乐富而好礼，然孔子许子贡可与言诗。春秋列国卿大夫赋诗，何尝皆是诗之本旨。朱子有谓其是男女淫奔之诗者，乃指其本旨言。今谓诗三百皆属政治性上层文学，乃指其应用言。当时中国已是一封建大一统之天下，文学发展受历史时代之影响，宜无足怪。

屈原《离骚》，亦属政治性上层文学，即宋玉及《楚辞》他篇，下逮汉赋皆是。《尚书》《春秋左传》《国语》《战国策》，下至司马迁《史记》，乃散文体，属史部。李斯《谏逐客》，贾谊《过秦》及其《治安策》，及董仲舒《对策》等，属集部。亦均当归政治性上层文学。惟汉乐府乃多为社会性下层文学，而其内容与风诗又不同。因《诗经》时代尚是封建社会，汉代工商业并盛，社会不同，故所咏内容亦不同。其性质极复杂，如《相逢狭路间行》，乃咏贵族家庭生活，然无关上层政治性。又如《陌上桑》咏秦罗敷，《孔雀东南飞》咏焦仲卿，则以诗歌而渐趋于叙事小说体，然其风终不畅。论汉代文学，终是以上层政治性为主。此因武帝后，士人政府正式形成，读书人皆仕于政府为政治服务，甚少留滞社会下层与政治绝缘者，则宜其社会性下层文学之终难兴展也。惟自秦汉大一统以来，上层政治形式已变，故其政治文学甚难见作者私人之兼存，而下层社会文学乃更易接近前代作者与作品合一之旧传统，此则又当分别而论。

汉末，王纲解纽，士大夫饱经党锢之祸。借门第为躲藏所，寒士无门第，则心情变，社会私情，胜过政治关切，新文学亦随之而起。五言诗与乐府代兴。《古诗十九首》导其先路，此等皆初无作者主名，所咏尽属死生，男女，离合悲欢，社会私情。偶及仕宦，亦为富贵功名，为私不为公。惟作者则仍属少数读书人传统，故建安新文学，乃旧瓶装新酒。体裁犹昔，而内容多变，曹孟德可为代表。其身份已跃居政府领袖，而其吐属仍不失社会下层之私情绪。其《短歌行》，"对酒当歌，人生几何。譬如朝露，去日苦多。"又曰，"月明星稀，乌鹊南飞。绕树三匝，无枝可依。"可谓是士大夫之平民诗，异于雅颂骚赋，与风诗之虽出民间而经上层政治之采选改造者亦不同。最特出者如其《述志令》，以丞相九锡之尊宣告僚属，而所陈则皆私人情怀也。其二子子桓、子建，诗文皆承父风。而如王粲《登楼赋》，亦足为旧瓶新酒作证。《东汉书》始有《文苑传》，可证文学独立观念自此始。

两晋以下，《昭明文选》所收，循此风流，有沿无革。其作者莫非政治人物，而见诸篇章，则皆社会私情，八代之衰，主要在此。唐兴，乃思改辙，实求复旧。陈子昂《感遇》诗开其端。其诗有曰："玄天幽且默，群议曷嗤嗤。圣人教犹在，世运久陵夷。一绳将何系，忧醉不能持。去去行采芝，勿为尘所欺。"杜工部美之，曰：千古立忠义，感遇有遗篇。李白踵起，其《古风》有曰："大雅久不作，吾衰竟谁陈。正声何微茫，哀怨起骚人。自从建安来，绮丽不足珍。我志在删述，垂辉映千春。"彼二人所咏，不曰圣教，即曰大雅，徒工于文为绮丽，私人情志，未合大道。斯何足珍。此皆欲挽魏晋以下文人积习，返之周孔政治上层治平大道之公，以为所志所咏当在此。杜甫韩愈，遵而益进。惟社会结构与时代情况，以唐视汉，终已大变，有关日常生活私人情志之羼进文学内容，此风不复可遏。虽心存君国，志切道义，然日常人生终成为文学主要题材，如杜甫韩愈之诗文集，按年编排，即成年谱。私人之出处进退，际遇穷达，家庭友朋悲欢聚散，几乎无一不足为当代历史作写照，此成为唐以下文学一新传统。其作品之价值高下，亦胥可悬此标准为衡量。

至于专熟一部《文选》，惟以应进士试，则见为轻薄。轻薄非文辞之不工，亦不尽如韩冬郎《香奁集》之描写女性，即灞桥风雪，生活吐属非不雅，然与生民休戚无关，不涉公共大局，斯即轻薄也。至如罗昭谏，十上不中第，自名曰隐，心中惟知有科名，《谒文宣王庙》有曰："九仞萧墙堆瓦砾，三间茅屋走狐狸。"而又曰："释氏宝楼侵碧汉，道家宫殿拂青云。"则属势利。老释蔑势利，而崇势利者亦归老释，此皆在社会之下层。故诗骚属上层文学，固非势利。杜韩关心世运，亦非势利。驴子背上灞桥风雪，与夫香奁艳情，本亦非势利，特作者心情，不与国家安危民生休戚相关，则惟见其轻薄，亦成为势利。轻薄之与势利，在其为私不为公，乃同成其为社会下层文学之一征。其与政治上层文学之相异正在此。

唐代又有传奇新文体，内容不外香艳武侠神怪之类，此在魏晋六朝已有之。然在先仅是一种笔记，至唐代乃正式浸染入文学情调。此皆一时文人，虽亦有心国政生民而摆脱束缚，取悦世俗，在我以一泄为快。在文学传统中，则终非正体。略如西方文学中之小说，其对象乃在社会下层。因西方知识分子，本与上层政治隔绝，文学乃其一生业。不如中土，用则行，舍则藏，学而优则仕，仕而优则学，读书人以仕进为业，上下层打成一片，耕于畎亩之中，而仍以尧舜其君其民为职志。故其文学，每不远离于政治之外，而政治乃文学之最大舞台,文学必表演于政治意识中。斯为文学最高最后之意境所在。虽社会日进,知识分子范围日扩,逸趣闲情,横溢泛滥,偶尔旁及,则决非文学之大传统。游戏笔墨,可以偶加玩赏,终不奉为楷模。

诗之在古代,必配以声歌,诗即乐也。行之以礼,便用于政治场合中。自建安以下,诗已独立,自成一文体,然其内容意义,仍必导源风雅,即不能远离于治道民生而别有诗之天地。自晚唐以下,诗又与歌唱相配而有词,骤视之若复古,实则更新出。因其歌唱,亦在社会下层,在私人生活中。故早期之词,多选入《花间集》,可见词之使用,不在宗庙朝廷,不在邦国会同,而只在花间。和凝为名词人,及为后晋宰相,乃收拾旧作,不使流传。此征词之兴起,乃在晚唐五代大乱黑暗时期,当时人亦自知其与旧传统有扞格也。

但如南唐李后主,贵为国君,恣情欢乐,"佳人舞点金钗溜,酒恶时拈花蕊嗅,别殿遥闻箫鼓奏。"其所咏如是。一旦亡国,日夕以泪洗面,而其词调乃益工。自此所作,乃重回到文学传统大路上去。故可谓李后主词,乃是一种新瓶装旧酒也。

建安以下诗,与古代诗不同,多咏作者个人私生活。但作者私人,仍多与政治发生关系,故其诗仍带政治性。即如陶渊明,不为五斗米折腰,赋《归去来辞》,唱为田园诗。然义熙后不再纪年,居田园不忘政治,遂为魏晋以下第一诗人。诗余为词,亦专咏作者私人生活,与政治无关。李后主以亡国之君为词，其私人生活中，乃全不忘以往之政治生活。故其词虽不涉政治，其心则纯在政治上，斯所以为其他词人所莫及也。

宋人都好填词，如范仲淹欧阳修，依传统言，其人应不似填词的人。而欧阳词云："走来窗下笑相扶，爱道画眉深浅入时无。"此岂竭意追随昌黎文以载道者之所出。而如柳永，凡有井水处，即能歌柳词。其词云："忍把浮名，换了浅斟低唱。"及应进士试，仁宗曰："此人风前月下，好去浅斟低唱，何要浮名。"后乃以改名得中，但亦终不在政坛上得意。可见词是社会下层性文学，终不与旧传统政治性文学沆瀣一气。苏东坡辛稼轩，刻意欲将诗和散文的豪情壮气嵌入词中，然亦终不能改变了词的格调。即所谓只合十七八女郎，执红牙板，歌杨柳岸晓风残月也。

宋代又另有一新文体，是为话本，此承唐代传奇来。但唐宋社会又已不同，一则读书人更多，政治上不能容，多沉滞在社会下层。二则佛教向社会传播，遂有话本，形成白话小说之一大支。三则印刷术日盛，社会一般人多阅读机会。故唐代传奇，虽其体裁内容，已与上层政治性文学之诗文传统有不同，但仍多属于上层传统文学之作者偶尔为之，故其精神血脉仍不相远。宋代话本，则多出社会下层不知名人之作，可证其已另成一派别。古诗三百首，绝大多数无作者姓名，但此下演变出楚辞汉赋，则皆有作者可考。汉乐府古诗十九首之类，亦无作者姓名，但建安以下五七言诗，则皆有作者可考。宋话本都无作者姓名，但元明之杂剧与小说，则又渐多有作者姓名，此亦中国文学史上演变一大例。亦可知中国传统文学，乃不断有新成分之加进，新方面之开展，惟其事必以渐不以骤，不可以一蹴而冀耳。

元剧创始，推关汉卿，乃金人，以解元贡于乡，为金太医院尹，金亡不仕。其次如王实甫，亦由金入元。更次如马东篱，更次如白仁甫，其父华仕金，金史有传，与元好问有通家之好。华得罪，仁甫受遗山抚养，华诗谢遗山："顾我真成哭家狗，赖君会护落巢儿。"此四人，皆生北方金元之际，与南方文化传统疏隔，在异族统治下，对政治无亲切感，故能从中国传统文学中，特出新裁。然亦与宋人话本不同。因此四人皆有文学绝高修养，虽王实甫马东篱两人，不能详其家世，然亦决知其当在读书人集团中，否则必不能有如此成就。故元剧乃是由旧传统迈入了新境界。其关键乃在元剧作者皆在新环境中苗长，与传统中读书人有不同。马东篱有迄今传诵的小令云："枯藤老树昏鸦，小桥流水人家，古道西风瘦马，夕阳西下，断肠人在天涯。"若以全部中国文学史论，此四人处境正如此，皆是在中国作家中一批西风瘦马在天涯之断肠人也。论其时代，可谓是夕阳西下之时。论其处境，则枯藤老树，小桥流水，差堪仿佛。今人好读元剧，其亦有身世之同感乎？东篱又有句云："为兴亡，笑罢还悲叹，不觉的斜阳又晚。想咱这百年人，则在这捻指中间。空听得楼前茶客闹，争似江上野鸥闲。"此可推说元剧作者之心情，实宁愿为江上之野鸥，不愿闻朝政之兴亡。故元剧虽可推为中国当时之一番新文学，流行在社会下层，仅见个人之私情怀，然在其字里行间，作者之精神血脉，处处仍可窥见其远自诗骚以来之中国旧传统。家国兴亡实在其深忆远慨中，而吐露于不自觉。故其内容，自非宋人话本所可比拟也。

元剧作者，多起于金元北方，其新文体之漫衍而至南方，则如荆刘拜杀乃至《琵琶记》等，都已在元明之际。而同时南方，承南宋遗民之绪，一辈读书人，大率隐遁山林，讲学传道，唐宋诗文正规，不绝益振。故明初诸臣如宋濂刘基王祎高启等，群才荟集，历代开国，无此盛况。惟明祖虽竭意网罗，其用意仅在朝政上知求善治非读书人不可，而非在崇道尊贤上，对读书人具有敬意。故其振兴学校，奖拔新进，亦为整饬吏务，不为弘扬儒业。宋濂《送东阳马生序》，自述其年幼嗜学，家贫无书，乞借抄录，备极艰困。而从师问业，更增辛劳。至于当时之学于太学者，县官有廪稍之供，父母有裘葛之遗，终日坐大厦，书不待求而集，师不待问而告。春风桃李，较之秋菊冬梅，其内在生命力之强弱，已不相侔。而又经受外面朝廷大力之驱遣束缚，故明代开国之新人，乃远不如旧元

中国文学史概观 *61*

隐遁之孑遗。而至永乐，病弊更大显。方正学后，更无继起。故明代学人，应分两途。一则志在山林，属旧传统。一则起于市朝，屈从当代政制，仅供鞭策，与两汉唐宋之书生从政不同。自永乐以至成化，八十年间，正国家治平之期，然论其文运，如三杨之馆阁体，终不足以餍群望。而激起何李之复古，然未有心情之内酝，徒争字句之形迹，面貌虽似，精神终别。故明代诗文正轨，乃不能与两汉唐宋媲美。即近视元代，犹亦逊之。赵瓯北谓："高青邱后，有明一代更无诗人。"其实散文家亦然。高刘宋王之辈，此皆有元一代之结束，非有明一代之开山也。

明初章回小说，乃又得算为中国文学史上一新开创。如施耐庵之《水浒传》，罗贯中之《三国演义》，其实此两人亦皆元遗民也。剧曲之与小说，正如诗之与散文。一有韵，自诗骚汉赋来。一无韵，自《尚书》《春秋左氏》来。故剧曲之近源为词，章回小说之近源为散文。所以得确然创出一新风格新体裁，则端在作者之心情，在其与政治之亲切与远隔。《杀狗记》作者徐仲由有云："乌纱裹头，清霜落，黄叶山邱。渊明彭泽辞官后，不仕王侯。爱的是青山旧友，喜的是绿酒新笻，相迤逗。金樽在手，烂醉菊花秋。"仲由亦在洪武初征秀才，辞归。高则诚亦辞明祖聘，而明祖甚喜其《琵琶记》，曾曰："五经四书为五谷，家家皆有。《琵琶记》如山珍海错，富贵家岂可无耶。"

是明祖仅以五经四书为五谷，可以果腹耳。此即征其不知味。有韵如诗骚，无韵如韩欧，此皆山珍海错也。至如《琵琶记》之在中国文学史上正是山蔌水鲜之属，富贵人家可以偶备，非所必备。明祖不知此，故于诸儒，仅为果腹所需而勉加牢宠，非有喜悦之情，乃有刀锯之加。无怪当代诸儒去之惟恐不远，离之惟恐不速矣。

施耐庵两避张米之招，《水浒传》开首一王进，夭矫如神龙，见首不见尾，即为作者自身写照。晁盖宋江，志在草莽，皆非官逼。关胜呼延灼卢俊义辈，则受盗逼，而非官逼。耐庵此作，自有影射。若果山泊一堂忠义，则耐庵将奔赴之不暇，何有闲情逸趣，在兵荒马乱中，匿草泽间写此书。事过境迁，后人不晓，乃谓其身在元，心在宋，虽生元日，实愤宋事，此岂懂得耐庵当时之心情。惟金圣叹差能从文字上得窥悟，然亦仅知《水浒传》并不同情宋江，乃不知元明之际一辈士人之内心，而施耐庵乃其中之一人。故知知人论世，事不易为。而耐庵之身遁草泽，心存邦国，《水浒传》虽是一部社会下层文学，而实带有中国传统政治上层文学之真心情与真精神，而且有激烈浓重之致。纵谓其观察有偏失，明代开国，决非草野造反可比。然而耐庵之愤悱内蕴，热血奔放，则固一代大著作所必具之条件也。

《三国演义》所写在政治上层，而内容又全属社会下层。其中事实述据史传，而人物则全属新创。更要者在其富有一种伦理精神。尤其如写关羽，遂成为此后中国社会竭诚崇拜之一人物。后人说《三国演义》，七实三虚，实亦摸不到《演义》之真血脉，搔不到《演义》之真痛痒。死读书人，哪曾真读到书。即就其所谓三虚言，如华容道义释曹操，此等虚处，正是《三国演义》中最深沉、最真实、最着精神处。此之谓文学上之真创造。使读其书者，全认为真，不觉其有丝毫创造。在诸葛亮身上尚可感有几许创造，而牵涉不到关羽。其实《演义》中关羽为人，亦本史传，非尽虚造。而渲染其人，达到尽善尽美、十足无缺的地步，凭空为社会后世捏造出了一个为人群所崇拜的人物，而尊之为武圣人，此尤是《三国演义》之极大成功处。

若把《三国演义》与《水浒传》相比，《水浒传》情存讥刺，多从反面侧面写。《三国演义》志在表扬，多从正面重叠面写。两书风格不同，正是两书作者性格之不同。惜乎今对施耐庵罗贯中两人生平无可详考，所知不多。惟若谓罗贯中同时写此两书，或谓罗贯中同时亦参与了《水浒传》工作，则必大谬不然。李白是李白，杜甫是杜甫。韩愈是韩愈，柳宗元是柳宗元。作品与作者，须能混并合一看。而作品与作品、作者与作者间，须能看其各具精神，各有性格，各自分别，各见本真处。此始见到了中国文学之最高成就。社会下层文学之在中国，其短处在只有作品，不见作者。未能十足透露出中国文学之传统精神之所在。其有最高成就者，则在其作品中仍能不掩有一作者之存在，此惟《水浒传》与《三国演义》两书足以当之。

说者每以《水浒传》《三国演义》与《西游记》《金瓶梅》并称为四大奇书，谓是明代小说中四大巨著。其实后两书距前两书已逾两百年，明中叶之升平期，学风文风，变而益漓，远不能比元末明初之祸乱期。后两书只具游戏性、娱乐性，只有写作技巧，何曾有写作精神。内不见作者之心意，外不见作者所教导。

吴承恩屡困场屋，沉于下僚。余曾读其《射阳先生存稿》，其诗文虽不在嘉隆七子之列，要之，无当于唐宋以来之大传统。当时誉者称之，亦只能谓其乃李太白柳子厚之遗，绝不能与杜韩相比拟。其诗有曰："一片蝉声万杨柳，荷花香里据胡床。"其人生理想如此。其为《西游记》，最多乃名士才人之笔，与施耐庵罗贯中异趣。

尤其是《金瓶梅》，乃特为袁宏道称许。因公安派同是传统诗文中之颓丧派，放浪性情，实近堕落，其关键在有明一代学术之大传统上。

盖明初学脉，至方正学已断，后起如吴康斋胡敬斋陈白沙诸人，皆是田野山林之隐沦派，仍沿元儒旧辙，而诸人诗文转有传统风度。阳明踵起，其诗文亦沿此一脉。而涉足政治，先有龙场驿之贬逐，后有擒宸濠后之忧谗畏讥，故王门后起，仍走回隐沦一路，冬留滞在社会下层，不肯涉足政治。遂有公安派求于传统政治上层文学中争取大解放,则其同情《金瓶梅》,亦无足怪。或疑《金瓶梅》出王世贞,此决不然。明中叶以下之散文家,能承唐宋韩欧遗绪者,惟一归有光,但以一举子老乡间间,未获撰述上层政治文字之机会,仅在家庭友朋间,抒写社会下层题材,彼讥世贞为狂庸巨子,名之曰俗学。然有光没而世贞赞之,曰:"风行水上,涣为文章。风定波息,与水相忘。千载有公,继韩欧阳。予岂异趋,久而自伤。"则世贞虽妄、虽庸、虽俗,绝非荒唐轻薄之流。其非《金瓶梅》之作者可知。

其时如南曲,亦不振,远不能与初明比。王世贞诗,"吴阊白面冶游儿,争唱梁郎雪艳词。"梁伯龙外,如郑虚舟《玉玦记》,论其题材与其剧情,要之,不脱庸俗二字。而人称其典雅工丽,此特指文辞与曲调言,不知此实壮夫所不为也。而王世贞《鸣凤记》,却仍带有上层政治意味。记中以杨椒山与严嵩为中心,人物贤奸,政事清浊,昭然笔下。世贞父即为嵩下狱治死,《金瓶梅》亦因此牵上世贞。然世贞终为一正人,可以为《鸣凤记》,决不至为《金瓶梅》。故论中国文学作品,必兼及于作者。作品内容,悉系于作者之心情。而作者心情,则悉系乎其学术之师承。若治中国文学仅从作品入,不从作者入,上无师承,则必下侪庸俗。其仅师作品,炫于名而忽其实,仅知文辞,不知文辞中之性情,此即庸俗之流也。俗者,在其仅限于世俗，不知有时代长久之绵延性。庸者，在其仅限于庸众，不知有独特广大之感通性。惟其作者能上感千古，其作品乃能下感千古。所谓以待知者知，因此文学有传统。此传统属公不属私，必雅必不俗。儒家教孝，上有承，下有续，为孝子即不是一庸俗人。故曰："入孝出弟，行有余力，乃以学文。"先培养其德性，乃可进之以文艺。先为一不庸俗人，乃能为一文学作家，乃能有真性情真人生从其作品中流露。有真性情真人生，乃始有真传统。以此衡量，晚唐之诗人词客，远不如初元之剧曲作家。明中叶之作家，亦远不如初明。文运必与世运相通，当先论其世，乃可知其人，遂从而论其文。中明之世，俗态毕露，人人心中已无一大传统存在，故其世局为不可久，亦不待观之史，即其文而可推测以知矣。

至如明末，阮大铖之《燕子笺》，知其作者，斯知其作品之断为亡国之音无疑矣。其词有曰："春光渐老，流莺不管人烦恼。细雨窗纱，深庵清晨卖杏花。"斯亦纤艳清丽，真所谓绮丽矣。然不能只知流莺，只知杏花，只知窗纱，只知细雨，乃茫然不知斯世之为何世，此日之为何日。岂此乃为雅人之深致乎！此篇所谓上层文学与下层文学，其主要分别即如此。果使中国文学尽皆如此，则世道何寄，人心何托，诗骚以来三千年之文学传统，岂固仅此而已乎！则又何来有此民族之文化，亦何来有此文化之民族。或谓此剧亦为吴应箕侯朝宗辈所爱赏，不知此正亡国朕兆所在。侯朝宗辈，亦亡国人物也。岂仅亡国，如顾亭林所言，斯亦亡天下之朕兆也。

然幸亦终有不亡者在。清康熙时，孔东塘作《桃花扇》，即述侯方域吴应箕阮大铖当时事，亡国之痛，历历在目，而秦淮名妓李香君，贞固节烈，犹得维系民族文化之一线。较之《燕子笺》，远不相伦矣。同时有洪昉思《长生殿》，在当时与《桃花扇》相颉颃，然而以中国文学之大传统言，则终非其敌。至如李笠翁，则更等而下之。笠翁好作喜剧，自谓："惟我填词不卖愁，一夫不笑是吾忧。"其十种曲之庸俗无聊，即此十四字可以知之。又如尤西堂，亦明遗民，而为清廷之老名士，其所为诸剧，亦绝不见故国兴亡之感。即如蒲松龄《聊斋志异》，亦复无丝毫祖国余思。然则满人入关，较之蒙古，岂果更为成功乎？抑晚明社会较之南宋之远为不逮乎？其中关系，恐学术分量更重于政治。而晚明遗老如顾亭林、李二曲、王船山、黄梨洲、陆桴亭之流，则皆在政治性的上层文学方面犹幸其尚存民族传统之一脉也。

及于清之中叶，乃有蒋心馀，以名诗人称。为其胸中非一刻忘世，乃有曲九种，其一曰《冬青树》，以文天祥谢枋得为经，纬之以南宋诸遗民。自谓"落叶打窗，风雨萧寂，三日成书"，是其蕴蓄触发者深矣。其文词凄厉，声调悲壮。有说："你看半江寒月，两岸秋山，游人甚多。在俺罗铣眼中，都是前朝眼泪也。"不谓至乾隆时，天下升平，举世酣嬉，心馀身为朝廷官，诗文名满海内，乃其眼中，仍多前朝眼泪，冬青一树，乃可与《桃花扇》后先辉映，此诚所谓传统文学之精神所在也。

至如吴敬梓《儒林外史》，及曹雪芹《红楼梦》两书，虽固脍炙人口，视此为不类矣。《儒林外史》仅对当时知识界及官僚分子作讥刺，体不大，思不精，结构散漫，内容平俗，不够说部之上乘。《红楼梦》仅描写当时满洲人家庭之腐败堕落，有感慨，无寄托。虽其金陵十二钗，乃至书中接近五百男女之错综配搭，分别描写，既精致，亦生动。论其文学上之技巧，当堪与《三国演义》《水浒传》相伯仲。然作者心胸已狭，即就当时满洲人家庭之由盛转衰，一叶知秋，惊心动魄。雪芹乃满洲人，不问中国事犹可，乃并此亦不关心，而惟儿女私情亭榭兴落，存其胸怀间。结果黛玉既死，宝玉以出家为僧结局。斯则作者之学养，亦即此可见。迹其晚年生活，穷愁潦倒，其所得于中国传统之文学陶冶者，亦仅依稀为一名士才人而止耳。其人如此，斯其书可知。较之满洲初入关时有纳兰成德，相去诚逖然远矣。

继之有《儿女英雄传》，亦为满人文康作品。书中主人侠女十三妹，似乎针对着大观园中十二金钗之柔弱无能。而何玉凤张金凤同嫁安骥，亦似针对薛宝钗之与林黛玉。故其书亦与《红楼梦》同名金玉缘。而文康与雪芹同是家道中落，其处境亦相似。殆文康心中，只知一曹雪芹，乃存心欲与一争短长，其人之浅薄无聊又可知。即以此两人为例，而此下满族之不能有前途，亦断可知。

同时有李汝珍之《镜花缘》，其书亦以女子为中心。则更是消闲之作，无多感慨，不足登大雅之堂。由女子而转为侠义，则有《七侠五义》《施公案》《彭公案》等，要之，同是消闲作品也。五言古诗起于晚汉，词起于晚唐，白话语录起于晚宋，剧曲起于金元之际，白话小说《水浒传》《三国演义》起于元末明初，此等皆生于忧患之新文体，所堪大书特书者。因此于旧传统之外又增入新传统。惟明之一代，新旧传统，皆不能发皇张舒，续有滋长。清代若稍胜于明，然中叶以后，亦复死于安乐，如《儒林外史》《红楼梦》，皆安乐中垂死之象耳。即诗古文旧传统，亦仅胜于明，不能与宋相抗。洪北江汪容甫之流，欲于老树发新葩，以短篇骈文，叙述身世。曾湘乡值洪杨之变，其为古文，稍振桐城坠绪，然亦仅此而止。文运不兴，即征世运之衰。清中叶以后，亦无逃此例。

西风东渐，学者乃竞倡新文学，群捧曹雪芹，一时有红学崛兴。岂彼辈乃求以红学济世乎？沉浸于旧文学传统稍深者，终觉不能仅此儿女亭榭，即为文学之上乘。乃相继比附，认为《红楼梦》乃影射清初朝廷君臣事迹，此若稍近传统之意，然终亦无奈考据之实证何。而一时意见，则以西方为例，谓文学何必牵附上政治。然不悟中西历史双方不同。读中国文学作品，必牵涉到其作者。考究作者，必牵涉到其身世。其生平是何等人，乃可有何等作品。就中国传统言，则吴敬梓、曹雪芹决不能与蒋心馀相比。阮大铖更不能与孔东塘相比。推而上之，李白为诗仙，杜甫为诗圣，圣终胜于仙，此亦人更重于诗。谢灵运不如陶潜，宋玉不如屈原，文学作者为人之意义与价值更过于其作品。故曰："一为文人，便无足观。"此非轻视文学也。中国传统观念下，人的意义与范围，非一职一业可限。故重通人，尤重于专家。有德斯有言，言从德来。诗言志，诗由志生。不能即以诗为志，更不能即以言为德。失德无志，更何诗文足道。中国传统以人为本，人必有一共通标准。作者之标准，更高于其作品。作品之标准，必次于其作者。此即文运与世运相通之所在也。西方文学单凭作品，不论作者。欲求在中国文学史中找一莎士比亚，其作品绝出等类，而作者之真渺不可得，其事固不可能。在中国传统文学中，必于作品中推寻其作者。若其作品中无作者可寻，则其书必是一闲书，以其无关世道人心，游戏消遣，无当于立德立功立言之三不朽而谓之闲。是则在中国传统观念下，可谓始终无一纯文学观念之存在。岂仅无纯文学，亦复无纯哲学，纯艺术，乃至无纯政治。并无其他一切之专门性可确立。一切皆当纳入人的共通标准之下而始有。所谓政治性上层文学，以其建立在人群最高共通标准上，故曰雅。所谓社会性下层文学，以其无此最高共通标准，故曰俗。若政治而无此最高共通标准，仅凭某几人之权力地位，此乃霸道，非王道，亦非中国传统观念下之所谓政治也。

西方历史演进，与中国不同，更要在社会之下层，与各业之专门化。近百年来，中国染此风尚，知识分子各自分业，可以终身与政治绝缘。若谓此是政治性上层文学，则必相鄙斥不齿。若谓此是社会性下层文学，则必群加推崇。此下演变，本篇无暇作深论。但若专就中国文学史言，则显有此上下层之别，而且上层为主，下层为附。下层文学亦必能通达于上层，乃始有意义，有价值。如乐府，如传奇，如词曲，如剧本，如章回小说，愈后愈盛，必不当摒之文学传统之外，此固是矣。然如诗骚，如辞赋，如李杜诗，如韩柳文，亦同样不得摒之文学传统之外，决不当以死文学目之。纵谓其已死，乃死于今日以至后代。其在中国文学史上之地位，则栩栩如生，活泼常在，绝不能死。即在将来，其果死不复生乎，此亦大有问题。中国人生几乎已尽纳入传统文学中而融成为一体，若果传统文学死不复生，中国现实人生亦将死去其绝大部分，并将死去其有意义有价值之部分。即如今人生一儿女，必赋一名。建一楼，辟一街，亦需一楼名街名。此亦须在传统文学中觅之，即此为推，可以知矣。至新文学，其果当专限于神怪武侠恋爱侦探等，而更不许较上层题材之加入否。其果专为游戏消遣，庸俗闲暇所赏，而不许有人生更高共通标准之加入否。若真能写一部像样得体的中国文学史，确实以死者心情来写死者，果真能使死者如生，则有了此一部中国文学史，对此下新文学之新生，旧文学虽死，宜亦有其一份可能之贡献。此则本篇之作意也。今之提倡新文学者，其亦有意于斯乎，此固本篇作者所馨香祷祝以待也。

中国散文

（一）

中国散文本是对骈文而言，亦有是对诗而言。这是中国文学之一大支。就近代文学观点看，除诗文以外，还应有词曲、小说、戏剧等。但中国一向不重视小说，也不重视戏剧。在《四库提要》里，并无戏剧一目。

《四库提要》所收诗文集中，散文就占了一半分量。可见散文在中国文学史里比重极大。我们应该从中国文学史的发展中来讲散文。反过来说，也可从散文的发展中，来窥知全部文学史。再进一步说，如不从全部文化史作透视，也就无从彻底了解全部文学史。

西方文学如史诗、神话、戏剧等，开始就像是自然的、朴素的、天真的、民间的以及地方性的。而中国则不然。中国文学虽亦源自民间，实际上却经过了官方的一番淘洗。关于这点，却被所有写中国文学史的作者们忽略了。像中国最早一部文学作品《诗经》，就是出于政府的官书。若是地方性的文学，要渗透到全国的广大范围，就先须经过一层雅化。而此层雅化工夫，在古代则是操之于上层贵族手里的，也可说操在政府的。这是由于中国地理，文化环境，与西方不同之故。

西方文学发展，普通是说，如神话、故事。是唱，如诗歌。是演，如戏剧。然而中国却不这样。在中国古代产不出像希腊的荷马那样的大歌唱家。这因中国国土大，语言难得一致。希腊城邦的单位小，又是语言统一，故歌唱家可以到处通行。在中国就不能，即如今天的京剧，还是不能通行全国。就如梅兰芳、杨小楼那样的名角，也只能在北方及华中一带唱，到了广东、福建等省，便不通行。

中国文学发达，与西方不同。主要缘于中国古代就有一个统一政府。各地地方性文学，要传播到全国，不得不先经过政府之淘洗与雅化。因此我们说，中国文学主要绝不是地方性的。

地方性的文学只在四个阶段中渗透进文学范围：

第一阶段——是经过王官的淘洗，像刚才说过的《诗经》。

第二阶段——是诸子百家言，如《庄子》《孟子》等书中，就有不少民间故事。那些故事，因于透过了诸子的手笔,而始普及通行。

第三阶段——如楚辞,它是代表当时楚地民族的文学,或可是由民间歌谣发展而来。但楚辞虽然有着鲜明的地方色彩,也还是透过了屈原、宋玉等人之手而成。实际上与第二阶段仍多相同。

第四阶段——是经过游士之手。在《战国策》中,所收有许多极好的散文。在那些散文里,也附带有不少本来是民间文学的素材。

这里我们要特别提出,即中国文学的发展乃是由上而下,主要在贵族阶级手里来完成。

西汉时的文学,乃由游士之手,转入宫廷的侍从们,像司马相如等。直到那时,中国学术界,还未有纯文学观念出现。必待到东汉,才可说有纯文学意态的观念出现了。因此范晔《后汉书》里,就首先有《文苑传》。虽然过去已很久有极高的文学作品,但尚无明确地对文学有独立的认识。许多散文其实只是应用文,甚至诗和韵文也都有应用气味。

东汉的五言诗,才可算得是纯文学了。像以前诸子百家著书,都不是纯文学。严格说来,两汉辞赋还是孕育在贵族宫廷手里的一种应用文,也非纯文学。

(二)

中国文学的确立,应自三国时代曹氏父子起。曹丕的《典论·论文》，是中国最早正式的文学批评。这在中国文学史上是一个划时代的关键。因文学独立的观念，至此始确立。

中国文学另外一个特征，常是把作者本人表现在他的作品里。我们常说的文以载道，其实也如此。苟非其人，道不虚行，故载道必能载入此作者之本人始得。此又与西方文学有不同。设辞作譬，正如一面镜子，西方文学用来照外，而中国文学乃重在映内。也可说，西方文学是火性，中国文学是水性。火照外，水映内。

汉魏以后的文学，主要可看《昭明文选》。中国文学之有总集，不自《文选》始。惟《文选》所收集的，时间放长了，文体也放宽了。但《昭明文选》里，不选经，不选史，也不选子，所收集的便只限于较近纯文学的一部分。总分赋、诗、文辞三大类。由此可见昭明太子当时，已有文学独立的认识了。尤其重要的，他不分诗与文，骈与散。这实在不像我们开头所讲，诗文对称，骈散分立的说法了。换言之，散文也可有纯文学价值了。

散文确获有纯文学中之崇高地位，应自唐代韩愈开始。韩愈提倡散文，实在有一些是采取《文选》中赋前之序而变化出来的。如《送李愿归盘谷序》，为唐代一篇名文。此文有人把来与陶渊明的《归去来辞》相提并论。我们若把《文选》中所收有些赋前之小序合看，便可悟其同出一类。又如韩愈《送杨少尹序》

之类，此可谓是一种无韵的散文诗。韩愈于此等散文，本是拿来当诗用，这实在是一个脱胎换骨的大变化。再像《祭田横墓文》，把祭文也改用散体。这一改变，遂破除了以前种种格调的限制与拘束。这也正如我们另换了一套宽大的衣服，而感到格外的轻松与舒适。散文在纯文学中之地位崇高，其功当首推韩愈。

韩愈同时有柳宗元，下及宋代欧阳修等人，多擅记叙文章。如柳的山水游记，欧的园林杂记如《醉翁亭记》之类，其实多有诗意。尤属主要的，则须能把自己投入作品中。由于中国文学这一特性，遂引起后人为各著名作家编年谱，及把诗文编年排列，这又是中国文学与史学发生了关系。

宋明理学注重人格修养，这正如韩愈所说："我非好古之文，好古之道也。"尤其如朱子、阳明，是理学家中能文的。他们的文章，也都能把自己的日常生活一切事物及对外应接都装入其诗文中去。从这里，我们更看得清楚些，所谓文以载道，其实是要在文学里表现出作者的人生。

由宋经金、元，骈文更走下坡路。到明代，骈文终于是没落了，而散文则更为盛大起来。明代前后七子如王世贞、李梦阳和李攀龙等，都要力仿秦汉。但比较有价值的文学家，还是要推归有光，他是宗法唐宋的。

归有光极反对盲目模拟古人，并力斥前后七子的文章，都像是空架子，只在格调词藻方面下工夫。归则以日常生活的描写为主，他可算已抓住了极重要的一点，即是以文学来表现人生。这又回复到韩愈及宋学家们的精神了。

归有光在政治上不得意，一生过的多是平民日常的生活。他因此最擅长在家庭中生活方面的描述，如《项脊轩志》《思子亭记》等。他的文字很能学《史记》，尤其如《外戚传》等。他从《史记》中领悟到写文章的诀窍。关于这点，给清代的桐城派影响很大。他这种新的笔法，也可说唐宋八家尚未畅行，可说给散文写法又开辟了一条新路线。所遗憾的，是他的文章不能反映出当时的整个时代，这是因为他的生活环境限制了他。

（三）

谈到清代的散文，多半只是桐城、阳湖两大派势力。桐城派的始祖是方苞，以后还有他的弟子刘大櫆和刘的弟子姚鼐。他们三人都是安徽桐城人，因而称为桐城派。他们的系统，是远宗唐宋八大家的。

姚鼐在扬州、南京主梅花、钟山书院诸讲席，凡四十年，本桐城古文义法选辑《古文辞类纂》七十四卷。其中心贡献在他为文章作分类的工作。他将各种文体，分为论辩、序跋、奏议、书说、赠序、诏令、传状、碑志、杂记、箴铭、颂赞、辞赋、哀祭十三类。以后论文体者,莫不奉为圭臬。这是姚氏对文学史上一大贡献。就《古文辞类纂》之文体分类言,实比《昭明文选》远为进步了。但《古文辞类纂》也避去经、史、子专书不选,则仍是沿袭昭明意见。他又特别提出八个字来作为衡评文学的主要标准。此八字为神、理、气、味、格、律、声、色。此八个字遂为桐城派做文章的依据。我们可说神、理、气、味四字,偏在文学的人生方面。格、律、声、色四字,则偏在文学的技巧方面。桐城派主张义理、考据、辞章三者兼重,而桐城派言义理,其实有些即已涵在他们所举神、理、气、味、格、律、声、色八字之内了。这是一个很有意思的主张。此神、理、气、味、格、律、声、色八字,即是文章与义理兼通互用融化合一了。因此桐城派主张文章的每一词句,都得含有道德意味在内,都得慎细考虑,从严检别。这样的写作态度,可算得是很严肃的。

又有阳湖派,如恽敬、张惠言诸人。他们能兼经子考据,因此阳湖古文虽是桐城别支,却和桐城门径广狭不同。同时有洪亮吉,亦阳湖人,他亦能诗文,尤喜以骈文写作,创为新骈文体。

我们再回头看古文派的唐宋八家,是以韩愈为主的。韩愈虽为散文提高了其纯文学中之地位,但韩的文章实是从经、史、子中蜕变而来的。但以后的古文家,尤其在明清两代,渐渐不能遵从这条路了。这确是一大错误。从归有光、方苞以下，古文的气味转弱，渐不够有力了。古文派之所谓文以载道，本来是要抓住人生的道，而来表现在文学之中。并不是即以文学来表现文学。散文之所以被重视，正是因为它最容易表现人生。而桐城派在此方面之成就，实远比不上唐宋。

关于中国散文的确立及其发展，已经讲过不少。下边我们再提出一个反对的意见。

章学诚所著的《文史通义》，也是我们研究近代文学所必读的书。那是一部讲文学及史学的通论。他说"六经皆史"，就是说，古代的经学，实在也就是史学。这一论点，实是针对当时的经学派而发。当时对立的两大派，经学派以戴震为首领，文学派当推姚鼐。他俩都没有做过大官，戴只是个举人，姚曾考为进士。

自归方评点《史记》的传统，学文学应该读《史记》，这已成为桐城派相传的真诀。桐城派还特别看重评点。而章学诚则加反对。就常情说，评点只能当为学文的入门，不能算是学文的归宿。章氏说："以古人无穷之文，而拘于一时之心手。"这是对评点的一针见血之论。

章学诚对文学的另一看法，他说："文章之变化，非一成之文所能限。"这也可说，学文学不能单从文学本身去学。这一观点，却近于韩愈文以载道的说法。不能认为文学即是道，而是寄道于文学中。从这一观点，章氏又申述"读书养气之功，博古通今之要，亲师近友之益,取材求助之方"诸语。照这样做来,则可成为如古代诸子,成一家之言,而不专限在文学中去学文学。因为章氏对当时的两大派,经学与文学,都不满意,而极想创造出一条新路径。他当时评论古文,写出《古文十弊》一篇,也是很有力量的。

章学诚又说:"文成法立,未尝有定格。传人适如其人,述事适如其事。"这是以文来写人或事,不是以文来写文。他这样讲文学,可谓已讲到较高的一步了。最后他又讲"文德敬恕"。他说写文章最重要的态度,还是敬与恕。如果能这样,在临文时就当检其心气。他还主张,应明古人之大体,而文之工拙尚其次。这些意见都很重要。一般人写文章,多不懂得这些大道理,又哪能注意到文德与敬恕呢。

其次,对桐城派提出批评的有阮元。他说:"六朝言文,一定指有韵的。"由他这论点,引起经学考据家言文学之新根据来反对桐城派。但桐城派由于后起曾国藩的发扬光大,也能直延续到清末。

曾国藩遇到姚鼐弟子梅伯言,他又在倭仁处学得宋明理学,继在军中选了《经史百家杂钞》一书,分论著、辞赋、序跋、诏令、奏议、书牍、哀祭、传志、叙记、典志、杂记十一类。在文章分类方面,大体还承袭姚鼐。但他主张经、史、子同时就是文学,却把文学门户扩大了。曾氏又另选了一部《十八家诗钞》。他主张学诗应分家去学,先注重作家,再从此作家来学此一作家之诗。此意见极重要，实在大堪注意。

曾氏批评古文，曾说："古文无施不可，惟不宜说理耳。"此说亦甚有意思。因就散文在纯文学之境地中来讲，自然是不宜多于说理的。他又以为诙谐文并不好写，他能在文章中特别提起诙谐一格，也是从纯文学观点出发。他最喜欢雄健的文章，他又主张学《汉书》，则是兼顾了当时考据学派如阮元等人的意见了。因此他的文章，多能宏深骏迈。实际上，曾氏已把桐城派加以改变。他一生在三十多岁时，始向学问路上跑，四十三岁进入军界，六十二岁作古。他的文章能越过姚鼐，可独成一家，但在学术界，则影响并不大。

到清末，王先谦有《续古文辞类纂》，补选清代之文，承续姚氏选法。又有曾国藩弟子黎庶昌，亦有《续古文辞类纂》，其所选文承续曾氏，兼及经、史、子，可补姚氏所未备。有吴汝纶私淑姚氏，少长，受知于曾国藩。晚年任京师大学堂总教习，游日本考察教育。此君可为桐城派之殿军。至章炳麟，乃经学中之古文学家，精训诂，喜魏晋文，又夹以先秦诸子来写文章。以先秦诸子与魏晋掺和来创新文体。其实这一路径，在龚定庵已开始。与章同时，有康有为，乃今文学家，与其弟子梁启超，亦创新文体。康文浑灏流转，可说是胎近于两汉贾董诸人。另有介绍西方文学的严复几道和林纾琴南。严偏重哲学方面，林则是介绍西方小说的第一人。

严林皆福建人。严先曾去英国学海军，学识渊博，国内六十年来翻译西方学术著作之多，无人可比。译有《原富》《天演论》《群学肄言》等。从吴汝纶学古文，其所译《天演论》序文，即请吴作。关于翻译西书的技术，他定下信、达、雅三原则，作为后人译书之准绳。

林纾先后译有小说共一百五六十种，包括美、英、法、挪威、西班牙、比利时以及瑞士等国。特别介绍欧文（Washington Irving），狄更斯（Dickens），大仲马（Alexander Dumas Pere），小仲马（Dumas Fils），托尔斯泰（Tolstoy）等诸名作家的作品。他有文学天才，能对原书的旨趣有极深刻的领悟，能把西洋文学融入中文。他用《史记》笔法来写社会，写人生。他虽不认识英文，只靠别人口述，而他笔受的本领，居然能译一百多种外国小说。质的方面不谈，单以量来说，也实在够惊人了。这的确是中国文学上的一项了不起的译作。大体论来，林是沿了桐城派路径而有成，严则偏于湘乡及晚清看重诸子的影响为多。

（四）

以上关于古代及近代中国散文的演变已说了不少，现在该提到白话文了。民国六年，胡适发表了《文学改良刍议》一文，在该文中提出了改良旧文学的八项意见：一、须言之有物。二、不模仿古人。三、须讲求文法。四、不作无病之呻吟。五、须去滥调套语。六、不用典。七、不讲对仗。八、不避俗字俗语。在全部中国文学史中，不论古今，真称得上一件文学作品，真称得上一位文学作家，何曾犯有胡适所举之各病。文学中讲及对仗，并非即文学之病。文学既有一传统，又哪能绝无模仿。实际上，在胡适以前，已有人写白话文了，如黄远庸即是其中之一。然而正式提倡白话文，乃自胡适始。可是胡适实不是一位文学家。当时可当得文学家的，应算鲁迅、周作人。鲁迅一生的文学生涯，可分三阶段：

一、同周作人译《域外小说集》，那是有意学林纾的。

二、《呐喊》时期，这期间的文学意味够浓厚。他的精神，实近于唐宋八家，在文学中描写人生。例如其中的《社戏》《孔乙己》《药》《故乡》《端午节》……都是偏重日常生活的描写，实在主要是以描写人生来作文章。

三、卷入政治漩涡以后，他的文字更变得尖刻泼辣了。实在已离弃了文学上"文德敬恕"的美德。

说到今天的问题，过去的一切，都忽略了。大家正处在旧的没有，而新的还未产生出来的这一段真空地带里。总而言之，人的聪明，大体都还是一样的，所差是我们这一代，尤其是近百年来，没有一条可依归的路。文学如此,其他学术也如此。因而大家的聪明,都近空费。目前最重要的课题,在能开一条路,使以下人才都因这条路而兴起。

现在的我们,过去的路,因无兴趣而不走了,同时又不知道该向哪条新路走,因而像是陷于迷路中。但知道"山穷水尽疑无路,柳暗花明又一村",只要真懂得人生,真能了解文学史之大纲大节所在,艰险奋进,终可以创出新路,产生这时代的好文学来。

说到这里,我该作一个结束了。其实我对文学并没有什么研究,只是就我过去所曾留意到的一点旧知识,贡献给各位做参考就是了。

中国文学中的散文小品

（一）

韵文与散文在中国文学史上的地位，可谓平分江汉。通常一般人看散文比韵文尤高，许多诗文集，散文列在前，诗列在后，即其证。何以散文在中国文学中占较高地位，甚值讨论。我想中国文学中之散文与韵文，正如中国艺术中之字与画。有时书家更受重视胜过了画家，这也是同样的道理。

今天所讲是中国散文中的小品文。所谓小品文者，乃指其非大篇文章，亦可说其不成文体，只是一段一节的随笔之类。但这些小品，却在中国散文中有甚大价值，亦可说中国散文之文学价值，主要正在其小品。

（二）

中国最古的散文小品，应可远溯自《论语》。普通把《论语》作经书看，认为是圣人之言，不以文学论。然自文学眼光看来，《论语》一书之文学价值实很高，且举几例：

> 子曰："岁寒，然后知松柏之后凋也。"

此一章只一句话，却可认为是文学的，可目之为文学中之小品。又如：

> 子在川上，曰："逝者如斯夫？不舍昼夜。"

此章仅两句，但亦可谓是文学，是文学中之小品。

以上两章，后人多取来作诗题和诗材用。即论此两章文字，亦是诗人吐属，只是以散文方式写出，大可说其是一种散文诗。诗必讲比兴，而此两章则全用比兴，话在此而意在彼，所以得称为文学，而且特富诗意。

诗有赋比兴三体。赋者直叙其事，把一事直直白白地写下，似乎不易就成为文学。惟赋体用韵文写，始较易成为文学的作品。古人谓，左史记言，右史记事，记言记事都属史。《论语》本系一部记言记事的书，记孔子之言行，属赋体而又用散文写出，照理应不属文学的。但《论语》中此类直叙其事的短章，亦有很富文学情味，实当归入文学者。例如：

> 子曰："贤哉回也，一箪食，一瓢饮，在陋巷，人不堪其忧，回也不改其乐，贤哉回也。"

此章纯属赋体，无比兴，全文共二十八字，而回也二字重复了三次，贤哉二字重复两次，且又多出了人不堪其忧五字，像是虚设。本为赞颜子，何必涉及他人。此一章如用刘知几《史通》点烦法，则二十八字中应可圈去十一字，大可改为：

> 一箪食，一瓢饮，在陋巷，不改其乐，贤哉回也。

此章正为多出了上举之十一字，便就富了文学性，此所谓咏叹淫泆，充分表达出孔子称赞颜回之一番内心情感来。人不堪其忧五字，正是称赞颜回的反衬，是一种加倍渲染。此章正为能多用复字复句，又从反面衬托，所以能表现得赞叹情味，十分充足。若在字句上力求削简，便不够表达出那一番赞叹的情味来。又如：

> 饭疏食，饮水，曲肱而枕之，乐亦在其中矣。不义而富且贵，于我如浮云。

此章也是直叙赋体，若在乐亦在其中矣一句上截住，便不算是文学作品了。但本章末尾，忽然加上一掉，说："不义而富且贵，于我如浮云。"这一掉，便是运用比兴，犹如画龙点睛，使全章文气都飞动了。超乎象外，多好的神韵。因此此一章亦遂成为极佳的文学小品。

相传清代乾隆下江南，路遇雪景，脱口唱道：

> 一片一片又一片，
> 两片三片四五片，
> 六片七片八九片。

这是俗沓，不成诗，下面又没法接得下，但纪晓岚从旁接道："飞入芦花皆不见。"这一句也成为画龙点睛，使上三句全都生动了，这就有了诗境和诗味，勉强也算得是诗了。此事固非实有，只是了解文字的人捏造来讥笑乾隆。但我们正可借来说明，一段文字，如何便不成为文学，如何便可被目为文学之所在。

再如：

> 颜渊死，子哭之恸。从者曰："子恸矣。"曰："有恸乎？非夫人之为恸而谁为？"

此章既曲折，又沉着。孔子当时自己哭得很悲伤，但他不自知，要由学生在旁提醒他。那是何等描述，真好极了。可见即是赋体直叙，也可成为好文学。往下"曰有恸乎"四字，问得更妙。孔子哭得悲伤，但孔子不自知，旁人提醒他，孔子还是模糊如在梦中，一片痴情，更见其悲伤之真挚。文学最高境界，在能表现人之内心情感，更贵能表达到细致深处。如是则人生即文学，文学即人生。二者融凝，成为文学中最上佳作。圣人性情修养到最高处，即是人生最高境界。如能描述圣人言行，到达真处，自然便不失为最高文学了。再往下"非夫人之为恸而谁为"，这一掉尾又好。孔子自知哭得过哀了，而还要自作解譬。说我不为他哭成这样，又将谁为呢？本章里所表现出的情感真是既深挚，又沉痛。《论语》记者能用曲折而沉着的笔法来传达，遂成文学上乘。若不沉着，便不悲痛。而愈曲折，则愈沉着。若我们要表达一种快乐心情，便不能用如此笔调。试把此章和贤哉回也章比读便知。

上述此章，真可说是中国散文小品中一篇极顶上乘的作品了。现在再举一例，普通不当作文学看，其实却是上好的文学。

> 子曰："道不行，乘桴浮于海，从我者，其由乎！"子路闻之，喜。子曰："由也，好勇过我，无所取材。"

此章记孔子之慨叹而兼幽默。愈幽默，则愈见其慨叹之深致。重要在临末无所取材四字。朱子解材字作裁字义，说子路修养不够，还须经剪裁。此注未免太过理学气味了。他说："孔子并非真要乘桴浮海，只是慨叹吾道之不行，但子路认错了，以为孔子真要和他乘桴浮海去，听了孔子称赞他，喜欢不禁，实见他没有涵养，所以孔子说，由呀！你真好勇过了我，但你这一块材料还须好好剪裁一番呀！"这样说，也非说不通，只是违背了文理。作文必先有作意，但作意不能杂，只能把一项作意来作一篇文字的中心，如此写来便有了一条理路，此即所谓文理。清儒姚惜抱尝举神、理、气、味、格、律、声、色八字，作为衡量一切文章的标准。神是形而上，理是形而下，二者实是一事。此章既是一种慨叹，下文忽转成教训，短短几十字，就有了两种作意，两条理路，在文理上说就不对了。理路分歧，便引起了神情涣散，不凝敛。上面正在慨叹，下面忽发教训，慨叹既不深致，教训亦觉轻率，想孔子当时发言，亦不致如此。所以此处材字，只应解作材料意。孔子说："你能和我一同乘桴浮海，那是好极了，但我们又从何处去取为桴之材呢？"此一问，只是诙谐语，语意极幽默。孔子此处本在慨叹吾道不行，而吾道不行，正为其无所凭借，不仅无所凭借以行道于斯世，即乘桴浮海亦须有凭借。但孔子说："我们连此凭借也没有呀！"此末尾一句，乃从诙谐中更见其感慨之深重。本章文字，全不落笔在正面。初看若很沉隐，但越沉隐，却越显露。此是文学中之涵蓄，但涵蓄中要见出得更明显，不能晦，却要深，那是文章难处，亦是文章高处。

或者会疑及《论语》记者未必真有意在要写好文章，如我以上之所举，或可是一种曲解，否则也是偶然有合。这里我且再举一例，初看像干燥无味，绝不是文学性的，而实对讲究文学有关：

> 子曰："为命，裨谌草创之，世叔讨论之，行人子羽修饰之，东里子产润色之。"

郑为当时小国，全靠子产长于外交而能获存在于晋楚两强之间。他们当时写一篇外交辞命，亦要由四个人合力来完成。先草创，后讨论，又次修饰，最后则有润色。其实写任何一段文字，亦应有此四过程。先把作意写出来，是草创。在作意上有问题，须讨论。经过这两步工夫，那文章的实质方面，便大致完成了，于是再有修饰和润色工夫。惟此所谓修饰和润色的两番工夫，究如何分别呢？我今且只就这一章本文来试为此两项工夫作解释。

这章凡列四人，即裨谌、世叔、子羽和子产。为何在子羽一人之上独要加写"行人"这一官衔呢？正因子羽是郑之使官，负责传达外交使命的正是他，所以在四人中特别为他加了行人二字。就作文的技巧上说，特加此一官衔，这就是一种修饰了。得此一番修饰，可见郑国当时，即非行人之官，也参加作辞命，那是子产在外交上之审慎处。而且行人之官所参与的，只是辞命中之修饰一项，更见子产安排之妥当。

再下面说到子产，如果在他上面不再加以一种称谓，就觉行列不整。就文采文气言，皆有缺。等如四个人在街上走路，中间第三人单独戴着一帽子，其余三人都不戴，就显得这列不调和，不好看。如果那戴着帽的是第一位或第四位，也勉强过得去，现在偏是第三人戴着帽，于是就得让第四位也戴上一顶来作陪衬，那才比称得较像样，所以本章在子产头上也得戴一帽。可是什么帽才好呢？若亦用官职，又觉不妥当。因本章只是子羽一人官职有关，其余三人不必举官职，若子产也加上了官职，反而容易引起误会，像因他是执政者，因而特地加上了官衔。记者存心要避免这一层，于是经过一番斟酌，而改称为东里子产了。此等于戴上了一假帽，就全章文字看，就整齐了。其实这东里二字，就文章本质论，本是可有可无的，亦可说是并无意义的。今特为增出此二字，这就是文章的润色之工了。润色与修饰之分别，于此亦可见。在孔子说话时，断然是只说子产便得，决不会说东里子产的。这正可见《论语》记者写出此章时，是下了文字上之润色工夫的。孔子说："不学诗，无以言。"当时孔子弟子,及孔门后学,必然都极看重文学修养。故今传《论语》,纵不能说其全是文学的,但至少也不是非文学的,更不是不文学的了。

就文学言,《论语》中好文章,不止如上举,上面则只是举例而已。

(三)

《论语》之后,《小戴记》中的《檀弓》,也多文学小品。《檀弓》所讲,都与丧葬之礼有关。记礼的文字,必然是呆板的。而丧礼又太严肃,太枯槁,似乎皆非文学题材。但《檀弓》篇中,却不乏很多很好的小品文。这是难能可贵的。

《孟子》七篇,都是大文章。纵然是短篇,但仍用写大文章的笔法写。所以《孟子》一书,虽尽多极好的文学作品,但却不是小品文。孟子好发大议论,议论说理,则与小品文不相宜。只有像齐人有一妻一妾章等,篇幅虽不小,却该算得是小品。但在《孟子》七篇中,此等文章并不多。

由此说到庄子,庄子的文学天才实在了不得。他最擅长用比兴的手法,书中许多神话小说故事,多只是比兴。把《庄子》各篇尤其是内篇七篇,拆开逐段看,都是上等极妙的小品文,一拼起来,却成了大文章。把小品拼成大文,《论语》中也有,如《微子》《乡党》

两篇。《微子》篇中有许多章绝妙的小品，此事易晓。但《微子》一篇，各章可以先后配合，成为一整篇，懂得到此的便少了。又如《乡党》篇，本来不应是文学的，但最后加上山梁雌雉那一章，便使全篇生动，把各节都成了文学化，这最见记者编排篇章之一番匠心。但我们必须读通了中国以后的散文，方可回头来读此两篇，领略得它文学的意境。

《庄子》书中，《逍遥游》很难懂，《齐物论》更难。《庄子》全书几乎篇篇都难懂。一篇到底，一气贯注。其中易懂的，反而不是庄子真笔。但我们不妨把它难懂的各篇拆开来，一段一段当作小品文去读，便都易懂了。《庄子》是一部说理的书，说理文很难文学化，而且尤不宜作小品文。但庄子做到了，把说理文来文学化，来小品化，这真是文学中之最高境界。他的秘诀，便在用比兴法来写小品文，再把小品会合成大篇。《庄子》一书，可说是中国文学中最高的散文。后来的纯文学作品，反而都难与之相比。假如在中国古典文学中，寻其他作品来比较，《论语》可比《诗经》，而境界尤高。《庄子》可比《离骚》，而《离骚》的文学情味，其实也并不比《庄子》高出。

《战国策》中有许多小品文，亦很好。亦有许多小品，只错见在大文中。但以较之《论语》《庄子》，便低了。

至于《楚辞》，那是韵文，但其中如《卜居》《渔父》，实也是散文，也该列入我此刻所讲之散文小品中。《论语》中如于我如浮云章，我说它是散文诗，则如《卜居》《渔父》等篇，也可说是散文赋。由此可知，中国文学本不必严格分韵、散。从文学论，韵散技巧虽不同，而境界则终是一样的。

（四）

到了汉代，中国成为一个大一统的国家了。因此汉人喜作大文章，如汉赋及汉人奏议等都是。当时大文学家像司马相如、扬雄等，皆喜作大文章。只有司马迁，却能作小品文。《史记》中各篇之赞，都是散文小品，都为境界极高之作，像《孔子世家》赞便是。本来赞孔子是很难的，但史迁那篇赞，仍能写得有情调，骤然读来，只见是平淡，但平淡便是文学中一种高境界，千万莫忽略了。太史公的大文章也和庄子一样，《庄子》是说理，《史记》是记事。论体与赋体，本都不宜于文学的。但庄周与太史公都能以小品拼成为大文，否则在大文章中穿插进小品。即如《管晏列传》《萧曹世家》等，都把几件小故事穿插其中，而使全篇生动，有声有色。所以读《史记》，也要懂得拆开一则则地读。要看其如何由短篇小品再拼成大篇，然后再一篇篇地把《史记》全部一百三十篇一气读，要看出一部《史记》，竟是一篇大文章，那就更难了。

可是汉代亦只得一司马迁能作散文小品,其他都是些韵文作者,而且多爱写大篇。反而把文学性能减低了。扬雄晚年自悔少作,目之为雕虫小技。但他晚年模仿《论语》作《法言》,模仿《易经》写《太玄》,却多不能算是文学的。故总括来说,汉代文学境界不算得很高,除了太史公。这正因为汉人不懂写小品。

(五)

这里面有一个大关系,正因中国古人,似乎并不太注重在纯文学方面。他们写的,如说理文、记事文、讨论政治问题等,都是些应用文。甚至如《诗经》《离骚》,论其动机,亦在政治场合中触发,并非一种纯文学立场。而要在实际应用文中带进文学的情味,便走上了小品文穿插进大文章这一条路。直要到东汉末年,建安时代,始是文学极盛的时代,也是开始注意要纯文学独立地位的时代了。其时乃有新的韵文,他们懂得改写小赋,又有建安体的诗,那都是韵文方面的进步。而同时又有极精的散文小品,尤其如曹氏父子的书札,更是绝妙上品。再往下发展,又有在赋前面的小序,那些都是极妙的散文小品。即如王羲之的《兰亭集序》,也算是好的小品,使我们觉得王氏不特书法好,文学也绝佳。

再下则如陶渊明之《桃花源记》和《五柳先生传》

等，都为极高境界之散文小品。即如他的《归去来辞》，亦可说是小品的赋，亦都是甚高的文学境界。

再说到《世说新语》，那一书里所收，有些是散文小品中上乘之作。还有《水经注》，虽是一部大书，但分开看，其中亦有描写极好，可当得散文小品的。

（六）

唐代直到韩昌黎文起八代之衰，以及他同时的柳宗元，他们两人提倡古文，其实亦皆以散文小品为最成功。如韩之赠序，柳之杂记，那全是古文中之新体，其实则都是些不成体的小品而已。韩、柳小品都写得很好。不像《原道》《封建论》等大题目，反而在文学眼光中看来不很出色了。写字有用写大字的笔法来写小字的，又有用写小字的笔法来写大字的。韩、柳便懂得这方法，他们都能写小品。即如韩之大文，如《张中丞传后序》等，也都用小品堆成。这是他学得《史记》之神髓处。

人称韩昌黎以文为诗，其实他更能以诗为文。如韩昌黎之赠序，其实都是以诗为文。又如书札，如其《与孟东野书》，可说是小札。《与孟尚书书》，可说是大札。犹如太史公《报任安书》是大札，杨恽《报孙会宗书》则是小札。杨恽模仿太史公，把写大信件的笔法来写小信件，遂成绝妙书札。韩愈懂得此巧妙，大信件，小信件，都写得很好。如其《与孟东野书》，可称是一首散文诗。唐人喜欢写诗赠人，韩昌黎改用赠序和书札等，外形是散文，内情则是诗，是小品的散文诗。我常说韩文很多可称是散文诗，其实清代文学家早就说过。清人认为韩愈的《题李生壁》，是一首无韵之诗，那便是说它是一篇散文诗了。又如柳宗元的杂记，尤其是山水游记，则可称为散体的赋，即无韵的赋。散文诗则是无韵之诗。

宋代能写小品文的，以欧阳修、苏东坡为最佳。王荆公能写短文，但实都是大文，不是小品。如其《伤仲永》之类，可算小品，但不多见。欧阳修大文章固好，其赠序杂记一类小品文更佳。苏东坡小品最好的莫如《志林》，全是些随笔之作，篇幅有大有小，但均是绝妙的散文，又都是小品。《志林》中有一二百字一篇的，也有数十字一篇的，都像只是轻描淡写随意下笔，不像用心要做大文章，这所以更好了。当然有些文章不能轻描淡写而定要严肃深沉的，正如做客人则必得庄严些，在家闲居就可比较随便些。

（七）

到了明朝，文人多喜欢作大文章，但很少人懂得文学真趣。只有归有光，可谓获古人文学真传。他一生不得意，没有做大官，写文章逢不到大题目，因而多作了些小品文，只写些家庭琐事，却使他成为明代最好的一位散文家。

民国五四运动时，大家提倡白话文，高呼打倒什么等口号，但这些只是剑拔弩张的标语，不能成文学。而且都该发大议论，不宜作小品。遂有林语堂提出写小品文的号召，这一提倡甚有意义。但他不知《论语》《庄子》《史记》、魏晋文，下至韩、柳、欧、苏，都有小品，并多以小品见长。明代归有光，便是小品文大家。而他偏要提倡人学晚明钟、袁诸人的小品。其实，小品在文学中有其极高境界。但不应有意专要写小品。犹如一个人存心学装大样子，固不好。但故意要装小样子，更不行。钟、袁诸人只因有意要写小品，反而写不好。但非在文学上真有修养，也不易分别出孰是有意，孰是无意。

清代桐城三祖的方望溪，他的文笔很可作小品，但终嫌太规矩，太严肃。刘海峰则根本不能作小品文。姚惜抱小品文也很少，他所选的《古文辞类纂》用意也偏重在大文章方面，纵然里边选到了许多小品，但也给人忽略了。现在人读《古文辞类纂》的很少，但读《古文观止》的还很多。《古文观止》只是通俗的选本，本无价值，但《古文观止》里面却多选小品文，因而极流传。惜乎《古文观止》的编选人，自己不深懂文学，亦仅用他通俗的眼光来选到这些小品而已。

桐城派中有吴敏树，算能写小品，有几篇写得很好。但他自负很高，他不肯自认为学归有光。至于曾国藩，不能写小品文，他亦不看重归有光。他说以前人都学《史记》，他认为要兼学《汉书》，因《史记》行文是单的，《汉书》行文是偶的。其实《史记》正与《论语》同一格调，《汉书》则与《孟子》格调较近。这里正有大文与小品之分。曾国藩因看不起归有光一类的小品文，故而要教人学《汉书》与《文选》。他讲《文选》，也都爱讲长篇大赋，下笔都重，又须格律严正，规模像样，但不宜入小品。

其他清人能写小品文的有汪中、洪亮吉、汪缙诸人，格调皆甚高，惜不为桐城派文人所欣赏。龚定庵也能写小品。他们都从先秦或魏晋学来。

（八）

现在讲到民国五四时代。新文学运动起来，大家去读先秦诸子，但似没有从文学上用心，无意中都走上作大文章，发大理论的路。如他们高呼打倒孔家店、全盘西化等口号，此等全该做大文章。他们既无文学修养，亦少文学情味。因此都不能写小品。

文学本是表情达意的工具，即如写封信，也得下功夫。这正亦是文学。但写信只宜作小品，不宜作大文。只有像司马迁《报任安书》是大文，而能佳。但此极不易。最好是以小品文作法来写信。我们真要学小品文，不妨从学写信开始，但这事却并不容易。

"五四"以来，写文章一开口就骂人，不是你打倒我，就是我打倒你，满篇杀伐之气，否则是讥笑刻薄，因此全无好文章。即如小说、戏剧等，平心而论，至今亦尚少几本真好的。只有鲁迅。但鲁迅最好的也是他的小品。像他的《呐喊》之类，这和西方小说不同，还是中国小品文传统。周作人便不如鲁迅了。他写文像要学苏东坡《志林》一类，但东拉西扯，只是掉书袋，很多尽是有意为之，因而少佳趣。他亦因有意要写小品，反而写不好。如陈独秀，文多杀伐气。胡适之，喜欢说俏皮话，亦不是真文学。又如近人多喜欢读《红楼梦》《水浒传》，那些也都是大文章。它们之长处，也都在能以小品文拼成之。又如《聊斋志异》或《阅微草堂笔记》之类，内中却尽有很好的小品，但近人多不注意了。

（九）

说到今天的文学气运，应该是文体解放的时代了。如以前姚选《古文辞类纂》所收的十三体文章，各有格律，规矩森严，但现在人都可以置之不理。这真是文体解放了。但真要写好文章，还不如先写些无题的小品文。韩昌黎的小品，就如无题诗一样。只要写得好，写封书信也就是文学。在报章上写报道、通讯、杂记等，也都能成文学。只因现代人只知在句子上用技巧，尚雕饰，用几个别人不用的字，或模仿外国句法，这都不一定就是好文学。

而且文体解放，也并不是说你想说什么就可写什么，这不便算得是文学。因于没有文学，遂不见了性情。因于没有性情，遂不感到做人和作文要修养。这事有关人生世运极大，影响极深极重。我们若真要恢复文学，发扬文学，主要不必定在学西方，也不须定要写小说、写戏剧，也不必定要把历史、哲学都带进来。单看重文章的实质方面，且望能轻轻松松地写些小品文，随便的，不成体的，抒写性灵，却反使你走上文学道路。但千万别说想什么就得写什么。当知在文学上，也有该说的，有不该说的。有该如此说，有不该如此说的。不能说高兴写什么就写什么，是我的自由。文学也得好好学，不能尽自由。

再往深处说，我们学古人，也并不是只要学他写文章。更要的，还是学其人。孔子在《论语》一书中所表现的，有他各式各样的神情与意态，读《论语》可见孔子为人之真面目。太史公说："读孔氏书，想见其为人。"我们学文学，主要应在此。

今天我讲散文中的小品，可说是希望各位能在文学上开一条路，由小品而大篇，渐成一大作家。

中国古代文学与神话

任何一个较原始的古代社会,必然会有许多神话流行的,中国也不能例外。但中国古人,为何偏偏不能或不爱运用这些神话来作文学题材呢?这一问题,实在值得我们提出来注意研究和讨论。

我常想,一部理想的文学史,必然该以这一民族的全部文化史来作背景,而后可以说明此一部文学史之内在精神。反过来讲,若使有一部够理想的文学史,真能胜任而愉快,在这里面,也必然可以透露出这一民族的全部文化史的内在真义来。因于言为心声,文学出于性灵,而任何一民族的文化业绩,其内在基础,则必然建筑在此一民族之性灵深处。

在中国古代文学里,也未尝没有神话的成分,让我们举一较显著的例。即如《诗经·大雅·生民》之诗,乃是述及姬氏族始祖后稷的许多神话故事的。后稷是姬氏族开始发明耕稼的人。在姜氏族里面,也同样有他们开始发明耕稼的始祖,便是神农。就字义言,神农即如后稷,后稷即如神农,同是一位开始发明耕稼的。姬姜两氏族,在其到达于耕稼生活的时代,同样追述他们的始祖,如何发明耕稼。这些传说里,必然夹杂进许多的神话。但不幸神农的一些神话,在后代没有好好地流传,而后稷的神话,则在《大雅·生民》之诗里保留下来了。我们现在只知神农是神农,连神农的名叫什么也不知道,而后稷则我们知道他名叫弃,并有他很多的故事。这里只告诉我们,神农的故事传说,或许起得较早,而流传保存得又较狭而较少,因此不能详。后稷的故事传说,则或许起得较迟,而又流传保存得较广而较多,其分别只在此。总之,此两人则全是古代神话中人物。

现在让我们把《大雅·生民》之诗节起首的一段抄在下面:

>厥初生民,时维姜嫄。生民如何,克禋克祀,以弗无子。履帝武敏歆,攸介攸止,载震载夙,载生载育,时维后稷。……不坼不副,无菑无害。……不康禋祀,居然生子。

右后稷之生。

>诞寘之隘巷,牛羊腓字之。诞寘之平林,

会伐平林。诞寘之寒冰,鸟覆翼之。鸟乃去矣,后稷呱矣。实覃实訏,厥声载路。诞实匍匐,克岐克嶷,以就口食。

右后稷之育与长。此下言后稷种殖事,略。

在上述诗篇里,让我们来推想中国古代神话中几许内涵的意见。首先提到厥初生民,这是人类原始的问题。在中国古人想象,人类始祖必然是男性的。因男性属阳,乃首创者,乃主动者,故姬氏族自述其第一祖先为后稷。但此第一男性如何来?彼必有一母,母是女性,属阴。在中国古人观念里,整个自然即天,必分一阴一阳,阴则犹在阳之先。故称姬周,不称周姬。

如是则人类之始祖,原本实出于天,必先阴性,而氏族则必以阳性为宗。因此,周氏族之始祖为后稷,而有其母姜嫄。姜嫄之生后稷,则由履帝武敏歆。姜嫄出游郊野,看见一大脚迹,戏以自己脚履踏此脚迹,忽然心意动,遂怀孕了。这大脚迹便是天帝的脚迹。在中国古代,各氏族自述其始祖来历,这些故事,却是大同小异的。

然而在后稷出生时,早已有人类。后稷有他的母亲姜嫄,姜嫄有她的丈夫,而后稷也是有他的父亲的。这些在当时并非不知,即看《生民》之诗,后稷诞生时,岂不早有了像样的社会和家庭了吗。但周氏族为何要说后稷是他们的始祖呢?当知后稷之为周人始祖,乃是周人尊奉之为始祖的。周人为何要尊奉后稷为始祖，因其发明稼穑，粒我蒸民。用今语说之，后稷是一个划时代人物。在后稷以前，人类只是自然人，原始人。在后稷以后，人类始是稼穑人，即文化人了。在后稷以后，人类始进入历史时代。中国古人看重人类自己的历史与文化，故周人推尊后稷为他们的始祖。如商人之推奉契为始祖，也是同样意见的。

然则人类的最先原始祖是谁呢？在中国古人，似乎没兴趣来讨论这些事。原始人尚是属于天的一边的事，中国古人似乎很早便更注意在人的一边去。因此人的始祖，则必然早已是一位文化人。

我们可以这样说，在中国古人观念里，人之大原出于天，因此人类之始祖即是天。稷有稷父，稷之父还有父，尽推上去，则人类出于天。而文化人之始祖则必然是一人，如后稷。但天如何出生人类呢？此一问题，远在人类历史文化之前，非人类本身事，中国古人则不再在此上去推索了。因此在犹太人的《旧约》里，说上帝在七天之内创造了此整个的世界。在希腊神话里，宙斯神主宰了整个的宇宙。但中国古代，则不见有此等神话之流传。盘古皇开天辟地，并非中国人自有的神话。但盘古皇还已是人了，由他来开天辟地，仍是由人自己来创造世界，创造历史与文化，并非由天来创造出人类。

但人类如何来创造人自身的历史和文化的呢？在

中国古人思想里,此事还本于天心。但天并不曾插手到人事方面来,因此天虽有此心,而必假手于人。纵使天,也并不能违逆了人道。只有人来替天行事,更没有天来替人行事。因此后稷之生,仍是由其母姜嫄怀胎而生的。天不假手于人,也生不出后稷来。

希腊神话,普罗米休士神偷火到人间,因而熬受了无穷的苦难。但中国古史传说,火之发明,由燧人氏钻木取得。燧人氏则仍是人,而非神。又如仓颉造字,"天雨粟,鬼夜哭",人类自从发明了文字,也得熬受种种苦难。但造字的还是仓颉,仍是人,而非神。

尤其显然的,如大禹治水的故事。在古代世界各民族间,几乎都有关于洪水的神话。但如中国尧舜鲧禹的记载,则明属人事,非神话。近代的中国学术界,似乎决不肯承认民族间可以有相异之特性,更不肯承认中国人可以有相异于西方之特性,于是偏好以西方神话来一律相绳,因此如顾颉刚的《古史辨》,要说夏禹仅是一只大爬虫,又要说夏禹乃神王,非人王了。这里指出中国古代神话,和其他民族的神话,就其内涵意义上,即有甚深之不同。此一层,值得我们特别研讨。

现在再说到后稷。天意要发明稼穑,粒我蒸民,因此不得不假手于后稷。后稷诞生,实出天意。但若后稷生后,不经历许多磨难,还不见天心之真诚。于是在后稷的故事里,便命该受苦了。最先后稷是由履帝武敏歆的经过而得胎,其次后稷是在不坼不副的情况下落地,于是后稷家人便把那可诧异的婴孩扔弃了。先弃之隘巷,却有牛羊来腓字他。又弃之平林,却正巧逢到有人来砍伐那平林。再弃之寒冰之上,却又有飞鸟来覆翼他。在这一段经过里,可见天意不让后稷夭殇。但天究不能,或不肯,插手来处理人间事,于是仍只有假手于牛羊呀,砍林人呀,鸟呀,来替天行事,救护后稷。在中国古人的想象里,似乎天与神,决不会插手来干预世间事。而在此世间,又处处有天心天意在照顾到。不仅人世间乃至物世间,同样如是。因此,人与万物,实在是同处在一天心照顾的世间,而且同样能代表天心,替天行事。所以说:"民吾同胞,物吾与也。"万物一体,一视同仁。在后稷的故事里,那砍林人与牛羊与鸟,岂不是在天意的指使下,同样地在尽职,在替天行事吗?

我们即据《大雅·生民》之诗,关于后稷的这一些神话,便可来推想中国古人的宇宙观,人生观,乃及中国人所谓的天人之际。若由西方古代宗教观点,教民稼穑,事出上帝恩典,赐给人类,因此可以有专司稼穑的神。但由西方近代科学观点,稼穑乃出人类智慧,自己发明,凭此智慧来战胜了天地自然,因此有不世出的发明家稼穑师。但在中国古人,决不如此想,后稷明明是人,不是神。而后稷之教民稼穑,却非后稷单凭自己智慧来战胜了自然。当知后稷的智慧,即属神赋，即属天赐。而且后稷之获得长大成人，来发挥智慧，早是大自然之恩典，如牛羊呀！飞鸟呀！乃至那批砍伐林子的人，都尽了护养后稷，让后稷得以有长大成人的机会。哪能说后稷单凭自己智慧，能战胜自然，违逆天意呢？

我们单看这一章诗，单看这一节故事，便可恍然明白到在中国古代文学里，何以不能有像西方古代般的神话题材了。即如孟子书里述及舜的故事，父母使舜完廪捐阶，瞽瞍焚廪。使浚井，出，从而掩之。舜之父母刻意要杀舜，但舜终于处处逢凶化吉，从危险中脱离。当知在此后面，莫不有天心神意，在呵护舜。但天与神到底不能，或不肯露面，来插手干预到人间事。庖人虽不治庖，尸祝不越樽俎而代之。尸祝且然，何况于天与神？在此一大原则之下，中国文学里，决不会产生出像西方式的神话。

如是，则无怪后代中国神话小说如《封神榜》之类，在一般深受中国传统教育陶冶的学者们，要认为是不登大雅之堂的一片荒唐了。我们今天，则该把中国古人那一套，细细洗发，来说明其所以然，却不该单看西方古代文学，有如许瑰奇生动的神话故事，便责怪中国古人不成器，没有能像西方人般，来多编造些神话题材的文学了。

再推广言之，西方人仅谓自然界有神，而中国人则谓人文界亦有神。孟子"圣而不可知之谓神"，是人亦神，神亦人。神乃人文修养中最高一境界。《论语》二十篇，可说是孔子之圣教，亦可说是孔子之神话。杜甫诗，"文章有神"。又曰："下笔如有神。"顾长康画人，"传神阿堵中"。凡属中国诗文图画艺术精品，莫不有出神入化之妙。嵇康言："修性以保神，安心以全身。"《礼记》言："情深而文明，气盛而化神。"《魏书·释老志》言："澡雪心神。"是凡人生中之心性情气，皆属神。《易》言："穷神知化，德之盛也。"则凡人文中之神化妙用，皆在人之德。西方文学中之神话，则尽在此之外。是又中西文化相异一特征，岂专限于文学之一端。

略论中国韵文起源

近代人研究一切人文事态,都注重到它历史的发展,这是应该的。但历史发展,并非先有一定的轨道,一定的程序,外历史而存在。世界各地域各民族,因于其自然环境之不同,以及其他因缘之种种相异,尽可发展出各异的路向,各异的内容。西方学者根据西方史实,归纳指示出几许历史发展的大例,有些在西方也未即成为定论。若我们只依照着他们所发现所陈说,来解释中国史,固然也有些可以中西冥符,但有些却未可一概而论。本篇只就文学史方面拈举一例。

韵文发源当先于散文,治西方文学史者如此说。即在中国,亦有如此的说法。如沈约《宋书·谢灵运传》后论,史臣曰:

> 民禀天地之灵,含五常之德,刚柔迭用,喜愠分情。夫志动于中,则歌咏外发,六义所因,

> 四始攸系,升降讴谣,纷披风什,虽虞夏以前,遗文不睹,禀气怀灵,理无或异。然则歌咏所兴,宜自生民始也。

这不失为一番极明通的见解。他主张歌咏所兴自生民始,即无异于说,自有人类,便该有歌咏,便该有韵文了。因此说文学发展,韵文当先于散文。这一主张,可说是中西学人古今相同。

但若再进一步探讨,实可另有异说。我在很早以前,作《老子辨》,即主就中国文学发展论,该说散文在先,韵文转在后。此后又陆续在《中国文化史导论》及《文化学大义》两书中约略提到此意见,但都没有详细的发挥,易于引起读者怀疑,该再加阐述。

即就沈约前文,他也说,"虞夏以前,遗文不睹。"可见韵文在中国,并不早见。这是根据史实而言的。沈约只是说,就理论,韵文歌咏之类,该与生民之始而俱兴。但为何那些遗文会湮没不睹,而中国文学,就其历史实例言,又显然是散文更早于韵文呢?这一层,值得我们注意。

我在《中国文化史导论》书中,曾再三强调,中国文化发源,与西方古文化如埃及、巴比伦、印度、希腊诸区域,有一绝大相异点。在上述诸区,文化发展,比较限于一小地域,而中国文化,则在远为广大的地面上形成。这一事实,说来极明显,而关系则甚重大。

中国文化内在一切特性，有许多处，都可从此一事实作解释。而中国文学之形成与发展，即是其一例。

沈约所谓"志动于中，则歌咏外发，升降讴谣，纷披风什"。这固然可说是文学之起源。但严格言之，则仅只是文学之胚胎，或文学之种子，也可说它还未形成为正式的文学。即就当前论，各地山歌渔唱，民谣传说，若经文学家拈来，加以润饰改造，何尝不可成为绝妙的文学。但山歌则总是山歌，民谣则总是民谣，在其未经文学家妙手匠心加以润饰与改造之前，我们却不能遽即认其为文学。在文学史上，也不一定有它们应占的篇页。

如蒲松龄《聊斋志异》，所收故事，十分之九，在那时先流传了。只经蒲氏收来，加以润饰改造，才公认为其是文学。在以前，村叟野老们，在瓜棚豆架下，茶余酒后，兴高采烈地讲述，围着一些人，聚精会神地听着，我们却不能认为即是文学呀。如此一类之例，举不胜举。但我们却必须先认识这一个分别。

让我们再举一较远的例，更细申述之。刘向《说苑·善说》篇，有如下的一节。

> 鄂君子皙泛舟于新波之中，乘青翰之舟，……张翠盖，……会钟鼓之音，……越人拥楫而歌。歌辞曰：
>
> "滥兮抃草滥予昌枑泽予昌州州𩀱州焉乎秦

胥胥缦予乎昭澶秦逾渗惿随河湖。"

鄂君子皙曰："吾不知越歌，子试为我楚说之。"于是乃召越译，乃楚说之，曰：

"今夕何夕兮，搴中洲流。今日何日兮，得与王子同舟。蒙羞被好兮，不訾诟耻。心几顽而不绝兮，知得王子。山有木兮木有枝，心说君兮君不知。"

于是鄂君子皙乃揄修袂，行而拥之，举绣被而覆之。……

这一节故事，正可供我们研讨中国古代文学发展一绝好的启示。那越人的拥楫而歌，正是沈约所谓"志动于中，歌咏外发"，这本是一篇绝好的文学题材，但不能遽说是文学。纵使认为它本身便是一件文学了，但仍有问题在越歌与楚译上。无论哪首歌，在越人听来，可说是一首绝好的歌，或说是一篇绝好的文学。但若不经一番楚译，在楚人听来，真是不知所云，毫无可说的。换言之，越歌在楚地，决不被认为是文学的。

说到这里，便可讲到中国文学上所极端注重的雅俗一问题。当知那一首越人歌是方言，地方性的，虽是自然的具着文学情味，但在中国文化环境里，则不够条件算文学。因凡属文学，必该具一种普遍性。必该与人共喻。因此那一首越人歌，纵使楚译了，纵使楚人也认它是一首绝好的诗，而还得要雅化，还得译成为在古代中国当时各地所流行的一种普通话，才始能成为中国的文学，而列入于中国文学史。而所谓雅者，即是在周代时所流行的一种普通话。

于是我们可以说到《诗经》三百首。大小雅，是西周政府里的作品。西周政府在镐京，今陕西境，雅即指当时当地的方言方音言。但因于周政府是一个统一王朝，当时各地封建诸侯贵族，十之七八是周人，其他十之一二，也得依随周王室，模仿其雅言雅音，作为官式的往回。因此当时所谓雅，即指其可以普遍通行于全国之各地。因此雅就成为文学上一项必备的条件。所谓俗，则因其限于地方性，如越歌之不能传诵于楚地，自然不得被认为是文学了。若使越人在当时，也独立成一文化单位，自有他们的历史传统，则越歌自然便成为越文学，他们的方言即是他们的雅言，而无所谓俗了。但中国文化环境，既如此般在一大地面上展开，则越歌楚讴，全成俗调，而不得被认是文学，而文学则必然是雅的，这一层也自可明白了。

至于《诗经》里的十五国风，乃当时西周王室随时分派采诗之官到各地去，搜集一些当时在各地流行的民间歌谣，再经过西周政府一番随俗雅化的工作，始得成其为诗的。所谓随俗，是说依随于各地的原俗，采用了它的原词句，原情味，原格调，原音节。所谓雅化，则是把来译成雅言，谱成雅乐，经过这样一番润饰修改，而于是遂得普遍流传于中国境内，而我们则称之为是中国的文学。

其次如《楚辞》，大体亦如此。《楚辞》中如九歌之类，本来是江湘之间楚地的民歌，这也等如上述的越歌般，也是未合于文学条件的。只因经过了当时文学高手屈原之修改与润色，虽然还保留了若干的土气与地方性，但是已雅化了，这始成为此后中国人所公认的绝世伟大的文学了。

因此研讨中国文学起源，便不得不牵涉到中国文化发展之整体的特殊性。中国古代文化环境，与埃及、巴比伦、印度、希腊诸区域不同。中国文化在大地面上发展成熟。在一个绝大的地面上，散布着稀落的农村，又分别各自环拥着一个一个的城圈，那即当时之所谓国与都与邑。而那些国与都与邑，又尽是经济不很繁荣，人口不很稠密的。国与国都与都之间，一样是稀落的，散布的。那些稀落的都和鄙，城郭和农村，散布在黄河两岸乃及江淮之间的一片大地面上，各地的方言俗语，尽可有许多歌谣以及民间传说，可资运用作为文学的好题材，可被视为是文学的胚胎与种子。但若没有人把来雅化过，则永远如那越人之歌般，它将浮现不到文化上层来，成为我们此刻所目为的文学了。而那些把来运用雅化的人，又必然是在当时社会上层的贵族们，即当时所谓的士君子。而那些士君子，他们又常先注意到政治，那又是中国文化一特征，有其内在必然之所以然。即如十五国风与《楚辞》，显然都绝不是和政治绝缘的。这正是中国文化发展一特有的形态，亦是研讨中国文学发展史者所必当注意的一要点。

我们试看希腊文化，酝酿在商业城市中，一般市民多半属于富有阶级。而那些散布的城市，其实是簇聚在小地面上，和中国春秋时代的列国不同。在希腊全境，语言风俗，亦大体一致。交通往来，又极为便利。即在一个城市里，已有供养一个剧院产生出几许精美的剧本与超卓演员的经济条件和人文背景了。而在一个城市轰动着许多观众的一些戏剧，还可以很快流传到别个城市去。那些编剧演剧者，其用心所在，只博市民们爱好，其一般的社会性，自会更重于特殊的政治性。自然在这样一个文化环境里，也不会有像中国文学史上所特别重视的所谓雅俗之辨。中国古代也并不是没有戏剧，惟大体使用在宗庙祭祀时，关闭在政府贵族圈中，与一般社会脱了节。像《诗经》里的颂，本是配合于戏剧的。但那些戏剧，既要庄严肃穆，而又太富于保守性，为其成了政府的大典礼，自不易于随时修改，其文学性亦有限。因此在中国文学发展史上，戏剧之得成为文学，其事甚后起。

在当时，各地民间也未尝无一些故事与神话，但每一处的民间故事传布不到别处去。散处在各地的农村，人烟既寥落，经济亦贫瘠，情绪又单调，也不能产生出像荷马般游行歌唱来，把那些民间故事与神话活泼丰富地发展成史诗。于是流传在中国古代各处的那些民间故事与神话，全成为简朴的，原始的。后来偶尔经那一些哲人或游士们之引用，而始获流传到后代。先秦诸子，如《庄子》《孟子》等书里，便有不少这些民间故事与神话之引述。但他们是思想家，著书立说，所注重的，也不在纯文学性的一面。又如今传《战国策》里许多寓言，也未必全由当时策士们所编造，只是经他们之引用而被流传了。那些故事，因此也都染上了很显然的政治意味。如画蛇添足，狐假虎威，鹬蚌相争之类，若从另一方式发展，岂不即成了一部中国的《伊索寓言》吗？

上面把古代中国和希腊情况作一简略的相比。我们也可援用此种看法，来与埃及、巴比伦、印度诸区域相比，便知文化发展各地不同，殊难以一例相绳。而文学发展，自也无逃此大例。

本来文学的题材与体式，大体总逃不出那几套。但有些在西方很早就盛行了，而在中国，则因于其整个文化大体之发展，有其特有之个性，与西方不尽同，而走上了另一路径，演出了另一姿态。如戏剧史诗之类，在中国古代文学中，便绝不占地位。而韵文发展或可后于散文，如《尚书·盘庚》篇自应是在古诗三百首之前，此亦仅就中国文学之实存史料而立说，自然也就不足为异了。

只因现代我们的学者，惯于把西方观点来衡量东方之一切，因此既不肯承认散文之可先于韵文，又不肯承认文学之必辨于雅俗，而极意想提倡民间文学俗文学，认为只有地方性的，流行于下层社会的，才始是自然的活文学。但别的且不论，若果此项提倡而真见诸事实，则岂不在中国境内，应该有广东文学福建文学之各各独立。而所谓传统的中国文学，则只如西方中古时期之拉丁文，或者将成为中国境内的一种世界语。则对于我远古先民所艰难缔造的那一种在大地面上发展成熟的传统文化，自要处处被认为扞格不入、龃龉难通了。

谈 诗

（一）

今天我讲一点关于诗的问题。最近偶然看《红楼梦》，有一段话，现在拿来做我讲这问题的开始。林黛玉讲到陆放翁的两句诗：

重帘不卷留香久
古砚微凹聚墨多

有个丫鬟很喜欢这一联，去问林黛玉。黛玉说："这种诗千万不能学，学作这样的诗，你就不会作诗了。"下面她告诉那丫鬟学诗的方法。她说："你应当读王摩诘、杜甫、李白跟陶渊明的诗。每一家读几十首，或是一两百首。得了了解以后，就会懂得作诗了。"这一段话讲得很有意思。

放翁这两句诗,对得很工整。其实则只是字面上的堆砌,而背后没有人。若说它完全没有人,也不尽然,到底该有个人在里面。这个人,在书房里烧了一炉香,帘子不挂起来,香就不出去了。他在那里写字,或作诗。有很好的砚台,磨了墨,还没用。则是此诗背后原是有一人,但这人却教什么人来当都可,因此人并不见有特殊的意境,与特殊的情趣。无意境,无情趣,也只是一俗人。尽有人买一件古玩,烧一炉香,自己以为很高雅,其实还是俗。因为在这环境中,换进别一个人来,不见有什么不同,这就算作俗。高雅的人则不然,应有他一番特殊的情趣和意境。

此刻先拿黛玉所举三人王维、杜甫、李白来说,他们恰巧代表了三种性格,也代表了三派学问。王摩诘是释,是禅宗。李白是道,是老庄。杜甫是儒,是孔孟。《红楼梦》作者,或是抄袭王渔洋以摩诘为诗佛,太白为诗仙,杜甫为诗圣的说法。故特举此三人。摩诘诗极富禅味。禅宗常讲"无我、无住、无着"。后来人论诗,主张要不著一字,尽得风流。但作诗怎能不著一字,又怎能不著一字而尽得风流呢?

我们可选摩诘一联句来作例。这一联是大家都喜欢的:

雨中山果落

灯下草虫鸣

此一联拿来和上引放翁一联相比,两联中都有一个境,境中都有一个人。"重帘不卷留香久,古砚微凹聚墨多",那境中人如何,上面已说过。现在且讲摩诘这一联。在深山里有一所屋,有人在此屋中坐,晚上下了雨,听到窗外树上果给雨一打,朴朴地掉下。草里很多的虫,都在雨下叫。那人呢?就在屋里雨中灯下,听到外面山果落,草虫鸣,当然还夹着雨声。这样一个境,有情有景,把来和陆联相比,便知一方是活的动的,另一方却是死而滞的了。

这一联中重要字面在落字和鸣字。在这两字中透露出天地自然界的生命气息来。大概是秋天吧,所以山中果子都熟了。给雨一打,禁不起在那里朴朴地掉下。草虫在秋天正是得时,都在那里叫。这声音和景物都跑进到这屋里人的视听感觉中。那坐在屋里的这个人,他这时顿然感到此生命,而同时又感到此凄凉。生命表现在山果草虫身上,凄凉则是在夜静的雨声中。我们请问当时作这诗的人,他碰到那种境界,他心上感觉到些什么呢?我们如此一想,就懂得"不著一字尽得风流"这八个字的涵义了。正因他所感觉的没讲出来,这是一种意境。而妙在他不讲,他只把这一外境放在前边给你看,好让读者自己去领略。若使接着在下面再发挥一段哲学理论,或是人生观,或是什么杂感之类,那么这首诗就减了价值,诗味淡了,诗格也低了。

但我们看到这两句诗，我们总要问，这在作者心上究竟感觉了些什么呢？我们也会因于读了这两句诗，在自己心上，也感觉出了在这两句诗中所涵的意义。这是一种设身处地之体悟。亦即所谓欣赏。我们读上举放翁那一联，似乎诗后面更没有东西，没有像摩诘那一联中的情趣与意境。摩诘诗之妙，妙在他对宇宙人生抱有一番看法，他虽没有写出来，但此情此景，却尽已在纸上。这是作诗的很高境界，也可说摩诘是由学禅而参悟到此境。

今再从禅理上讲，如何叫作无我呢？试从这两句诗讲，这两句诗里恰恰没有我，因他没有讲及他自己。又如何叫作无住无着呢？无住无着大体即如诗人之所谓即景。此在佛家，亦说是现量，又叫作如。如是像这样子之义。雨中山果落，灯下草虫鸣，只把这样子这境提示出来，而在这样子这境之背后，自有无限深意，要读者去体悟。这种诗，亦即所谓诗中有画。至于画中有诗，其实也是同样的道理。

画到最高境界，也同诗一样，背后要有一个人。画家作画，不专在所画的像不像，还要在所画之背后能有此画家。西方的写实画，无论画人画物，与画得逼真，而且连照射在此人与物上的光与影也画出来。但纵是画得像，却不见在画后面更有意义之存在。即如我们此刻，每人面前看见这杯子，这茶壶，这桌子，这亦所谓现量。此刻我们固是每人都有见，却并没有个悟，这就是无情无景。而且我们看了世上一切，还不但没有悟，甚至要有迷，这就变成了俗情与俗景。我们由此再读摩诘这两句诗，自然会觉得它生动，因他没有执著在那上。就诗中所见，虽只是一个现量，即当时的那一个景。但不由得我们不即景生情，或说是情景交融，不觉有情而情自在。这是当着你面前这景的背后要有一番情，这始是文学表达到一最好的地步。而这一个情，在诗中最好是不拿出来更好些。唐诗中最为人传诵的

> 清明时节雨纷纷
> 路上行人欲断魂

这里面也有一人，重要的在欲断魂三字。由这三字，才生出下面"借问酒家何处有，牧童遥指杏花村"这两句来。但这首诗的好处，则好在不讲出欲断魂三字涵义，且教你自加体会。

又如另一诗：

> 月落乌啼霜满天
> 江枫渔火对愁眠
> 姑苏城外寒山寺
> 夜半钟声到客船

这一诗,最重要的是对愁眠三字中一愁字。第一句月落乌啼霜满天,天色已经亮了,而他尚未睡着,于是他听到姑苏城外寒山寺那里的打钟声,从夜半直听到天亮。为何他如此般不能睡,正为他有愁。试问他愁的究竟是些什么?他诗中可不曾讲出来。这样子作诗,就是后来司空图《诗品》中所说的羚羊挂角。这是形容作诗如羚羊般把角挂在树上,而羚羊的身体则是凌空的,那诗中人也恰是如此凌空,无住、无着。断魂中,愁中,都有一个人,而这个人正如凌空不着地,有情却似还无情。可是上引摩诘诗就更高了,因他连断魂字愁字都没有,所以他的诗,就达到了一个更高的境界。

(二)

以上我略略讲了王维的诗,继续要讲杜工部。杜诗与王诗又不同。工部诗最伟大处,在他能拿他一生实际生活都写进诗里去。上一次我们讲散文,讲到文学应是人生的。民初新文化运动,提倡新文学,主张文学要人生化。在我认为,中国文学比西方更人生化。一方面,中国文学里包括人生的方面比西方多。我上次谈到中国散文,姚氏《古文辞类纂》把它分成十三类,每类文体,各针对着人生方面。又再加上诗、词、曲、传记、小说等,一切不同的文学,遂使中国文学里所能包括进去的人生内容，比西洋文学尽多了。在第二方面，中国人能把作家自身真实人生放进他作品里。这在西方便少。西方人作小说剧本，只是描写着外面。中国文学主要在把自己全部人生能融入其作品中，这就是杜诗伟大的地方。

刚才讲过，照佛家讲法，最好是不著一字，自然也不该把自己放进去，才是最高境界。而杜诗却把自己全部一生都放进了。儒家主放进，释家主不放进，儒释异同，须到宋人讲理学，才精妙地讲出。此刻且不谈。现在要讲的，是杜工部所放进诗中去的只是他日常的人生，平平淡淡，似乎没有讲到什么大道理。他把从开元到天宝，直到后来唐代中兴，他的生活的片段，几十年来关于他个人，他家庭，以及他当时的社会国家，一切与他有关的，都放进诗中去了，所以后人又称他的诗为诗史。其实杜工部诗还是不著一字的。他那忠君爱国的人格，在他诗里，实也没有讲，只是讲家常。他的诗，就高在这上，我们读他的诗，无形中就会受到他极高人格的感召。正为他不讲忠孝，不讲道德，只把他日常人生放进诗去，而却没有一句不是忠孝，不是道德，不是儒家人生理想最高的境界。若使杜诗背后没有杜工部这一人，这些诗也就没有价值了。倘使杜工部急于要表现他自己，只顾讲儒道，讲忠孝，来表现他自己是怎样一个有大道理的人，那么这人还是个俗人，而这些诗也就不得算是上乘极品的好诗了。所以杜诗的高境界,还是在他不著一字的妙处上。

我们读杜诗,最好是分年读。拿他的诗分着一年一年地,来考察他作诗的背景。要知道他在什么地方,什么年代,什么背景下写这诗,我们才能真知道杜诗的妙处。后来讲杜诗的,一定要讲每一首诗的真实用意在哪里,有时不免有些过分。而且有些是曲解。我们固要深究其作诗背景,但若尽用力在考据上,而陷于曲解,则反而弄得索然无味了。但我们若说只要就诗求诗,不必再管它在哪年哪一地方为什么写这首诗,这样也不行。你还是要知道他究是在哪一年哪一地为着什么背景而写这诗的。至于这诗之内容,及其真实涵义,你反可不必太深求,如此才能得到他诗的真趣味。倘使你对这首诗的时代背景都不知道,那么你对这诗一定知道得很浅。他在天宝以前的诗,显然和天宝以后的不同。他在梓州到甘肃一路的诗,显和他在成都草堂的诗有不同。和他出三峡到湖南去一路上的诗又不同。我们该拿他全部的诗,配合上他全部的人生背景,才能了解他的诗究竟好在哪里。

中国诗人只要是儒家,如杜甫、韩愈、苏轼、王安石,都可以按年代排列来读他们的诗。王荆公诗写得非常好,可是若读王诗全部,便觉得不如杜工部与苏东坡。这因荆公一生,有一段长时间,为他的政治生涯占去了。直要到他晚年,在南京钟山住下,那一段时期的诗，境界高了，和以前显见有不同。苏东坡诗之伟大，因他一辈子没有在政治上得意过。他一生奔走潦倒，波澜曲折都在诗里见。我第一次读苏诗，从他年轻时离开四川一路出来到汴京，如是往下，初读甚感有兴趣，但后来再三读，有些时的作品，却多少觉得有一点讨厌。譬如他在西湖这一段，流连景物，一天到晚饮酒啊，逛山啊，如是般连接着，一气读下，便易令人觉得有点腻。在此上，苏诗便不如杜诗境界之高卓。此因杜工部没有像东坡在杭州徐州般那样安闲地生活过。在中年期的苏诗，分开一首一首地读，都很好，可是连年一路这样下去，便令人读来易生厌。试问一个人老这样生活，这有什么意义呀？苏东坡的儒学境界并不高，但在他处艰难的环境中，他的人格是伟大的，像他在黄州和后来在惠州琼州的一段。那个时候诗都好，可是一安逸下来，就有些不行，诗境未免有时落俗套。东坡诗之长处，在有豪情，有逸趣。其恬静不如王摩诘，其忠恳不如杜工部。我们读诗，正贵从各家长处去领略。

我们再看白乐天的诗。乐天诗挑来看，亦有长处。但要对着年谱拿他一生的诗一口气读下，那比东坡诗更易见缺点。他晚年住在洛阳，一天到晚自己说："舒服啊！开心啊！我不想再做官啊。"这样的诗一气读来，便无趣味了。这样的境界，无论是诗，无论是人生，绝不是我们所谓的最高境界。杜工部生活殊不然。年轻时跑到长安，饱看着朱门酒肉臭，路有冻死骨的情况，像他在《丽人行》里透露他看到当时内廷生活的荒淫，如此以下，他一直奔波流离，至死为止，遂使他的诗真能达到了最高的境界。从前人说："诗穷而后工。"穷便是穷在这个人。当知穷不真是前面没有路。要在他前面有路不肯走，硬要走那穷的路，这条路看似崎岖，却实在是大道，如此般的穷，才始有价值。即如屈原，前面并非没有路，但屈原不肯走，宁愿走绝路。故屈原《离骚》，可谓是穷而后工的最高榜样。他弟子宋玉并不然，因此宋玉也不会穷。所以宋玉只能学屈原做文章，没学到屈原的做人。而宋玉的文章，也终不能和屈原相比。

现在再讲回到陆放翁。放翁亦是诗中一大家，他一生没有忘了恢复中原的大愿。到他临死，还作下了一首"王师北定中原日，家祭无忘告乃翁"的诗。即此一端，可想放翁诗境界也尽高。放翁一生，从他年轻时从家里到四川去，后来由四川回到他本乡来，也尽见在诗中了。他的晚年诗，就等于他的日记。有时一天一首，有时一天两三首，乃至更多首，尽是春夏秋冬，长年流转，这般的在乡村里过。他那时很有些像陶渊明。你单拿他诗一首两首地读，也不见有大兴味。可是你拿他诗跟他年龄一起读，尤其是七十八十逐年而下，觉得他的怀抱健康，和他心中的恬淡平白，真是叫人钦羡。而他同时又能不忘国家民族大义，放翁诗之伟大，就在这地方。可惜他作诗太多。他似乎有意作诗，而又没有像杜工部般的生活波澜，这是他吃亏处。若把他诗删掉一些，这一部陆放翁诗集，可就会更好了。

在清诗中我最喜欢郑子尹。他是贵州遵义人，并没做高官，一生多住在家乡。他的伟大处，在他的情味上。他是一孝子，他在母亲坟上筑了一园，一天到晚，诗中念念不忘他母亲。他诗学韩昌黎。韩诗佶屈聱牙，可是在子尹诗中，能流露出他极真挚的性情来。尤其是到了四十五十，年龄尽大上去，还是永远不忘他母亲。诗中有人，其人又是性情中人，像那样的诗也就极难得了。

李太白诗固然好，因他喜欢道家，爱讲庄老出世。出世的诗，更不需照着年谱读。他也并不要把自己生命放进诗里去。连他自己生命还想要超出这世间。这等于我们读庄子，尽不必去考他时代背景。他的境界之高，正高在他这个超人生的人生上。李太白诗，也有些不考索它背景是无法明得他诗中用意的。但李诗真长处，实并不在这点上。我们读李太白、王摩诘诗，尽可不管他年代。而读杜工部韩昌黎以至苏东坡陆放翁等人的诗，他们都是或多或少地把他们的整个人生放进诗去了。因此能依据年谱去读他们诗便更好。郑子尹的生活，当然不够得丰富，可是他也做成了一个极高的诗人。他也把他自己全部放进诗中去了。他的诗，一首首地读，也平常。但春天来了，梅花开了，这山里的溪水又活了，他又在那时想念起他母亲了。读他全集，一年一年地读，从他母亲死，他造了一个坟，坟上筑了一个园，今年种梅，明年种竹，这么一年一年地写下，年年常在纪念他母亲。再从他母亲身上讲到整一家，然后牵连再讲到其他，这就见其人之至孝，而诗中之深情厚味也随处而见。他诗之高，高过了归有光的散文。归文也能写家庭情味，可是不如郑子尹诗写得更深厚。

（三）

由于上面所说，我认为若讲中国文化，讲思想与哲学，有些处不如讲文学更好些。在中国文学中也已包括了儒道佛诸派思想，而且连作家的全人格都在里边了。某一作家，或崇儒，或尚道，或信佛，他把他的学问和性情，真实融入人生，然后在他作品里，把他全部人生琐细详尽地写出来。这样便使我们读一个作家的全集，等于读一部传记或小说，或是一部活的电影或戏剧。他的一生，一幕幕地表现在诗里。我们能这样地读他们的诗，才是最有趣味的。

文学和理学不同。理学家讲的是人生哲理，但他们的真实人生，不能像文学家般显示得真切。理学家教人，好像是父亲兄长站在你旁对你讲。论其效果，有时还不如一个要好朋友，可以同你一路玩耍的，反而对你影响大。因此父兄教子弟，最好能介绍他交一个年龄差不多的好朋友。文学对我们最亲切，正是我们每一人生中的好朋友。正因文学背后，一定有一个人。这个人可能是一佛家，或道家，或儒家。清儒章实斋《文史通义》里说，古人有子部，后来转变为集部，这一说甚有见地。新文化运动以下，大家爱读先秦诸子，却忽略了此下的集部，这是一大偏差。

我们上边谈到林黛玉所讲的，还有一陶渊明。陶诗境界高。他生活简单，是个田园诗人。唐以后也有过不少的田园诗人，可是没有一个能出乎其右的。陶诗像是极平淡，其实他的性情也可说是很刚烈的。他能以一种很刚烈的性情，而过这样一种极恬淡的生活，把这两者配合起来，才见他人格的高处。西方人分心为智、情、意三项，西方哲学重在智，中国文学重在情与意。情当境而发，意则内涵成体。"采菊东篱下，悠然见南山。此中有真意，欲辨已忘言。"须明得此真意，始能读陶诗。

陶、杜、李、王四人，林黛玉叫我们最好每人选他们一百两百首诗来读，这是很好的意见。但我主张读全集。又要深入分年读。一定要照清朝几个大家下过功夫所注释的来读。陶、李、杜、韩、苏诸家，都由清人下过大工夫，每一首诗都注其出处年代。读诗正该一家一家读，又该照着编年先后通体读。湘乡曾文正在中国诗人中只选了十八家。而在这十八家里边，还有几个人不曾完全选。即如陆放翁诗，他删选得很好。若读诗只照着如《唐诗别裁》之类去读，又爱看人家批语，这字好，这句好，这样最多领略了些作诗的技巧，但永远读不到诗的最高境界去。曾文正的《十八家诗钞》，正因他一家一家整集抄下，不加挑选，能这样去读诗，趣味才大，意境才高。这是学诗一大诀窍。一首诗作很好，也不便是一诗人。一诗中某句作得好，某字下得好，这些都不够。当然我们讲诗也要句斟字酌，该是僧推月下门呢，还是僧敲月下门？这一字费斟酌。又如王荆公诗春风又绿江南岸。这一绿字是诗眼。一首诗中，一个字活了，就全诗都活。用吹字到字渡字都不好，须用绿字才透露出诗中生命气息来，全诗便活了，故此一绿字乃成为诗眼。正如六朝人文，"暮春三月，江南草长。"绿字长字，皆见中国文人用字精妙处。从前人作诗都是一字一字斟酌过。但我们更应知道，我们一定要先有了句中其余六个字，这一个字才用得到斟酌。而且我们又一定先要有了这一首诗的大体，才得有这一句。这首诗是先定了，你才想到这一句。这一句先定了，你才想到这一字该怎么下。并不能一字一字积成句，一句一句积成诗。实是先有了诗才有句，先有了句才有字。应该是这首诗先有了，而且是一首非写不可的诗，那么这首诗才是你心中之所欲言。有了所欲言的，然后才有所谓言之工不工。主要分别是要讲出你的作意,你的内心情感,如何讲来才讲得对,讲得好。倘使连这个作意和心情都没有,又有什么工不工可辨?什么对不对可论。譬如驾汽车出门,必然心里先定要到什么地方去,然后才知道我开向的这条道路走对或走错了。倘使没有目的,只乱开,那么到处都好,都不好,那真可谓无所用心了。所以作诗,先要有作意。作意决定,这首诗就已有了十之六七了。作意则从心上来,所以最主要的还是先要决定你自己这个人,你的整个人格,你的内心修养,你的意志境界。有了人,然后才能有所谓诗。因此我们讲诗,则定要讲到此诗中之情趣与意境。

先要有了情趣意境才有诗。好比作画尽临人家的,临不出好画来。尽看山水,也看不出其中有画。最高的还是在你个人的内心境界。例如倪云林,是一位了不得的画家。他一生达到他画的最高境界时,是在他离家以后。他是个大富人,古董古玩,家里弄得很讲究。后来看天下要乱了,那是元末的时候,他决心离开家,去在太湖边住。这样过了二十多年。他这么一个大富人,顿然家都不要,这时他的画才真好了。他所画,似乎谁都可以学。几棵树,一带远山,一弯水,一个牛亭,就是这几笔,可是别人总是学不到。没有他的胸襟,怎能有他的笔墨!这笔墨须是从胸襟中来。

我们学做文章,读一家作品,也该从他笔墨去了解他的胸襟。我们不必要想自己成个文学家，只要能在文学里接触到一个较高的人生，接触到一个合乎我自己的更高的人生。比方说，我感到苦痛，可是有比我更苦痛的。我遇到困难，可是有比我更困难的。我是这样一个性格，在诗里也总找得到合乎我喜好的而境界更高的性格。我哭，诗中已先代我哭了。我笑，诗中已先代我笑了。读诗是我们人生中一种无穷的安慰。有些境，根本非我所能有，但诗中有，读到他的诗，我心就如跑进另一境界去。如我们在纽约，一样可以读陶渊明的诗。我们住五层、六层的高楼，不到下边马路去，晚上拿一本陶诗，吟着他"结庐在人境，而无车马喧"的诗句，下边马路上车水马龙，我可不用管。我们今天置身海外，没有像杜工部在天宝时兵荒马乱中的生活，我们读杜诗，也可获得无上经验。我们不曾见的人，可以在诗中见。没有处过的境，可以在诗中想象到。西方人的小说，也可能给我们一个没有到过的境，没有碰见过的人。而中国文学之伟大，则是那境那人却全是个真的。如读《水浒》，固然觉得有趣，也像读《史记》般，但《史记》是真的，《水浒》是假的。读西方人小说，固然有趣，里边描写一个人，描写得生动灵活。而读杜工部诗，他自己就是一个真的人，没有一句假话在里面。这里却另生一问题，很值得我们的注意。

　　中国大诗家写诗多半从年轻时就写起，一路写到老。像杜工部、韩昌黎、苏东坡都这样。我曾说过，必得有此人，乃能有此诗。循此说下，必得是一完人，乃能有一完集。而从来的大诗人，却似乎一开始，便有此境界格局了。此即证中国古人天赋人性之说。故文学艺术皆出天才。苏黄以诗齐名，而山谷之文无称焉。曾巩以文名，诗亦无传。中国文学一本之性情。曹氏父子之在建安，多创造。李杜在开元，则多承袭。但虽有承袭，亦出创造。然其创造，实亦承袭于天性。近人提倡新文学，岂亦天如人愿，人人得有其一分之天赋乎。西方文学主要在通俗，得群众之好。中国文学贵自抒己情，以待知者知，此亦其一异。

故中国人学文学，实即是学做人一条径直的大道。诸位会觉得，要立意做一人，便得要修养。即如要做到杜工部这样每饭不忘君亲，念念在忠君爱国上，实在不容易。其实下棋，便该自己下。唱戏，便该自己唱。学讲话，便该自己开口讲。要做一个人，就得自己实地去做。其实这道理还是很简单，主要在我们能真实跑到那地方去。要真立志，真实践履，亲身去到那地方。中国古人曾说"诗言志"，此是说诗是讲我们心里东西的，若心里龌龊，怎能作出干净的诗，心里卑鄙，怎能作出光明的诗。所以学诗便会使人走上人生另一境界去。正因文学是人生最亲切的东西，而中国文学又是最真实的人生写照，所以学诗就成为学做人的一条径直大道了。

文化定要从全部人生来讲。所以我说中国要有新文化，一定要有新文学。文学开新，是文化开新的第一步。一个光明的时代来临，必先从文学起。一个衰败的时代来临，也必从文学起。但我们只该喜欢文学就够了，不必定要自己去做一文学家。不要空想必做一诗人，诗应是到了非写不可时才该写。若内心不觉有这要求，能读人家诗就很够。我们不必每人自己要做一个文学家，可是不能不懂文学，不通文学，那总是一大缺憾。这一缺憾，似乎比不懂历史，不懂哲学还更大。

（四）

再退一层言之，学文学也并不定是在做学问。只应说我们是在求消遣，把人生中间有些业余时间和精神来放在那一面。我劝大家多把余闲在文学方面去用心，尤其是中国诗。我们能读诗，是很有价值的。我还要回到前边提及林黛玉所说如何学作诗的话。要是我们喜欢读诗，拿起《杜工部集》，挑自己喜欢的写下一百首，常常读，虽不能如黛玉对那个丫鬟所说，那样一年工夫就会作诗了。在我想，下了这工夫，并不一定要作诗，作好诗，可是若作出诗来，总可像个样。至少是讲的我心里要讲的话。倘使我们有一年工夫，把杜工部诗手抄一百首，李太白诗一百首，陶渊明诗一共也不多，王维诗也不多，抄出个几十首，常常读。过了几年拿这几个人的诗再重抄一遍。加进新的，替换旧的，我想就读这四家诗也很够了。不然的话，拿曾文正的《十八家诗钞》来读，也尽够了。比如读《全唐诗》，等于跑进一个大会场，尽是人，但一个都不认识，这有什么意思，还不如找一两个人谈谈心。我们跑到菜场去，也只挑喜欢的买几样。你若尽去看，看一整天，每样看过，这是一无趣味的。学问如大海，鼹鼠饮河，不过满腹。所要喝的，只是一杯水，但最好能在上流清的地方去挑。若在下流浊的地方喝一杯浊水，会坏肚子的。

学作诗，要学他最高的意境。如上举"重帘不卷……"那样的诗，我们就不必学。我们现在处境，当然要有一职业。职业不自由，在职业之外，我们定要能把心放到另一处，那么可以减少很多不愉快。不愉快的心情减掉，事情就简单了。对事不发生兴趣，越痛苦，那么越搞越坏。倘使能把我们的心放到别处去，反而连这件事也做好了，这是因为你的精神愉快了。

我想到中国的将来，总觉得我们每个人先要有个安身立命的所在。有了精神力量，才能担负重大的使命。这个精神力量在哪里？灌进新血，最好莫过于文学。民初新文化运动提倡新文学以来，老要在旧文学里找毛病，毛病哪里会找不到？像我们刚才所说，《红楼梦》里林黛玉，就找到了陆放翁诗的毛病。指摘一首诗一首词，说它无病呻吟。但不是古诗词全是无病呻吟的。说不用典故，举出几个用典用得极坏的例给你看。可是一部杜工部诗，哪一句没有典？无一字无来历，却不能说他错。若专讲毛病，中国目前文化有病，文学也有病，这不错。可是总要找到文化文学的生命在哪里。这里面定有个生命。没有生命，怎么能四五千年到今天？

又如说某种文学是庙堂文学，某种文学是山林文学，又是什么帮闲文学等，这些话都有些荒唐。有人说我们要作帮忙文学，不要作帮闲的文学。文学该自身成其为文学，哪里是为人帮忙帮闲的呢？若说要不用典，"读书破万卷，下笔如有神。"典故用来已不是典故。《论语》"士志于道而耻恶衣恶食者，未足与议也"。孟子"志士不忘在沟壑，勇士不忘丧其元"。杜工部诗说"饿死焉知填沟壑，高歌但觉有鬼神"，此两句沟壑两字有典，填字也有典，饿死二字也有典，高歌也有典，这两句没有一字没有典，这又该叫是什么文学呢？

我们且莫尽在文字上吹毛求疵，应看他内容。一个人如何处家庭、处朋友、处社会，杜工部诗里所提到的朋友，也只是些平常人，可是跑到杜工部笔下，那就都有神，都有味，都好。我们不是也有很多朋友吗？若我们今晚请一位朋友吃顿饭，这事很平常。杜工部诗里也常这样请朋友吃饭，或是别人请他，他吃得开心作一首诗，诗直传到现在，我们读着还觉得痛快。同样一个境界，在杜工部笔下就变成文学了。我们吃人家一顿，摸摸肚皮跑了，明天事情过去，全没有了，觉得这事情一无意思般。读杜工部诗，他吃人家一顿饭，味道如何，他在卫八处士家夜雨剪春韭那一餐，不仅他吃得开心，一千年到现在，我们读他诗，也觉得开心，好像那一餐，在我心中也有分，也还有余味。其实很平常，可是杜工部写到诗里，你会特别觉得其可爱。不仅杜工部可爱，凡他所接触的，其人其境皆可爱。其实杜工部碰到的人，有的在历史上有，有的历史上没有，许多人只是极平常。至于杜工部之处境及其日常生活，或许在我们要感到不可一日安，但在工部诗里便全成可爱。所以在我们平常交朋友，且莫要觉得这人平常，他同你做朋友，这就不平常。你不要看他请你吃顿饭平常，只是请你吃这件事就不平常。杜工部当年穷困潦倒，做一小官，东奔西跑。他或许是个土头土脑的人，别人或会说，这位先生一天到晚作诗，如此而已。可是一千年来越往后，越觉他伟大。看树林，一眼看来是树林。跑到远处，才看出林中那一棵高的来。这棵高的，近看看不见，远看乃始知。我们要隔一千年才了解杜工部伟大，两千年才感觉孔夫子伟大。现在我们许多人在一块，并无伟大与不伟大。真是一个伟大的人，他要隔五百年一千年才会特别显出来。那么我们也许会说一个人要等死后五百年一千年，他才得伟大，有什么意思啊？其实真伟大的人，他不觉得他自己的伟大。要是杜工部觉得自己伟大，人家请他吃顿饭，他不会开心到这样子，好像吃你一顿饭是千该万当，还觉得你招待不周到，同你做朋友，简直委屈了，这样哪里会有好诗做出来。

我这些琐碎话，只说中国文学之伟大有其内在的真实性，所教训我们的，全是些最平常而最真实的。倘我们对这些不能有所欣赏，我们做人，可能做不通。因此我希望诸位要了解中国文学的真精神。中国人拿人生加进文学里，而这些人生则是有一个很高的境界的。这个高境界，需要经过多少年修养。但这些大文学家，好像一开头就是大文学家了，不晓得怎样一开头他的胸襟情趣会就与众不同呀！好在我们并不想自己做大文学家，只要欣赏得到便够了。你喜欢看梅兰芳戏，自己并不想做梅兰芳。这样也不就是无志气。当知做学问最高境界，也只像听人唱戏，能欣赏即够，不想自己亦登台出风头。有人说这样不是便会一无成就吗？其实诗人心胸最高境界并不在时时自己想成就。大人物，大事业，大诗人，大作家，都该有一个来源，我们且把它来源处欣赏。自己心胸境界自会日进高明，当下即是一满足，便何论成就与其他。让我且举《诗经》中两句来作我此番讲演之结束。《诗经》说："不忮不求，何用不臧。"不忮不求，不忌刻他人来表现自己，至少也应是一个诗人的心胸吧！

诗与剧

余尝谓中国史如一首诗,西洋史如一本剧。亦可谓中国乃诗的人生,西方则为戏剧人生。即以双方文学证之即见。古诗三百首为中国三千年来文学鼻祖,上自国家宗庙一切大典礼,下及民间婚丧喜庆,悲欢离合,尽纳入诗中。屈原《离骚》,文体已变,然亦如一长诗,绝非一长剧。《九歌》之类显属诗,不成剧。汉赋乃楚辞之变,而汉乐府则显是古诗演来。即如散文,亦可谓从诗体演来,其佳者必具诗味,直自乐毅《报燕惠王》,下至诸葛亮《出师表》,皆然。又如曹操《述志令》,岂不亦如一首长诗。孔子曰:"不学诗,无以言。"凡中国古人善言者,必具诗味。其文亦如诗,惟每句不限字数,句尾不押韵,宜于诵,不宜歌。盖诗乐分而诗体流为散文,如是而已。

曹丕曹植文,更富诗味。王粲《登楼赋》,则赋亦如一诗。建安以下,诗赋散文,显为同流。如陶潜《归去来辞》《桃花源记》《五柳先生传》，实皆诗之变。下至韩愈《伯夷颂》《祭十二郎文》《送李愿归盘谷序》之类，岂不亦显近一诗。故非深入于诗，即不能为文。清代姚姬传有《古文辞类纂》，李兆洛有《骈体文钞》，文有骈散，而根源皆在诗。此则可一言而定者。

先秦九流十家中有小说家，然中国古代小说亦近诗，不近剧。如鹬蚌相争，画蛇添足等，见之《战国策》者，皆诗人寓言，亦比兴之流。下至魏晋以降，有《世说新语》，其佳者皆可改为诗歌讽咏，但不宜制为戏剧表演。故中国古代小说，非如后世小说之可以搬上舞台，成为戏剧。凡属近于小说故事之可为戏剧者，实多从印度佛教传来。如佛典中之《维摩诘经》，街坊平话中之《目连救母》等。唐代丛书中颇多其类。即如元稹之《会真记》，流而为元代戏曲中之《西厢记》，剧之成分胜于诗。然元剧文字则从宋词变来，剧中仍多诗的成分。此下如昆腔，乃至平剧，歌唱仍多于表演。诗的成分弥漫剧中，不贵以动作来表演。中国古代亦有近似演剧者，如《滑稽列传》所载，多诙谐，如后代剧中之有丑角，则仍不为戏剧之中心。

然则中国文学以诗为主，观于上述而可知。西方文学，则以小说戏剧为主。如希腊《荷马史诗》，实非诗，乃小说剧曲而已。又如阿拉伯人《天方夜谭》《一千零一夜》中所讲故事，皆宜播之戏剧，不宜咏为诗歌。几千年来，其势亦不变。故谓中国乃诗的人生，而西方则为戏剧人生，应无大误。

戏剧必多刺激，夸大紧张，成为要趋。诗则贵于涵泳，如鱼之涵泳于水中，水在鱼之外围。鱼之涵泳，其乐自内在生，非外围之水刺激使然。孟子曰："诗言志。"人生外围，变化万千，然人生贵自有志，自有好，自有乐。如舜之一家，父顽母嚚弟傲，然舜处家中，惟志于孝。其所历故事，应咏为诗，则其感人深厚。若演为剧，则情味便不同。剧中舜之父母及弟，凡所表演，皆远离于舜之内心所存主。而舜则为剧中之主角，但一剧中所表演之情节与成分，则尽为其父其母其弟所占。此为主客倒置，抑亦主客平等，则情味自变。及舜之登朝，摄政为天子，亦如自咏一诗，自述其志而已。故舜之端恭南面，无为而治，亦仍是一诗人生活，非戏剧生活。中国于古代圣人，最好言舜，其民族文化之渊源显在此。

凡中国人之人生理想皆如是，故得使五千年中国史亦如一诗。此如鱼在盆中缸中，或在池中溪中，乃至在江海中，四围水有大小，鱼之潜身有深浅，而其在水中之涵泳则同一无异。修身齐家治国平天下，一如咏一诗，此惟中国人生则然耳。

中国以农立国，五口之家，百亩之地，春耕夏耘秋收冬藏，四时勤劳，皆可入诗。牧牛放羊，凿池养鱼，鸡豚狗彘，凡所与处，相亲相善，亦一一皆可以入诗。"绿树村边合，青山郭外斜"，莫非诗境。故中国诗亦以田园诗居多数。希腊人经商为业，商人重利轻别离，家人团聚，乃暂非常。贸易为求利润，供求间非有情感可言。无情斯亦无诗，而跋山涉海，万贯在身，骤变一富翁，不得谓其非戏剧化。辟商路，保商场，整军经武，牟富必济之以强力，罗马建国则然。恺撒不在吟一诗，乃在演一剧。西方人生，则希腊罗马可为其榜样矣。

戏剧中刺激自外来，演剧亦供四围观众以娱乐，观众所获娱乐亦在刺激。诗人涵泳诗中情志，皆由内发，则所咏亦属内，不属外，重内重外之分，即诗剧之分也。

戏剧中必分种种角色，亦不能无跑龙套，此乃一现实。非有各色人之分别存在，即不能有此一现实。唐人诗："清明时节雨纷纷，路上行人欲断魂。借问酒家何处有，牧童遥指杏花村。"此清明时雨，此村边杏花，此牧童，此酒家，亦皆现实。但诗中所咏，乃一路上行人之断魂心情。此一心情则为一切外围现实之主。而时雨杏花酒家牧童，尽皆融入此一行人心中，而见其存在。使无此行人一番心情，则此种种现实亦自随而变。又一诗，"月落乌啼霜满天，江枫渔火对愁眠。姑苏城外寒山寺，夜半钟声到客船。"曰姑苏，曰寒山寺，曰江枫，曰渔火，曰月落，曰霜满天，曰钟声，曰乌啼，此亦皆现实之境，但共有一中心，则为客船上对愁不眠之诗人。无此诗人之心情则四围现实皆俱变，将不复如此诗之所咏矣。

故人之有情，乃为人生中最现实者。此情变，则其他现实皆将随而变。"暮春三月，江南草长。杂花生树，群莺乱飞。"此亦散文中极富诗情一佳例。描写春日风光，何等生动。然唐人有诗谓："打起黄莺儿，莫教枝上啼。啼时惊妾梦，不得到辽西。"打起黄莺，此是何等杀风景事。然此妇念夫心切，情有所萦，乃于枝上啼莺惊其午枕美梦，转生厌恶。莺啼群所爱，而此妇独生厌恶。此非反于群情，易地则皆然，已心变，则外境随而变。使无一己之心情，四围现实，复何意义价值可言。诗重咏心，剧重演境，此其大不同所在。

中国人重此情，故中国人生乃是超现实而亦最现实者。西方商业人生，乃轻视此情，转向外围现实中求。科学可不论，哲学亦然。柏拉图悬书门外，"不通几何学弗入吾门。"几何学即科学，绝不能羼以人情，故西方哲学亦只重理智，重客观，认为真理当由此求。则试问人生苟无情，真理又何在。即宇宙真理自然科学方面，亦由人类功利观念所发动，何得谓之纯客观。

戏剧亦求客观，此时此地，此人此事，只此一现实，不再在其他处遇到，始是戏剧好题材。如男女恋爱，西方人用作小说戏剧题材者，层出不穷，力求其不相似。但中国诗则不然。《关雎》为古诗三百之第一首，"窈窕淑女，君子好逑"，一方必求为淑女，一方则求为君子。现实中之恋爱，千差万别，变动不居，只此双方求得为淑女君子，则共同人情之不变者。此乃一主观要求，一切客观尽向此为归宿。故中国古代风俗，婚姻必诵此诗，此即所谓道一而风同也。欲求人生勿如一戏剧，其要旨在是矣。

汉乐府有云："上山采蘼芜，下山逢故夫。长跪问故夫，新人复何如。"此故夫与新人，果为君子与淑女之相配否，今不可知。然此上山采蘼芜之弃妇，则应可称一淑女矣。果为一淑女，其所怀心情，宜可入诗。后人知其为一淑女，亦因咏此诗而知。凡中国诗所咏，则皆超现实，不重客观，仅咏其一己内心主观之所存想。一切诗几乎皆如是。而中国人生受此陶冶，亦莫不重在此。《中庸》言："莫不饮食，鲜能知味。"饮食乃人生中最现实者。孟子曰："饮食男女性也"，是矣。然饮食贵知味，人生现实中之味则在情，今所谓人情味是矣。苟无情，则又何味焉。

具体现实重客观，重分别，彼此不相混淆。人情超现实，乃一抽象观念，笼统概括。舜之父母，与周公之父母，同是一父母，即同应孝，不宜再加分别。孔子曰："必也正名乎。"父是父，母是母，夫妇兄弟君臣朋友皆然，此之谓人伦。正名者，但正其名，而实则非可正。如欲正其实，则舜之父母将不得为父母，而现实乃大变。故现实贵在名，名则在抽象，在主观，只在笼统概括一共同观念上。故曰淑女，曰君子，此犹如称孝子，称忠臣，凡人伦必可名。但如曰富人曰贵人，则乃具体，有分别，不成人伦中一名。孰有以富人贵人为名者？在中国重视人伦大道之人生中，则有此实，而无此名可知。

人情逐于物而具体可分别者，中国人则称之曰欲。孝弟忠信为情，乃对人而发，期能得对方之同情。富贵权利，则在己之欲，惟引起人我之相争。十人赛跑，九人退后，一人乃得为冠军。而事过境迁，在其心中，终不能长存此满足感。于是再求竞赛之来临，但又不得常为冠军。西方人生正如此。故情则内外可以和合，欲必导致内外分裂。欲不可笼统概括，外面来一刺激，吾心随生一欲。外面无刺激，则我心必向外寻刺激，以满足吾所欲。而欲终不可得满足。商业即与人以刺激，而供人之满足者，其不可终得满足，亦可知。必于四围之不满足中，求得一己之满足，此为西方人生。中国人生务求能转欲为情，则孝弟忠信，敬爱和平，内外双方，两皆满足矣。然此亦笼统概括言之。当下得满足，而永此向前无止境。孰谓孝可满足，自此以往乃可不孝。善可满足，自此以往乃可不善。故曰："止于至善"，亦笼统概括语。实则永在此至善一途上前进，非有止也。则止乃仍是一名，非一实。今人则仅曰奋斗向前，人生只在瞬息间，瞬息必变，亦可谓无人生之可名矣。而又何味之有乎。笼统概括超现实而赋以一名，曰"止于至善"。其实所谓奋斗向前，亦只一名。惟其名不正，斯无可止，群情终不安。然则何不正其名曰父慈子孝君仁臣敬，男曰君子，女曰淑女，使人即此而可止，即此而可安之为愈乎。

西方人言科学，试问自发明枪炮乃至于核子武器，各种杀人利器，亦得谓之是人生之进步否？西方人言哲学，试问自柏拉图理想国，而至于马克思之唯物史观共产主义，亦得谓之人生之进步否？人情有一止境，而人欲则无止境。今日尽言进步，实则乃人欲之横流也。今日世界之戏剧化，皆由欲来，不由情来。

今日国人方提倡新文学，尽为戏剧小说，又倡为白话诗。中国一切旧文学，皆置之不理。而传统诗化之人情味，亦将放弃，古调不再弹，诚亦良堪嗟叹也。西方人亦非无情，惟其恣于欲，遂多情不自禁处，亦多情不自安处。观其戏剧小说而可知。而种种祸乱，亦胥随以起。今国人亦宁愿蹈此覆辙，则亦无可奈何耳。

继此当言艺术，戏剧亦一艺术也。而中西艺术又不同。西方分真善美为三，中国则一归之于善。善即人情，使真而无情，即真不为善，虽真何贵。西方言美，亦专就具体言。如希腊塑像必具三围，此属物体，无情可言。无情亦无善。美而无善，亦可成为不美。如杨贵妃在唐宫，非不是一美人。然缢死马嵬驿，人心始快。则美而不美矣。临去秋波那一转，乃崔莺莺之多情，亦即崔莺莺之美。但其越德离矩，终亦仅成一小说戏剧中人物，非诗中一人物。金圣叹以《西厢记》《水浒传》与庄周屈原诸人著书同列为六才子书。才子亦小说戏剧中人物，非诗中人物。中国古人亦绝不视庄周屈原为才子。圣叹此等见解，正亦明季文风堕落之一征。女子无才便是德，此语更寓深义。才情并茂，则尤非有德者不能。中国人重德，西方人重才，亦中西文化一大歧趋。平剧后起，对西厢故事多演红娘，少演莺莺，亦有斟酌。至如秦香莲一剧，则事胜情，乃类西方一悲剧矣。要之，中国戏剧仍富诗情，寓教育感化之意多。而西洋恋爱小说与戏剧如《罗密欧与朱丽叶》之类，惟富刺激性，无教育感化意义可言。此亦可谓中西双方艺术意义亦不同。

中国之诗化人生，宜亦可称之为艺术人生。而西方人生，则仅得称为是戏剧化，不得同称之为是艺术化。在西方真善美必相分立，而中国则真善美同归和合。此又中西双方人生大相歧所在，不得不深味之。

或谓中国人生重道德，乃由少数人提出一规矩准绳，剥夺人自由，强人以必从。《论语》孔子曰："志于道，据于德，依于仁，游于艺。"道者，人之共同行为，而必当本于个人各别之德性。德性则必有情，于是乃有人与人之同情，此即孔子之所谓仁。艺则文学、艺术、科学、哲学皆属之。游则余此上文所谓之涵泳。人生大义尽此矣。则中国之道德人生，亦即是艺术人生，正是一诗化人生也。读二十篇《论语》，能亦如诵一首诗，则庶得之矣。

近代中国人竞慕西化，即文学艺术皆然。百年来，社会竞效西方演话剧而终不盛。中国之平剧及各地方剧，大体皆诗化。遇所欲言，必以歌唱出之，不用白话，因白话表达不到人心深处。凡属喜怒哀乐爱恶真情内蕴，皆非言辞能尽。于是歌唱淫液，嗟叹往复，所谓诗言志，乃属一种情志，人生主要乃在此。故平剧地方剧莫不歌唱化，亦即是诗化。西方人之小说与剧本，惟因情不深，乃偏向事上表演，曲折离奇，惊险迭出，波谲云诡，皆以事胜，非以情胜。如平剧中《三娘教子》一段，其子长跪台前，三娘长幅唱辞，不在辞，而在声，此即艺术深处，为白话剧所不能有。又如《苏三起解》，在途中唱叹不尽，仅一解差相随，情意万千，在话剧中又如何表出。故知中国人生决不能戏剧化，而必诗化。中国戏剧亦诗化。而白话剧则终不能紧扣中国之人心。即此一小节，可概其余矣。

中国文化与文艺天地

论评施耐庵《水浒传》及金圣叹批注

中国文化中包含的文艺天地特别广大,特别深厚。亦可谓中国文化内容中,文艺天地便占了一个最主要的成分。若使在中国文化中抽去了文艺天地,中国文化将会见其陷于干枯,失去灵动,而且亦将使中国文化失却其真生命之源泉所在,而无可发皇,不复畅遂,而终至于有窒塞断折之忧。故欲保存中国文化,首当保存中国文化中那一个文艺天地。欲复兴中国文化,亦首当复兴中国文化中那一个文艺天地。本文标出此中国文化与文艺天地之总题,此下当分端各立题目,不论先后,不别轻重,不分长短,随意所至,拉杂陈述。

一 活文学与死文学

文学当论好坏,不当论死活。凡属存在到今,成为一种文学的,则莫非是活的。其所以为活的,则正因其是好的。为何说它是好的,此则贵有能鉴别与欣赏的人。能鉴别欣赏好文学的,则必具有一种文学修养工夫。好文学则自有标准,不专在其能通俗、大家能懂而即便成为好文学。

要求通俗,其事亦难。俗善变,俗外有俗,通于此,未必即通于彼。近人又说文学当大众化,大众范围也可无限延伸。不识一字,与仅识几字的,都是大众。没有读书,和仅读几本书的,也都是大众。要求通到无穷易变之俗,化及无穷延伸之大众,那真不是件易事。并且若只是通俗与大众化,也不一定便会是好文学。好文学有时不易使不读书人不识字人也能解,能欣赏。有时仅能有少数人了解欣赏,但亦并不失其为好文学。因此,好文学与通俗大众文学,应该分开作两项说。好文学比较通俗的也有,但不一定要兼此两者始称得好。

通俗文学流行在大众间,近人说它是活文学,但很多是寿命不长,过些时便死了。这不待远求证据,即在当前数十年间,一时风行,随即便被遗忘的作品太多了。如此则活文学转瞬便变成了死文学。何以故,因其只求通俗，只求在大众间流行，而大众则如长江之水，后浪推前浪，转瞬都变了。对象一失，自己立场也站不住。这因其文章本身并不好，所以会短命，过时便死。要是好文学，虽不通俗，虽不人人都能欣赏，但在大众中不断自有能欣赏的人，所以好文学能永远流传，千载长生。

说到中国古文学，如《诗经》三百首，距今远的有三千年，近的也在两千五百年以上，这是古代文学代表，不在以近代大众为对象。但虽如此，亦断不能说它已是死文学。只要在今时，仍有人能欣赏，它在能欣赏人的心中，还是一种活文学。只要将来仍不断有人能欣赏，则它将来还依然是一种活文学。

故论文学，一方面当求有人能创作出好文学来。另一方面则当求有人能欣赏，能有文学修养的人来欣赏。创作与欣赏，应是站在对等地位。不能只求创作而不求欣赏。若只求俗众欣赏，而不求俗众之提高欣赏能力，无欣赏而只创作，亦创作不出好文学来。在初学识字的小学生言，他们只能识得小猫三只四只，但小猫三只四只究不能说它是好文学。

远在三百年前，早有人识得此道理。那时有一位文学批评家金圣叹，他把《西厢》《水浒》和《离骚》《庄子》《史记》、杜诗同列为才子必读书，那即是说这些都是好文学。他并不曾单把《西厢》《水浒》称之为通俗的大众化的活文学，而把《离骚》《庄子》

等归入为古典的死文学。他说："在十一岁病中，初见《妙法莲华经》，次之则见屈子《离骚》，次之则见太史公《史记》，次之则见俗本《水浒传》。《离骚》苦多生字，好之而不甚解，记其一句两句，吟唱而已。《法华经》《史记》，解处为多，然而胆未坚刚，终亦不能常读。其无晨无夜不在怀抱者，于《水浒传》可谓无间然矣。"从近人意见说来，《离骚》在此孩时的金圣叹心中，显然早是死文学。《法华经》《史记》则半死不活。但此孩异时长大，死的半死的全都活了。他又为才子二字下定义。他说："依世人之所谓才，则是文成于易者，才子也。依古人之所谓才，则必文成于难者，才子也。依文成于易之说，则是迅疾挥扫，神气扬扬者，才子也。依文成于难之说，则必心绝气尽，面犹死人者，才子也。故若庄周屈平马迁杜甫以及施耐庵董解元之书，是皆所谓心绝气尽面犹死人，然后其才前后缭绕得成一书者也。"

依圣叹之说，则好文学必然成于难。苟非心绝气尽，面类死人，则不得成一才子书，即不得成为好文学。依圣叹之说，则不仅创作难，欣赏亦不易。苟非具坚刚之胆，亦不能常读不易解书，而得其心绝气尽面类死人之所在。圣叹此一意见，似乎与今人意见大不同。依今人意见，不易读，便不是好文章，而古人文章乃全成为冢中枯骨，山上僵石。要写人人易读之文章，则必出于人人易写之手，而后创作之与欣赏，乃一主于易而不知有所谓难。如此则好文学将遍天地，而亦自不见其所谓好。

犹忆余之幼年，在十岁十一岁时，尚不知有《离骚》《庄子》《史记》、杜诗，然亦能读《三国演义》《水浒传》。其时是前清光绪之末，方在一小学堂读书。有一顾先生，从无锡县城中来，教国文，甚得诸生敬畏。学堂中有一轩，长窗落地，窗外假山小池，杂花丛树，极明净幽茜之致。顾先生以此轩作书斋，下午课后，酒一卮，花生一堆，小碟两色，桌上摊一书，顾先生随酌随阅。诸生环绕，窥其书，大字木刻，书品庄严，在诸生平时所见五经四书之上。细看其书名则为《水浒》。诸生大诧异，群问《水浒》乃闲书小说，先生何亦阅此，并何得有此木刻大字之本。顾先生哂曰，汝曹不知，何多问为。诸生因言有一年幼小学生某，能读此书，当招来，先生试一问。于是招余往书斋。顾先生问："汝能读《水浒》，然否？"余点首。先生又问："汝既能读，我试问汝，汝能答否？"余默念读此书甚熟，答亦何难，因又点首。先生随问，余随答。不数问，顾先生曰："汝读此书，只读正文大字，不曾读小字，然否？"余大惊汗出，念先生何知余之私密，则亦仍只有点首。先生曰："不读小字，等如未读，汝归试再读之。"余大羞惭而退。归而读《水浒》中小字，乃始知有金圣叹之批注。

自余细读圣叹批，乃知顾先生言不虚，余以前实如未曾读《水浒》，乃知读书不易，读得此书滚瓜烂熟，还如未尝读。但读圣叹批后，却不喜再读余外之闲书小说，以为皆莫如《水浒》佳，皆不当我意，于是乃进而有意读《庄子》《离骚》《史记》、杜诗诸才子书。于是又进而读贯华堂所批唐诗与古文。其时余年已近廿岁，却觉得圣叹所批古文亦不佳，亦无当我意。其批唐诗，对我有启发，然亦不如读其批《水浒》，使我神情兴奋。于是乃益珍重其所批之《水浒》，试再翻读，一如童年时，每为之踊跃鼓舞。于是知一人之才亦有限，未必每著一书必佳。余因照圣叹批《水浒》者来读古文。其有关大脉络大关键处且不管，只管其字句小节。如《水浒》第六回：

> 只见智深提着铁禅杖，引着那二十三个破落户，大踏步抢入庙来，林冲见了，叫道，师兄那里去。

圣叹批：

> 看此一句，便写得鲁达抢入得猛，宛然万人辟易，林冲亦在半边也。

我因圣叹这一批，却悟得《史记·鸿门宴》：

> 张良至军门见樊哙,樊哙曰:今日之事何如,良曰甚急。

照理应是张良至军门,急待告樊哙,但樊哙在军门外更心急,一见张良便抢口先问,正犹如鲁智深抢入庙来,自该找林冲先问一明白,但抢入得猛,反而林冲像是辟易在旁,先开口问了智深。把这两事细细对读,正是相反相映,各是一番绝妙的笔墨。

又如《水浒》第六十一回:

> 李固和贾氏也跪在侧边。

圣叹批道:

> 俗本作贾氏和李固,古本作李固和贾氏。夫贾氏和李固者,犹似以尊及彼,是二人之罪不见也。李固和贾氏者,彼固俨然如夫妇焉,然则李固之叛,与贾氏之淫,不言而自见也。先贾氏,则李固之罪不见,先李固,则贾氏之罪见,此书法也。

我年幼时读至此,即知叙事文不易为,即两人名字换了先后次序乃有如许意义不同。后读《史记·赵世家》:

> 于是召赵武程婴，遍拜诸将。遂反与程婴赵武攻屠岸贾。

此即在两句一气紧接中，前一句称赵武程婴，因晋景公当时所欲介绍见诸将者，自以赵孤儿为主，故武当先列。后一句即改称程婴赵武，因赵武尚未冠成人，与诸将同攻屠岸贾，主其事者为程婴，非赵武，故婴当先列。可见古人下笔，不苟如此。《水浒》虽易读，然亦有此等不苟处。若非我先读圣叹批，恐自己智慧尚见不及此等不苟之所在。

又《水浒》第六十回：

> 贾氏道，丈夫路上小心，频寄书信回来。说罢，燕青流涕拜别。

圣叹批道：

> 写娘子昨日流涕，今日不流涕也。却恐不甚明显，又突地紧接燕青流涕以形击之，妙笔妙笔。

又第五十九回：

> 饮酒之间，忽起一阵狂风，正把晁盖新制

的认军旗半腰吹折，众人见了尽皆失色。

圣叹批道：

大书众人失色，以见宋江不失色也。不然者，何不书宋江等众人五字也。

后读韩退之《张中丞传后序》：

云因拔所佩刀，断一指，血淋漓，以示贺兰。一座大惊，皆感激为云泣下。云知贺兰终无为云出师意，即驰去。

乃知此处一座大惊，正是映照出贺兰进明一人不惊，只看下面云知贺兰终无出师意一句自可见。

以上随手举例，都是我在二十岁前后，由圣叹批《水浒》进而研读古文辞之片段心得。到今五十多年，还能记忆不忘。正如圣叹所说："自记十一岁读《水浒》后，便有于书无所不窥之势。"我亦自十一岁读了圣叹批《水浒》，此下也开了我一个于书有无所不窥之势。益信圣叹教我不虚，为我开一条欣赏古书之门径，但此后书渐渐读多了，《水浒》便搁置一旁，金圣叹也连带搁置一旁，只备我童时一回忆而已。然自新文学运动浪潮突起，把文学分成了死的和活的，我不免心有不平。在我心中，又更时时想念到圣叹批《水浒》。有人和我谈及新文学，我常劝他何不一读圣叹批《水浒》。然而风气变了，别人不易听我劝说。金圣叹在近代爱好文学者心底，逐渐褪色，而终于遗弃。金圣叹的论调，违反了时代潮流，他把通俗化大众化的白话的新的活文学，依附到古典的陈旧的死文学队伍中去，而不懂得在它们中间划出一条鲜明的界线。而且又提出一难字，创作难，欣赏亦难，此一层，更不易为近代潮流所容受。依近代人观点，《水浒》当然还当划在活文学之内，而金圣叹则因观念落伍，虽在他身后三百年来，亦曾活跃人间，当时读《水浒》则必读圣叹批，连我童年老师顾先生还如此般欣赏，而此刻则圣叹批已成死去。最近在坊间要觅一部圣叹批的《水浒》，已如沧海捞珠，渺不易得。文学寿命，真是愈来愈短了。一部文学作品，要能经历三十年，也就够满意了。余之追忆，则如白头宫女，闲话天宝遗事。六十年前事恍如隔世，更何论于三百年。然而文章寿命既如此其短促，乃欲期求文化寿命之悠久而绵长，此亦大值深作思考之事。爰述所感，以供当代从事文学工作者之研究。

二 文学与考据

今之从事文学者，一则竞务于创作，又一则竞务于考据。考据工作，未尝不有助于增深对于文学本身之了解与欣赏。然此究属两事，不能便把考据来代替了欣赏。就《红楼梦》言，远在六十年前，王国维《观堂集林》提出《红楼梦》近似西方文学中之悲剧，此乃着眼在《红楼梦》之文学意义上，但此下则红学研究，几乎全都集中在版本考据上。《水浒传》亦同样有此趋势。

讨论到水浒故事来历，必会追溯到宋人所著的《宣和遗事》。此下元曲中也有不少梁山泊的英雄故事。但《水浒》成书究在何时，此一问题，至今还未获得一明确之解答。说到《水浒传》作者，或说是罗贯中，或说是施耐庵，此事尚未臻论定。而罗施两人之生卒年代及其籍贯等，一样是众说纷纭。至于有关两人其他历史事迹，无可详考，更所不论。

说到《水浒传》之版本，此六十年来，已采访到国外，日本和巴黎，陆续发现获有六种不同之本。但要寻究其最先祖本，是否即在此六种之内，抑尚在此六种之外，则亦仍多异议。但至少可得一定论的，则《水浒》一书，绝非一人一手所成，不断有增添，有删改，直到圣叹外书七十回本出世，而成为此下三百年来《水浒传》最流行的本子。那是千真万确谁也不得否认的事。

若照近代流行观念，把文学分为活文学、死文学两种，则圣叹批本七十回《水浒传》，显然是三百年来的一部活文学，而圣叹以前之各种《水浒》，皆成为死文学。却不料从事考据的人，偏要迷恋冢中枯骨，在此活生生的圣叹批本七十回《水浒传》之外，刻意搜索旧本，一一加以考订。在要编著一部详备的小说史，此项工作，自亦无可厚非。但此三百年来，在社会上广大流行的，究竟是圣叹批的七十回本。圣叹本人，身遭斩头之罪，并非有私人大力来推行其自所改定之本。此刻作考据工作的人，也并未能在旧本中选出一本来代替圣叹批本。也未有人从文学价值上来评定旧本中之任何一本，其文学价值当更胜过了圣叹批本，而尽力为之宣扬，使之从死里复活，而宣判了圣叹批本之死刑。今社会所广大流行的还是此七十回《水浒传》，为圣叹所称为贯华堂古本，所定为圣叹外书的。坊间翻印，却单把圣叹批语取消。从事考据的，则只称圣叹本非《水浒》古本，如此而止。但古本在文学价值上，既非胜过圣叹本，而圣叹本之文学价值，则已经圣叹本人尽力阐扬在其批语中。今把圣叹批语取消，仍读此七十回本，则正如我个人在六十年前读《水浒》，只读大字正文，不读小注，乃为我老师顾先生所呵斥。《水浒》是一部广大读物，我想凡是读《水浒》的，并不尽具超人的智慧聪明，能看透纸背，能看出当时圣叹批的精意所在。

或许有人说，圣叹见此七十回本是一会事，圣叹批此七十回本又是一会事，两事当分别看。但从事考据的人，却没有在此上下功夫。究竟在圣叹之前，是否早有此七十回本，其证据又何在？今再退一步，承认在圣叹前早有此七十回本，而圣叹则只下了些批语。但圣叹批语是否有当，仍值讨论。即如我前所举三例，是否是圣叹批错了。若圣叹没有批错，是否取消了圣叹批只读正文，人人能读出其中涵义，不烦圣叹来作批。抑或圣叹所批并无文学价值，则《水浒》书中之文学价值究应在何处，却也没有人来另作指点。

或许又有人说，读书有了批注，会把读者的思想聪明拘束了，窒塞了，不如只读原书，更活泼，更自在，可以激发读者自己心灵。但此语似是而非。好批注可以启发人之智慧聪明，帮助人去思索了解。今人读《楚辞》，还多兼读朱熹注。读《庄子》，还多兼读郭象注。读后有疑，还可兼看他家注来作参考。我少年时也曾读过《史记菁华录》，当然此书价值，远不能和朱注《楚辞》郭注《庄子》相提并论，但我也曾读得手舞足蹈。我很喜欢此书，因它有些处很像圣叹批《水浒》，提起了我兴趣，使我读《史记》有一入门。此书至今不废，但圣叹批《水浒》则竟是废了。既没有人为此叫屈，也没有人申说理由，指出圣叹批《水浒》之该废。然而三百年来一部畅行书，则终是在默默中废了。时风众势，可畏可畏。

其实圣叹所抱之文学观点与其文学理论，有许多处，与近代新文学界之主张不谋而合。近代新文学兴起，乃受西方影响。而在圣叹当时，西方文学尚未东来，圣叹已能巨眼先瞩，一马独前。在叙述近代文学新思潮史上，此人理当大书特书，受近人之崇敬。所不同者，圣叹的文学观念与其文学理论极富传统性，只在传统之下来迎受开新。而近代人的文学观念与文学理论，则彻头彻尾崇尚革命性。开新便得要拒旧，而且认为非拒旧则不足以开新。所以一说到传统，则群加厌恶。近代从事新文学运动的人，固亦不曾正式否认了《庄子》《离骚》《史记》、杜诗的文学价值，但似乎认为此诸书之文学价值早属过去，换言之，则实已死了。所以近代新文学家，并不教人去研究《庄子》《离骚》《史记》、杜诗，有时只用来作考据材料，却决不谓可以用来作文学标准。所以从事新文学创作的人，对此诸书不屑一顾的决不在少数。于是圣叹之文学观念与文学理论，乃亦为近代人所不愿再提。但果抛弃了传统，则亦无所谓革命。因此至于最近代，则亦仅言创作已够，更不烦再言文学革命，那是更新更进步了。我在今天，重来提起圣叹批《水浒》，则因此书既已绝迹，却也不妨用来作为一份考据材料，这应该不为时代潮流所排拒。

但我对《水浒》与圣叹批，亦只有些童年忆旧。自我二十以后，即对《水浒》和圣叹批搁置度外，再不曾理会过。若使我真要来作考据工夫，实也无从做起。但我有一想念，却可提出供有考据兴味者作一参考。我在六十年前初读圣叹批《水浒》，有一项最激动我幼年心灵的，则因读了圣叹批，而知宋江不是一好人，并不如其诨名呼保义及时雨之类，而是一假仁假义善用权谋的大奸巨猾。在圣叹批的七十回本中，固然有些处可能由圣叹改动来加强此一描写，但就整个《水浒传》的演变来说，是否一开始宋江即是这样一个人，抑系逐渐变成为这样一个人的，此层却大值注意，应该作一番考查。

据世俗常言，梁山泊好汉都是逼上的，其实也并不然。如鲁智深、林冲、武松诸人，最先都不是存心要上山落草做强盗，那不用再提。但梁山泊开始如晁天王、吴学究等人智取生辰纲，何尝是被逼。纵说他们受了朝政污黩的刺激，但不能说他们是满腔忠义，情不获已。至如卢俊义是被骗上山的。朱同、雷横更是梁山泊好汉使用了惨无人道之诡计，而逼之入伙的。其他如关胜、秦明、呼延灼诸人，何尝是朝廷逼迫他们去上山。如此逐一分析，七十二地煞暂不算，三十六位天罡星中，被逼于朝廷而上山的固有之，受梁山泊之或诱或胁，违其初心，而被逼上山落草的却更不少。梁山泊之获成此大局面，主要自在宋江一人。一开始，宋公明私放晁天王，又何尝是被逼，亦何尝算得是忠义。当然如《宋史》所载，《徽宗本纪》称淮南盗宋江，《张叔夜传》载宋江起河朔，《侯蒙传》称宋江以三十六人横行齐魏，都只举盗魁宋江。宋江之私放晁盖,则已见于《宣和遗事》。大概后人憎恶徽宗蔡京一朝君相之暴虐污黩,又因《宣和遗事》有宋江受招安平方腊之记载,乃会合社会上种种话本传说,而有《水浒传》之编集。而在此《水浒传》内容之不断演变中,是否对于宋江个人人格之塑造与描写,诸本间亦有所不同。若有不同,亦只有一个大区别。一是对之有称誉无讥刺,另一则如圣叹批七十回本,在称誉中隐藏了讥刺。惟可悬断者,今七十回本之对宋江人格有讥刺,决不全出圣叹羼入。圣叹七十回本则必有所本,不过圣叹在有些处再加进了一些对宋江之讥刺以加强其分量。而且进一层深言之,即如我上面所举,忠义堂三十六天罡中,有许多便是由梁山泊诱胁而来。而且在《水浒传》开头,先安插了一位八十万禁军教头王进,此人诚似神龙见首不见尾,为《水浒传》中第一等人物。相形之下,却使走上梁山泊忠义堂的好汉们,为之黯然失色。当知此是全部《水浒传》第一回目,决非无故安上。如此说来,则最先《水浒传》作者,便对梁山泊忠义堂那一群,言外有不满,或可说有惋惜之意。此层虽是我凭空推想,但亦本之于《水浒》本书而有此推想。虽像别无证据,但《水浒》本书即是一证据。

固然,取材于社会上广大流行的梁山泊好汉故事而编集为《水浒传》一书,对此诸好汉们,自必绘声绘影,尽量渲染,以博读者之欢心。至于朝廷君相之污黩残酷，只有诛伐，没有回护，那是必然之事，更可不论。其书称曰"忠义水浒传"，乃以迎合积久存在之群众心理。是否此忠义二字，乃最先所有，或后来加入，此处暂不深论。要之，《水浒》成书，必然有一番极浓重的社会群众心理作背景。又经《水浒》作者之妙文妙笔，遂使此书成为当时一部最理想的通俗而大众化的上乘活文学，此等似皆不难了解。但最可怪者，乃是《水浒》作者独于忠义堂上众所拥戴之领袖呼保义及时雨宋公明，却深有微辞。虽不曾加以明白之贬斥，而曲笔婉笔，随处流露。在于作者，乃若有一番必欲一吐以为快之内心情感寄寓其间。此层最是《水浒》作者写此一部大书之深微作意所在。而使读者隐瞒鼓中。在作者实是一种偷关漏税的手法，把自己一番心情混合在社会群众心情中曲曲传达。只此一点，遂使此书真成为一部上乘的文学作品，可以列之古今作者名著之林而无愧。然而直要待到圣叹出来为之揭发，于是圣叹乃一本作者之隐旨，而索性把后面平方腊为国建功衣锦还乡种种无当于原作者之隐旨的一刀切断，只以忠义堂一梦来结束，而成为此下最所流行之七十回本，此亦是圣叹对《水浒》一书之绝大贡献。所犹有憾者，则圣叹批《水浒》，只在笔法文法上指示出《水浒》作者对宋江人格描写之微旨，而没有再进一层对于《水浒》作者之深隐作意所在，有一番更明白更透彻之披露，而此事乃仍有待于后人之继续寻讨，而近人则虽是仍读此七十回本，而把圣叹批一并删了，则作者隐旨，又归沉晦，欲索解人而不得。此诚为古今名著得列为最上乘之文学作品者，所同有之遭遇，而《水浒传》亦无以自逃于其外。

以上所云，亦可谓只是一种未经考据之猜测。使此一猜测尤为近情近理，则继此可以推论到《水浒》之作者。今既认为《水浒》一书之作意，乃为同情社会下层之起而造反，而对于利用此群众急切需要造反之情势，处心积虑，运使权谋，出为领袖之人物，则不予以同情。因此乃宁愿为王进之飘然远引。若果把握住此一作意，则惟有在元末明初之智识分子，乃多抱有此心情，恰与本书作意符合。而圣叹之直认施耐庵为《水浒》作者之意见，乃大值重视，

相传明淮南王道生有《施耐庵墓志》与《传记》两篇。《传记》篇中有云："张士诚屡聘耐庵不至。及称王，造其门，见耐庵正命笔为文，所著为《江湖豪客传》，即《水浒》。顿首对士诚曰：志士立功，英贤报主，不佞何敢固辞。奈母老不能远离。士诚不悦，拂袖而去。耐庵恐祸至，举家迁淮安。洪武初，征书屡下，坚辞不赴。"考诸史册，一时名士，拒士诚与明祖之征辟者，大不乏人。即刘基亦是其中之一，后乃不得已而赴明祖之召。元末明初诸家诗文集传至今者不少，惟宋濂一人较为例外，其他多有与施耐庵抱同一意见。不直宋江，而愿为王进。若认文学作品必

中国文化与文艺天地　171

有时代作背景,则《水浒传》必出元末明初,实有极坚强之理据。圣叹既酷嗜《水浒传》,其认施耐庵为《水浒传》作者,应亦有其根据。苟非有明确之反证,不容轻易推翻。今为《水浒传》作考据,而独摈圣叹一人不加理会,成见之锢人心智有如此。至王道生《传记》中耐庵以母老辞士诚,亦与王进母子俱隐有可互参之消息。

又王道生所为《耐庵墓志》,谓罗贯中乃耐庵门人,预于耐庵著作校对之役。则圣叹谓《水浒》七十回以下乃罗贯中所续,似亦不能谓之绝无可能。且今所可见之《水浒》诸版本,尚多列有"施耐庵集撰罗贯中纂修",或"施耐庵的本,罗贯中编次"者,岂不益足为王道生《墓志》作证。

又圣叹批《水浒》,附有贯华堂所藏古本《水浒传》施耐庵一序,文中有叙述懒于著作之心情凡四。"名心既尽,其心多懒,一。微言求乐,著书心苦,二。身死之后,无能读人,三。今年所作,明年必悔,四。"所谓名心既尽,亦可为耐庵对吴王明祖两方却聘作注脚。所谓微言求乐,序中又言,"日有友人来家座谈,谈不及朝廷,亦不及人过失。所发之言,不求惊人,人亦不惊。未尝不欲人解,而人卒亦不能解。事在性情之际,世人多忙,未曾常闻。"此亦约略道出耐庵诸人乱世苍凉苦闷退晦之心情。此种心情,亦未尝不一鳞片爪,隐约出现于其友散之后,灯下戏墨之《水浒传》中。此等文字，宜其身死后无能读之人。然又谓所以独有此《水浒》一传者，亦有四故。"成之无名，不成无损，一。心闲试弄，舒卷自若，二。无贤无愚，无不能读，三。文章得失，小不足悔，四。"读者当于无贤无愚无不能读之中，而窥见其身死以后无人能读之感慨所在，则庶可谓善读《水浒》之人。而《水浒》一书之最高文学价值所在，则正贵从此处参入。

圣叹又自有《读第五才子书法》一篇，其中谓"《水浒传》有大段正经处，只是把宋江深恶痛绝，使人见之，真有犬彘不食之恨，从来人却是不晓得。《水浒传》独恶宋江，亦是歼厥渠魁之意，其余便饶恕了"。只此一段，便足为圣叹并不真了解耐庵《水浒传》作意之铁证。《水浒传》作者于忠义堂诸豪客，只有惋惜，并无憎恶，笔里行间，处处流露，哪里有歼厥渠魁其余便饶恕了之意。

圣叹又说："作《水浒传》者，真是识力过人。某看他一部书，要写一百单八个强盗，却为头推出一个孝子来做门面。"此又是圣叹不真了解耐庵作《水浒传》时之心境与其作意之第二个铁证。耐庵何尝把忠义堂豪客们尽作强盗看，开首写一王进，又何尝是把一孝子来装门面。《水浒》忠义堂中，未尝没有孝子，却无一人再能如王进之神龙无尾，此乃《水浒》作意之最值注意处，而惜乎圣叹亦未见及此。

上举两证，指出圣叹并未真了解到耐庵深处，但亦正可从反面来证明圣叹所引耐庵一序非圣叹所伪造。圣叹之所以不能了解耐庵作意深处者，亦因圣叹未能了解到耐庵当身之时代背景，与其心情寂寞苦闷之所在。而其所引耐庵一序，若以当时之时代背景与夫处此一时代中之智识分子所共同抱有之内心苦闷来体会，则正是宛相符合。此种内心苦闷之是非，与夫其当有与不当有，则不在此文讨论之列。但当时智识分子之具有此一番心情，则尚有同时其他诗文集可资作证。惟事过境迁，则当时智识分子之此一番心情，乃不易为后人所识取，则圣叹之识不到此，自亦无足深怪。

惟上所引述，亦仅止于引述。因所引述，而有所猜测与讨论，亦仅止于猜测与讨论。此等并说不上是考据。有意考据工作者，自将不满于我之仅止于此。惟鄙意则认为考据必先把握到一总头脑处。如我上举，《水浒》作者同情忠义堂上诸好汉们而不满于其领袖之一节，实当为讨论《水浒传》作者之作意与其时代背景之一主要总头脑。若循我所指出之此一路线，继而为之一一求考作证，虽考证所得，或于我所猜想尚可有许多小修正，但亦当不致太离谱。否则先不求其总头脑所在，只于版本上，字句上，循诸小节，罗列异同，恐终不易于细碎处提出大纲领，于杂浅处见出大深意。如此考据，亦复何用。倘若谓一书作者，本只是根据社会传说，而写出了一部无贤无愚无不能读之书，其书则只于有此许多故事而止。在此许多故事之外，不应再有作者之作意。此虽于今人理想中之所谓通俗而大众化之活文学标准,若无所违背,但若谓文学上之最高最大价值,亦复仅止于斯,则似乎值得再讨论。

抑且考据亦自有止境。从来圣经贤传,百家巨著,悬之日月,传之古今,历经考据,亦尚多不尽不实之处。何况《水浒传》,体制不同,在作者亦仅认为心闲试弄,成之无名,得失小,不足悔,他人亦仅以闲书小说视之,人人得而插手,妄意增羼,流传田野之间,不登大雅之堂,又何从而必施以严密之考证,又何从而必得其最后之一是。惟圣叹一人,能独出心眼,一面则举而侪之高文典册之林,一面亦复自出己意,加以修改,此非深得文学三昧者,恐未易有此。

余之斯篇,一本圣叹批之见解,而更进一层以追求《水浒》原作者之心情。固知无当于当前谈《水浒》者之群见,亦不合于当前治考据学者之务求于详密,亦是心闲试弄,以备一解而止,惟读者其谅之。

西方小说戏剧富娱乐性刺激性,而中国之小说戏剧则富教诲性感化性。施耐庵《水浒传》可为其代表。但起于明初,故富反面性。罗贯中则当已臻明开国后之社会安定期,故既续《水浒》宋江反正,又为《三国演义》,乃转正面性。施耐庵《水浒传》取材北宋徽钦以下之北方社会抗金故事,而罗贯中《三国演义》则取材正史陈寿《三国志》。关羽乃成为武圣,明清两代普遍流行于下层社会,备受尊崇,几媲美于孔子。

《水浒传》之林冲、武松诸人，已远非其比。即如刘备亦远胜于宋江，诸葛孔明亦远胜于吴用，江湖人物乃一转为廊庙人物。然改造正史，多出杜撰，仅得流行于下层社会，而不得进而供士大夫治平大道作根据。小说戏剧之在中国，终为文学中之旁枝末流，而不得预于正统之列。今人纵盛尊西化，亦无以否认此历史具体之已成局面耳。

情感人生中之悲喜剧

中国人生以内心情感为重,西方人生则以外面物质之功利为要。此亦东西双方文化相异一要点。故西方人不言感情。自然科学不关感情,可不论。耶稣教信原始罪恶论,人性惟有罪恶,乃必以上帝之心为心,以上帝之爱爱父母,爱全人类。哲学探讨真理,亦不能羼杂情感。然人生不能无情,西方人乃集中言男女恋爱,不分是非善恶,一任自由。故恋爱亦如求取外面物质功利,所爱既得,此情即已。故曰结婚乃恋爱之坟墓。又主离婚自由。苟使外面别有所爱,或对此已有所厌,自可另谋所求。夫妇成家,亦属外在之一种。功利所在,则苟安之而已。中国人则不尚男女之爱,而特重夫妇之爱。由夫妇乃有家庭,有父母子女,由此再推及于宗族亲戚邻里乡党,而又推之全社会,全人类,皆本此一心之爱。此爱在己,但不轻易发之。故未成年人,则戒其言爱。必由父母之命,媒妁之言,慎重选择。所爱既定,则此心当郑重对之,死生不变。此心之情感,实即吾生命所系。不如西方人,乃若以生命系之外面物质功利之追求。此乃东西双方人生观一大不同所在也。

西方文学最喜言男女恋爱,中国文学则多言夫妇之爱。姑举人所尽知之现行国剧,择其中之五剧故事为例,稍加申说。

首及王宝钏之寒窑十八年。其夫已远离,音讯久绝,然王宝钏爱心不变,寒窑独守,千辛万苦,不言可知。然所爱虽在外,此心之爱则在己。己之此心,则实我一己之生命所系,外面境况可有种种变,惟我一己之生命则不得变。千辛万苦,皆在我此生命中,故亦安之若素,不轻求摆脱。非不求摆脱此苦,乃不求摆脱此爱。若求离此苦辛,而亦离了我爱,即不啻离了我此生命,乃为万不值得之事。王宝钏亦尚有父母,父母亦其所爱。其父乃当朝宰相,大富极贵,王宝钏亦尽可离此寒窑归父母家,岂不仍可享受一番安乐生活。然中国人观念则不然。男以女为室,女以男为家。宝钏一家之主乃其夫,其夫于岳家有不乐,宝钏乃推其夫之志,故乃不归父母家,而独守此寒窑。否则宝钏若以其一身生活之辛苦与安乐为选择,离寒窑归其父母,则宝钏夫妇一家早不存在。中国人以家为重,故计不出此。而其夫亦终于十八年后,重归寒窑,重访其妻,而其夫时亦成一大贵人,其权位乃转居其岳父之上，于是乃有剧中大登殿之一喜剧出现。苦尽甘来，此为中国人理想所归往之一境。

其夫在外十八年，已成一大贵人，然而此心不渝，此爱不变，仍来访此寒窑，寻其故妻，此层亦大可称赏。惟其间尚有一枝节，其夫在外已得一番邦公主为新欢。以今人观念言，若不可恕。而其夫既得新欢，仍念旧情，此情则弥可欣赏。宝钏亦不加罪责，其新欢番邦公主，亦不加罪其夫，而又甘居宝钏之下，一如姐妹，同事一夫。此层由今人观念言，亦大非所宜。一夫两妻，认为大不可忍，认为封建遗毒。然舍事论心，则亦有其未可厚非者。

王宝钏既得团圆，乃亦不忘其对父母之爱，其夫亦曲从其妻，不念旧恶，对其岳父母仍加礼待。即其新欢番邦公主，乃亦曲守中国之礼，善视宝钏之父母，一若己之父母。大登殿之喜剧，乃得于此完成。然在此大喜剧之中，乃包有极深悲剧成分在内。悲喜皆此一心，惟受外面种种事态相乘，不能有喜无悲，亦不能有悲无喜，而此心则完好如一。中国人所追求者在此。

西方人则过于重视外面，在其文学中，悲剧喜剧显有分别，而又必以悲剧为贵。故西方历史如希腊、如罗马，皆卒以悲剧终。即现代西欧诸邦，亦显已陷入悲剧中，不可自拔。而中国历史则五千年来持续相承，较之其他民族，终不失为一喜剧。而在其演进中，则时时处处皆不胜有其极深悲剧性之存在。王宝钏之一剧，虽属虚构，实可作为中国史一代表性之作品。

其次再及韩玉娘。乃一中国女性为金人所俘，在一金酋家做奴。金酋为之择配成婚，其夫亦一被俘之中国人。成婚之夕，韩玉娘乃加以斥责，汝乃中国一男子，乃贪目前小欢喜，忘国家，忘民族，一若此生有托，试问汝将来乌得为一人。盼立志逃亡。我既配汝，此情不变，他年或有再相聚之机会。是韩玉娘虽一女流，其心尚存有对国家民族之大爱。而其夫一时生疑，恐其妻乃为金酋所使，伪为此言，以试己心。乃即以韩玉娘所言告金酋。金酋深怒玉娘，即加出卖。其夫乃深悔前非。玉娘告以此志不渝，可勿深虑，惟速逃亡，好自为人。其夫终逃去。玉娘即卖为人妾，告其买主，彼已有夫。获买主同情，送其入一尼姑庵。乃庵主又计欲出卖玉娘图利，玉娘又趁夜逃离。辗转穷困中，遇一老嫠，收养为女，获免死亡于道途。

韩玉娘乃一青年女性，其婚姻乃亦由外力所迫，仅一夕之期。其夫死生存亡不可知，至其穷达贫富更非可测。玉娘果求别嫁，亦属人情。但后一韩玉娘已非前一韩玉娘，生活纵可改善，其内心人格则已前后分裂为二。果使其心尚存，前一韩玉娘之黑影仍必隐约出没于后一韩玉娘之记忆中。此其为况之苦，诚有非言语所能形容者。

最近美国一总统夫人，其夫在任上遇刺身亡，国人哀悼不已，于此第一夫人备加敬礼。然此妇又改嫁一希腊船王，以世上第一大贵，摇身一变为世上之第一大富，可谓极人世之尊荣矣。美国人在本于其文化传统之心习，亦未对彼特别轻蔑。然不幸船王溘然逝世，首贵与首富皆不复存。孔子曰："富贵如可求，虽执鞭之士我亦为之。如不可求，从吾所好。"实因富贵在外，求之不可必得。纵得之，亦不可必保。所好则在我。韩玉娘一夕之爱，虽若所爱已失，然此爱则尚在己心，亦韩玉娘之所好也。韩玉娘不比王宝钏，历史中诚有其人其事。则韩玉娘诚不失为中国文化传统理想中一代表人物矣。

韩玉娘之夫，乃亦不忘旧情，身已骤贵，亦不再娶。命人至二十年前成婚旧地附近寻觅，终于得之，其夫乃亲来迎接。夫妇相晤，韩玉娘方在极贫贱地位中，一旦骤为一贵夫人，瞬息之间，悲喜交集。悲者悲其前之所遭遇，喜者喜其所爱之终获如其所希望。悲剧一变而为喜剧。但韩玉娘身已染病，终于不胜其情感之激动，乃于重晤其夫之当日辞世。然在此悲剧中，亦仍然不失其有甚深喜剧之存在。此诚中国文化传统理想所寄之一奇境也。

其次言赵五娘。其夫蔡伯喈赴京城投考，骤获状元及第，受命娶丞相女为妻。而赵五娘在家乡奉侍翁姑，在穷苦困约中，遇岁大荒歉，终于翁姑俱亡，赵五娘遵礼埋葬。又获其乡中旧识张大公之同情，代为护视，而五娘则只身赴京寻夫。其夫亦尚不忘其父母与前妻，派人去故乡访问。而其后妻亦肯恕谅其夫之遭遇，善视五娘，并相偕返乡祭扫。此乃在悲剧中终成喜剧。然观剧者，终于赵五娘之奉侍翁姑葬祭尽礼之一段深切悲哀中，共洒其同情之泪。要之，既不重外在物质之功利，而珍惜其一心之情感，则人事不可测，终必有种种悲剧之发生。而且人之情感，悲胜于喜。非有悲，则其喜无足喜。然果有悲无喜，则悲亦无可悲。悲之与喜，同属人生情感，何足深辨其孰为悲孰为喜。仅求可喜，与专尊可悲，则同为一不知情之人而已。孔子曰从吾所好，则有深义存焉。非真知情，则亦不知我真好之何在矣。

再言薛三娘。其夫远行，失音讯，或讹传其死。其夫有一妻两妾。一妻一妾闻之，同挟家财别嫁。又有一幼子，乃逃妾所生。三娘独留不去，推其夫爱子之心，以养以教，盼其成人。有家仆老薛保，同情三娘，助其教养。乃其夫骤贵，终于回家，其子亦中科第，得官职。夫荣子贵，三娘亦骤成为一贵妇。此亦以喜剧终。然剧中三娘教子之一出，亦为中国有名一悲剧。闻其歌声，无不泣下。较之断梭教子，其情节之悲痛尤过之。而老薛保之忠肝义胆，近代中国人虽亦可斥之为封建遗毒，然观此剧则无不深感其为人，而加以爱敬。否则必是一无心人，即无情人也。

又次再当言及《四郎探母》之一剧。四郎之父杨老令公，亦为中国戏剧中一悲剧人物，《李陵碑》一剧为其代表。四郎军败被俘，改易姓名，获辽王萧太后宠爱，得为驸马，尚主居辽宫，安享富贵。民族国家大防，遗弃无存。而其家世所传，为边疆统帅忠君死敌之高风亮节，亦堕地难收。大节已丧，其人本无足论。乃犹有一节，堪值同情。方其居辽宫，已垂十五年，一旦忽闻其老母其弟重临前线，自思自叹，欲期一见，以纾泄其心中之郁结。乃苦于无以为计。其不安之心情，终于为辽公主识破。又侦得其姓名家世之真，乃不加斥责，又深付以诚挚之同情，愿于其母处盗取一令箭，俾四郎得托辞出关，一见其母。而更不虑其一去而不归，冒此大险，夫妇爱情至此可谓已达极顶。而四郎归宋营，见其母，见其弟，见其妹，见其前妻，其悲喜交集之心情，亦可谓人世所稀遘。而终又不得不辞母离妻而去。其母其弟其二妹皆无以强留，而其前妻十五年守寡，一面永诀，从此天壤隔绝，将更无再见面之机会。但除嚎啕痛哭外，亦更有何术可加挽回。此探母之一出，亦诚可谓极人生悲剧之最上乘。任何人设身处地，亦惟有洒一掬同情之泪而止。而四郎返辽，其事已为辽王侦破，将处以极刑。公主乞情不获，其二舅代公主设计，教以从怀中幼婴身上博取老祖母回心，此幼婴即公主前夕凭以取得老祖母身前之令箭者。老祖母亦终于以慈其幼孙而回心转意。四郎获释，而一家夫妇祖孙重得团圆。遂亦以一大喜剧终。而在此回令之一幕中，亦复充满人情味，有夫妇情，有母女情，有兄妹情，有祖孙亲，人情洋溢，乃置军国大计民族大防于不顾。若为不合理，而天理不外于人情，则为中国文化传统一大原则。故中国戏剧乃无不以人情为中心。人情深处，难以言语表达，故中国戏剧又莫不以歌唱为中心。惟有歌唱，乃能回肠荡气，如掬肺腑而相见也。

近代国人，一慕西化，于自己传统喜加指摘。乃嫌此剧不顾民族国家大防，终是一大憾事。有人于回令一幕重加改造，四郎终于为宋破辽，以赎前愆。此终不免于情感至高之上又羼进功利观，转令此至高无上之一幕人生悲剧，冲淡消失于无形中。而或者又谓，满洲皇帝亦以外族入主中华，故特欣赏此剧，得于宫中演唱。此尤浅薄之见，无足深辩。其他京剧在宫中演唱者，岂尽如《探母》一剧之漫失民族与国家之大防乎。四郎之失误处，乃在其被俘不死之一念上。此后之获荣宠、享富贵，皆从此贪生之一念生。所谓一失足成千古恨。此后探母一幕，四郎之内心遗恨，已透露无遗。在其回令重庆再生一喜剧之后，四郎之内心亦岂能于其探母及再见前妻之一番心情遗忘无踪，再不重上心头。可见所谓千古恨者，乃恨在四郎之心头，所以得为四郎一人千古之恨。果使四郎被俘时，能决心一死，以报国家民族，亦以报其杨门之家风，则地下有知，亦可无恨。岂复有此下回营探母一幕悲剧之发生。亦将再不成为回令重生之后此一悲剧之长在心头，而成其为一人千古之恨矣。惟在四郎被俘而荣为驸马之一段期间，则全不在此一剧中演出，然此正为国家民族大防所在。果使善观此剧，同情四郎，则于此大防与四郎之失足处，亦自可推想得之。所谓王道天理不外人情，其最深涵义亦正在此见。惟其于荣为驸马安享富贵十五年之久之后，而犹不免于探母一悲剧之发生，斯则四郎所以犹得为一人，犹能博得百年千年后千万他人之同情。但其终不免有失足处，亦从此而见民族国家之大防，皆从人心之情感上建立。苟无此情感，又何来有此大防乎。

继前述五剧外，犹有一纯悲剧当续述，则为孙尚香之祭江。尚香嫁刘先主，乃出吴蜀对立之国际阴谋。既已成婚，尚香终亦离夫回国。生离犹可忍，死别更难堪。刘先主卒于白帝城，尚香临江祭吊，时仍有老母在堂，而尚香心哀其夫之死，不惜投江自尽。听其唱词哀怨，当无不泣下者。惟此乃为中国戏剧中一纯悲剧，而尚香爱夫之情，较之上述五剧，尤为特出。中国人重国重天下，重治平大道，皆重情。而夫妇则为人伦之首，此意甚深，可以体会，难以言宣也。

中国古人于此人生大本源处有甚深之窥见，故其论人生，首重论人性。性即情之本源，性在内，情在外，由性表现出情，而心则统辖之，故曰心统性情。果使人类无心，则性可犹存，而情则无着。如植物皆有性，但不得谓植物皆有心,而其无情则更显然。近代生物学家亦发现植物有情。惟心情之为用,则必于人类始著。故中国人把握性情为人伦一主题,此可谓是人文科学一最客观最具体之一最高真理。中国理学家所提通天人合内外之最大宗主,亦当由此窥入。

《中庸》言:"喜怒哀乐未发之谓中,发而皆中节之谓和。"喜怒哀乐皆人之情感,必发于外,而有其未发之"中"。此"中"即是人之性。喜怒哀乐皆同具于一性,在人生中,焉有有喜无怒,有乐无哀之一境。故前论,喜剧中即涵悲剧,悲剧中亦涵喜剧,即此义。及喜怒哀乐之发而中节,而达于和之一境,即无喜怒哀乐明切之分别可言。此和字所指,亦重在内,不重在外。圣人之心,若惟见有道,不见有事。方舜之登廪入井,终皆幸免于死。然岂得谓其心中有喜有乐,抑有哀有怒。方周公之兴师东征,大义灭亲。亦岂得谓其心中有怒有哀,抑有喜有乐。孔子出仕为司寇,岂其心中有喜有乐。膰肉不至而去鲁,岂其心中有怒有哀。大圣人之心,皆惟见其浑然率性,大中至和,渊然穆然,一若无私人喜怒哀乐情感之存在。其实从性生情,从情见性。性即情也,情即性也。

若谓圣人无情,此则大谬不然。大贤希圣,范仲淹为秀才时以天下为己任,先天下之忧而忧,后天下之乐而乐,则又何有私人忧乐存其心中。顾亭林言,天下兴亡匹夫有责,此亦异乎私人之情感。故大圣大贤，若有事，若无事。若有情，若无情。其率性履道大中至和之一境，则不宜于舞台上戏剧中以歌唱演出。如我上举五剧中人，皆非有圣贤修养，然皆不失为性情中人。一片天真，至情动人，亦可不计其为喜为悲，而皆可以感天地，而泣鬼神。凡属人类，则莫不付之以同情。乃亦非是非得失可以辩论。果使大圣大贤遇之，亦必曰孺子可教，引进之为吾道中人矣。

近代国人，一切奉西方为准则。西方重事不重人，计功不计道，性情非所乐言。其小说戏剧中，有神怪，有武侠，有冒险，有侦探，亦皆惊心动魄，出奇制胜。然令人生羡，不求人同情。言情方面，则惟男女恋爱。果使成双作对，志得意满，反嫌不够作文学题材，故必以悲剧为尚。而其所谓喜剧，则多滑稽，供人笑料，非我上言喜剧之比。中国人好言团圆，则近代国人皆付之以鄙笑。不知天上明月，正贵其有一月一圆之一夜，亦贵其一月仅有一圆之一夜。而又不免失之于阴雨，掩之以浮云，斯其所以明月之圆更为下界世人所想望。而中秋一夕，天高气爽，更入佳景。中国之大圣大贤，则中秋之圆月也。如吾上举五剧中人，则浮云掩之，阴雨濛之，偶亦有光透出云雨间，而其光又缺不圆，然亦同为地上人所喜见，以其终为想望圆月清光之一依稀仿佛之情景也。

近代国人又好言《红楼梦》，以为近似西方文学中之悲剧。然贾家阖府，以仅有大门前一对石狮子尚留得干净，斯其为悲剧，亦仅一种下乘之悲剧而已。下乘悲剧，何处难觅。而且大观园中，亦仅有男女之恋，非有夫妇之爱。潇湘馆中之林黛玉，又何能与寒窑中之王宝钏，以及韩玉娘、薛三娘诸人相比。贾宝玉出家为僧，亦终是一俗套，较之杨四郎虽同为一俗人，然在杨四郎尚有其内心挣扎之一番甚深悲情，不脱俗，而见为超俗。贾宝玉则貌为超俗，而终未见其有脱俗之表现。衡量一国之文学，亦当于其文化传统深处加以衡量。又岂作皮相之比拟，必学东施效颦，乃能定其美丑高下乎。

中国京剧中之文学意味

（一）

今天来讲中国的京剧，这在我是门外汉，但因我很喜欢京剧，试把我门外汉的一些了解粗率讲述，或许也有些意义。

今天所讲，是中国京剧中之文学意味。骤看似乎京剧并算不得是文学，其实京剧中之文学意味极深厚。论其演变过程，戏曲在中国文学史中占有地位，由宋元始。此后由戏曲而杂剧而传奇，而有昆曲，这些已都归入文学史中去讲。但由昆曲演变出京剧，却不把来放入文学范围中去，这虽也有理由，但亦有些太严格，把文学界线划分得太狭窄了。

昆曲起自明代，到清乾隆渐衰落了，此下遂产生了各地的地方戏，或称土戏，雅名称花部。当时一位有名的经学家焦循里堂，特别欣赏这些地方戏，他写了一书,名《花部农谭》来作提倡。其实昆曲在先也是一种地方戏,但昆曲是雅的,那些花部土戏则是俗的。而焦氏能欣赏到那些土戏,这真可称独具只眼了。

土戏自乾隆以后直到咸丰,经过一段长时间,始演变成京剧。起先是地方戏盛行,有徽调川调等。咸丰时,有四大戏班到了北京,其中之一叫三庆班,最著名的伶人有程长庚,他擅演须生,到此时京剧才正式成立。民国后,北京改名北平,因此京剧又称为平剧。

京剧之合成,其中十之七八是昆曲,又包有西皮、二黄与徽调。程长庚擅唱擅演,即所谓唱工与做工。其时有一辈文人,为之编戏填词。此后著名伶人有谭鑫培,汪桂芬,孙菊仙等,皆演须生,又称老生。昆曲生角无分老小。京剧则分,犹重老生。到后又变为以旦角为重,又重正旦,亦称青衣。有梅兰芳程砚秋两大派。这是京剧演变之大概。

在今流传之戏考中,所收有五百余出戏,然通常演出,则仅一百余本。但若将中国各地全部戏本统计,至少该在一千以上。自咸同光宣到现在,已有一百五十年历史,京剧在中国社会上,有其甚大的影响,故京剧纵不算是中国的文学,也确成为一种中国的艺术了。

（二）

我此次来讲京剧，想仍从文学观点为出发。我认为文学应可分两种，一是唱的说的文学，一是写的文学。由唱的说的写下或演出，则成为戏剧与小说，由写的则是诗词和文章。在中国，写的文学流行在社会之上层，而说的唱的则普遍流传于全社会。近人写文学史，多注重了写的，忽略了唱的与说的，这中也有理由，我不能在此细讲。此所讲的，则是唱的文学中之京剧，至少也涵有甚深文学之情味。

中国戏剧扼要地说，可用三句话综括指出其特点，即是动作舞蹈化，语言音乐化，布景图案化。换言之，中国戏剧乃是由舞蹈音乐绘画三部分配合而组成的。此三者之配合，可谓是人生之艺术化。戏剧本求将人生搬上舞台，但有假戏真做与真戏假做之别。世界即舞台，人生即戏剧，若把真实人生搬上舞台演出，则为真戏假做。京剧则是把人生艺术化了而在舞台上去演，因此是假戏真做。也可说戏剧是把来作人生榜样，所以中国京剧中之人生比真实人生更具理想，更有意义了。

我说中国戏乃是假戏，其特别精神可用四字作说明，即是抽离现实。王国维《人间词话》中说，文学不应有隔，但从中国戏剧来说正是相反。中国戏剧之长处,正在其与真实人生之有隔。西方戏剧求逼真,说白动作,完全要逼近真实,要使戏剧与真实人生不隔。但中国戏剧则只是游戏三昧,中国人所谓做戏,便是不真实,主要在求与真实能隔一层。因此要抽离,不逼真。即如绘画,西方也求逼真,要写实,因此连阴影也画上。中国画则是抽离现实,得其大意,重要在神韵,在意境,始是上乘作品。中国人作画也称戏笔,便是这意义。中国京戏亦如作画般,亦要抽离,不逼真。至少在这点上,中国京剧已是获得了中国艺术共同精神主要之所在。

西方宗教是凌空的,也是抽离现实的,因此有他们逼真的戏剧文学来调剂。换言之,西方文学是现实的,宗教则是空灵的。中国人自幼即读《孝经》《论语》,所讲全是严肃的人生道理,这些全是现实的,因此要有空灵的文学艺术作调剂。不论中西,在人生道路上,一张终该有一弛。如果说母亲是慈祥可爱,而父亲是严肃可畏的,则西方宗教是母亲,文学戏剧是父兄。在中国儒家道德伦理是父兄,而文学艺术是慈亲。

中国京剧为要抽离现实,故把人生事象来绘画化舞蹈化与音乐化。中国人对人生太认真了,故而有戏剧教人放松,教人解脱。我们不能说中国京剧不如西方话剧之逼真,这在整个文化体系之配合中,各有其分别的地位与意义。

（三）

在五四运动时，一般人提倡西方剧，尤其如易卜生，说他能在每一本戏剧中提出一人生问题来。其实中国京剧正是人生问题剧，在每一剧中，总有一问题或不止一问题包涵着。如死生，忠奸，义利，恩怨等，这些都是极激动人的人生大问题，中国京剧正能着眼在此。即西方戏剧也未必能如此深刻生动而刺激人。犹忆我少年时，初到上海，第一次去看京剧，一连五出，看完回来，忽然发生此影像。原来中国戏即全是些很富深义的问题剧。我当晚所看，觉得每一剧中均有一重要问题在刺激我。其中一出为《大劈棺》。庄子死了，他的妻另有所爱，而其人有病，非得人的心脏不能治，因此庄子妻遂演出了劈棺一幕，要挖取她前夫的心来医救她爱人。但庄子却并未死，他变为蝴蝶飞出棺来了。这一故事中，即包含有死生忠奸恩怨义利种种问题在内，刺激够深刻。但蝴蝶飞出，全部问题全变为戏剧化，使看的人于重大刺激之后获得了轻松与解放。又一出《四郎探母》，杨四郎被俘番邦招纳为婿，其番妻许其回汉营探问老母与前妻，但匆匆一面，仍须回番邦去，此时杨四郎之内心是十分苦痛而又是矛盾的、挣扎的，剧情深刻，极刺激感动人。但在戏中所包涵的问题固严重，因其在音乐绘画舞蹈的调和配合中演出，而在剧的收场中，穿插进两位国舅的丑角，又使人那么的放松与解脱。因此看完戏，好像把那戏中情节解脱了，使人安然仍可以入睡。一切严重的剧情，则如飞鸟掠空，不留痕迹，实则其感人深处，仍会常留在心坎，这真可谓是存神过化，正是中国文学艺术之最高境界所企。若看西方戏，正因其太逼真，有时会使人失眠，看了不能化，而因此其所存也不能神。在他们是戏剧而人生化。在中国则盼能人生而戏剧化。其戏剧中之忠孝节义感人之深，却深深地存在，这正是中国艺术之精妙处。

焦循看了花部，他曾特别举出一出为例，此戏名《清风亭》，在京剧中又称《天雷报》。此剧叙述一青年，蒙义父母养大，科举应试得中，成了大官还乡，却忘恩负义，连义父母要求以佣仆人身份请收留也遭拒绝了。结果一阵天雷把他击毙。焦循说，这出戏任谁看了都会感动和兴奋得流泪。若说中国戏剧情节不科学，有些是迷信成分，这是不明白中国戏剧之妙义。其实亦只是要把太刺激人的真实人生来加以戏剧化，要其冲淡了一些真实性。而暂时冲淡反而会保持了更深的感染，这是中国文学艺术中之所谓涵蓄，需更有其甚深妙义，与科学不相关。试问世界又哪里去找科学的文学呢？

（四）

西方人作小说，讲故事，也要求逼真。因此小说中人物，不仅要有姓有名，而且更要者，在其能有特殊之个性。但中国人写小说，有时只说某生，连姓名也不要，只有代表性，更无真实性。这是双方文学本质不同，技巧不同。一重共相，一重别相，各有偏擅，得失是非甚难辨。中国戏剧中所用之脸谱，正亦犹此。白脸代表着冷血、无情、狡诈，都是恶人相。红脸代表忠贞、热情、坦白，都是好人相。一见脸谱，即知其人之内情，此是一种共相之表出。人物如此，情节亦然。故中国戏剧情节极简单，人物个性极显豁，使人易于了解。但正因戏情早在了解中，才可细细欣赏其声音笑貌与情节之展开。为要加深其感染性，遂不得不减轻其在求了解剧情之用力处。此亦是一种艺术技巧。文学技巧，与此也无二致。

西方戏剧又注重特定背景，有时空限制。中国戏剧则只求描出一共相，并无时空条件之束缚，而且在很多处，必须破弃时空限制，始能把剧情充分表达出。我平常爱听像《女起解》《三娘教子》一类的唱工戏。此类戏不重在情节的复杂与变化，而重在情味之真挚与深厚。即如《三娘教子》，方其在唱训子的一段，似乎像把时间冻结了，一唱三叹，使人回肠荡气，情味无穷。若在真实人生中，则不得不有时间空间之限制，人的情感总感得有些不自由。但中国戏剧正因其能摆脱时空，超越时空，更无时空条件在限制着，遂得充分表达出人心内在之自由。即如教子，若用话剧几句话便训完，而三娘一番恳挚内心，仍嫌表达不够深至。只有中国戏把当时一番情感曲折唱出，便情味深厚了。又如《女起解》，我曾看过把那一戏改编的电影，把苏三解往太原府一路行程在影幕上布景真实化了，反而妨害了唱做表情。试问真能感动人的，还是那一路的景物移人呢？还是那苏三在行程中一番幽怨心情呢？那一番心情之表达，则正贵能超越时空直扣听众与观者之心弦。中国戏剧之长处，正在能纯粹运用艺术技巧来表现人生，表现人生之内心深处，来直接获得观者听者之同情。一切如唱工，身段，脸谱，台步，无不超脱凌空，不落现实。

又如在《三娘教子》一戏中，那跪在一旁听训之倚哥，竟是呆若木鸡，毫无动作。此在真实人生中，几乎是无此景象，又是不近人情。然正为要台下听众一意听那三娘之唱，那跪在一旁之倚哥，正须能虽有若无，使其不致分散台下人之领略与欣赏之情趣。这只能在艺术中有，不能在真实人生中有。这便如电影中之特写镜头般。因此说中国戏只是一种假戏之真做。

西方文学艺术又都重刺激，中国文学艺术则重欣赏，在欣赏中又富人生教训。惟其在欣赏中寓教训，所以其教训能格外深切。

又如京剧中有锣鼓,其中也有特别深趣。戏台无布景,只是一个空荡荡的世界,锣鼓声则表示在此世界中之一片喧嚷。有时表示得悲怆凄咽,有时表示得欢乐和谐。这正是一个人生背景,把人生情调即在一片锣鼓喧嚷中象征表出,然后戏中情节,乃在此一片喧嚷声中透露。这正大有诗意。因此中国戏的演出,可说是在空荡荡的舞台上,在一片喧嚷声中,作表现。这正是人生之大共相,不仅有甚深诗意,亦复有甚深哲理,使人沉浸其中,有此感而无此觉,忘乎其所宜忘,而得乎其所愿得。

(五)

有人说,中国戏剧有一个缺点,即是唱词太粗俗了。其实此亦不为病。中国戏剧所重本不在文字上,此乃京剧与昆曲之相异点,实已超越过文字而另到达一新境界。若我们如上述,把文学分为说的唱的和写的,便不会在文字上太苛求。显然唱则重在声,不在辞。试问人之欢呼痛哭,脱口而出,哪在润饰词句呀!

中国的人生理想,一般讲来,可谓在中国戏剧中,全表演出来了。能欣赏中国的文学与戏剧,就可了解得中国之人生哲学。京剧在有规律的严肃的表演中,有其深厚的感情。但看来又觉极轻松,因为它载歌载舞,亦庄亦谐。这种艺术运用,同时也即是中国人的人生哲学了。

今天所讲的京剧,乃以中国文学艺术与人生哲理三项作说明。也正因中国人的人生理论,能用文学与艺术来表达,所以中国的戏剧,亦能成为雅俗共赏,而又极富教育意味的一项成就了。今天因时间关系,不能详尽发挥,只拉杂拈出其要旨,就此结束吧。

再论中国小说戏剧中之中国心情

人不能独立营生,必群居以为生。既相群居,则必求其同。而相与群居者,则仍属各个人。个人与个人间,终必有异。故异中求同,同中求异,乃为人生一大艺术。

男性女性相异,无此男女之异,则人类生命无可延续。故男女乃天生有异,乃得延续有大生命。男女之间,可以自由追求,自由结合,而成为夫妇,则成为一同体。于是双方不得再向其他异性有追求有结合,而人生在此一方面之自由,遂告一终结。故西方人谓婚姻乃恋爱之坟墓,若求再有恋爱,则必至离婚。中国人认为结成夫妇,始是爱之开始。百年偕老,此爱仍在。西方人看重此结合之开始,中国人则更看重此结合之终极。故西方人重创,而中国人重守。一曰创新,一曰守旧。然而西方人生少理想之结局,而中国人生则常望此结局之美好。西方人生则已见其功,如希腊罗马各有创新，迄于近代，西班牙、葡萄牙、英、法诸邦，亦莫不各有其创新，此非成效之已见乎。而中国五千年来，甚少创新，但亦尚未见一结局，各有得失，极难判定。

西方文学每以男女恋爱为主题，其过程确能震人心弦，若为人生一快乐，但终结则多成悲剧，乃为西方文学之上乘。中国文学内容则多在夫妇方面，少涉及未为夫妇以前。如《西厢记》中之张生与崔莺莺，未成婚前已有男女私爱，亦因崔夫人先有许婚之预诺而生。先许终身，但两人误犯此会真之一幕，遂使两人遗留此下毕生一大憾。幽会先成，事后追忆，欢欣之情已淡，而惊悸之魂犹在，遂成张生之薄幸。西厢之月夜，非礼越矩，此则有创而难守，新者已如梦之过，而旧者则回首已非，收场之卒成一悲局，亦其宜矣。故《西厢》一书虽其文字优美，然终不得为中国文学之上选。后来演此故事之剧本，不得不以红娘为主角，张生莺莺转成配角，此亦情理所逼，有其不得不如此者。金圣叹列《西厢记》于六才子书中，重才轻德，亦非文学史上一识途之老马矣。

其他中国小说与剧本中，凡属男女自由恋爱，乃归之妓院狎邪之游，而主角则多在女方。苏三即其一也。苏三虽已嫁人，然其情之所钟，起解途中之哀怨，会审堂上之倾诉，闻之心酸，观之泪下，获得后世永久之同情。而贞节一观念，乃无损于苏三之身价。此亦见中国人言情义别有深处，守贞守节亦一本于女方之真情，而岂外加之牢锁乎？

又如李亚仙，亦可谓女性自由恋爱一无上之楷模矣。离弃其酒食丰足之生活，衣锦多宠之身份，而甘与一沦为乞丐、又饱受其严父棰挞至死之旧情郎相守。将来之荣华富贵，岂不渺茫。而眼前之穷困潦倒，则日夕身受。剧中表演勉励其夫专意向学之情节，真堪感人。幸获如愿以偿，妻以夫贵，皇天不负有心人，此乃中国人对人生之一种鼓励，所谓吃得苦中苦，方为人上人者有如此。而近代国人，则以团圆为传统一俗见，则岂以不得好结果乃始为人生之最高理想乎？

以上可见中国人亦知男女恋爱，并亦知恋爱之有自由，但多以归之女伎一流。此因人生中除恋爱自由外，尚尽多其他自由。最可贵者，在能结合此众多自由成一生命大自由，中国人谓之德性自由，此始是人生理想所在。如过分提倡了恋爱自由，一旦结为夫妇，不能便把此一分自由放弃，则为妇守节，岂不在女方为一更高操守。此亦女方一生命自由也。又乌得谓之不自由。

中国剧本中提倡节妇者特多，最著者如薛三娘。其夫娶三室，此在今日国人心中，则一夫多妻乃中国前人一大污德，此层余别有详论。其夫讹传在外身死，大娘二娘各搜家财改嫁。三娘独念家中尚留一幼子，抚养长大，亦使薛家有后。乃不遽去，留养此子。但此子乃二娘所生，听人言，母非生母，拒不受教。遂有三娘教子之一幕，声泪俱下，真足感人。幸尚有一老家人，亦留不去，从旁婉劝，此儿终得成人，应科举得第归来。而其父亦终得高官归家，夫荣子贵，三娘得享晚福。此又是一团圆剧。中国历史已经五千年，至今达十亿人口，岂不亦是一团圆剧。则中国民间文学以团圆鼓励人，此非中国文学之精义所在乎？

中国夫妇亦尽有不团圆者，剧本中则多归罪于为夫之一方。最著者如陈世美与秦香莲一剧，陈世美状元及第，皇太后选配公主，贵为驸马。其前妻秦香莲，携两幼儿赴京相寻，世美不认，并使其门下武士杀之灭口。武士得悉内情，不忍杀，促香莲上诉。陈世美既受讯，坚不认。皇太后公主亦来为世美乞情，而世美卒受刀铡之刑。近代国人又常诉厉旧俗，谓是重男轻女。然陈世美亦可谓极人世之尊荣富贵，而香莲则以一乡下女，与陈世美天壤有别，赐金使归；则亦可矣。陈世美已贵在天上，重认前妇，平添麻烦，不认亦属人情。乃如相国，如开封府尹，皆为香莲抱不平。至如皇太后与公主，既知世美有前妻，肯心平气和作一安排，亦无大失，而世美亦可免铡身之祸。乃恃贵不悟，致造成此悲剧。今国人又群责中国传统政治乃帝皇专制，观于此剧，其所感想，又当如何。然而悲剧在中国人心目中，则终非一好事。可以不成一悲剧，又何必定使成一悲剧。因此秦香莲一剧，不得为中国戏剧之上乘。

至于樊梨花之对薛丁山阵前谈爱，马上议婚，刀枪相对，即畅快吐露其恋爱之私情，此乃草寇山盗，本在礼法之外，犹非女妓之比。故中国文学中，非无男女恋爱。惟其爱，乃在规矩绳尺之外。非对此无同情，但同情中尤多谨戒。至如《白蛇传》中之白蛇，其夫妇之爱真可感人肺腑，动人神魂。果使忘其为一蛇精，则人世中又何从去觅得这样一贤妻。及其幽禁塔里，亲子来晤，人世无此哀情，梦里难此喜遇。法海以吾佛慈悲，施其法力，然终不能抹去善男信女对白蛇之同情。

中国人知常亦知变，有变始有常，有常必有变。惟常曰大常，变曰小变。积变成常，斯亦可矣。变而失常，则为中国人所不喜。男女之爱必多变，夫妇之爱乃有常。然夫妇之爱亦不能无变，如春秋时楚灭息，楚子强纳息夫人为后，息夫人不能拒，而夫妇间三年不言，古今贤之。又如王昭君，以一荆楚乡女进入汉宫，未蒙知宠，愤而请嫁匈奴，一跃而为一国之后。然而离乡去国，昭君心下如何？宋代欧阳修王安石相继为诗哀之，清代乃有《昭君出塞》一剧。欧王深具民族感，清代人亦同具此感，故诗与剧中之表达昭君哀怨，实具深教。苟仅以中国文学为一种艺术，亦复失之。三国初，蔡文姬归汉，有《胡笳十八拍》，昭君当年心情，亦约略可想。要之，中国诗文小说剧本，主要皆在传一心此心。虽亦一人一时之心，而必为万世大众正常之心。其中纵有变，而不失一常。中国文学之可贵乃在此。若如《水浒传》，潘金莲西门庆之事，此乃描述武松兄弟之爱，侠义之行，而以此丑事为烘托。潘金莲既不足道，西门庆亦为人所不齿，岂有意写此传世。《金瓶梅》之不成中国文学，亦不烦多言，而早有其定论矣。

蒲留仙《聊斋志异》，男女私情，缠绵悱恻，则多归之于狐狸精。其情足贵，其事则非人世所有。要言之，中国人非不懂男女之爱，亦非无情于此种爱，而忧深虑远，乃觉人生大事尚有远超于此以上者。果使过分重视此等事，则终不免为人世多造悲剧。试看曹雪芹《红楼梦》，贾宝玉林黛玉十二金钗，大观园之一幕，岂不昭然若揭。惟待西化东渐，人心变而高捧此红楼一梦，认为如此境界，始是人生。而中国文化之传统理想，则尽抛脑后，亦惜更无高文妙笔以挽转此厄运。然而红楼故事之制为剧本，演之舞台，则尤二姐尤三姐之刺激感动，乃更有胜于黛玉之葬花晴雯之撕扇补裘之上。可见人心终难骤变，此中消息，宜可深省矣。

夫妇转为父母，于是父母子女转生另一种爱。此乃人类爱情一极自然之转进。人生有男女，有长幼，此为人类群居最大两差别。中国人极重家，把此男女长幼两差别结成为夫妇父子两伦。而人类群居之道，于异中得同，于同中得异，亦即于一家中可加体会，可加推扩，而深得其情趣之大本大源之所在矣。

中国父子之爱，曰慈曰孝。其故事流传，心声呼唱，散见于诗骚辞赋，文词剧曲，乃及史传笔记，传奇小说中者，更难于缕述。如孟郊诗："慈母手中线，游子身上衣。临行密密缝，意恐迟迟归。谁言寸草心，报得三春晖。"此三十字，当余幼年，即曾诵读。今则认为是古典文言，读者渐少。又如韩愈《祭十二郎文》，此亦余幼时即曾诵读之一文。韩愈由其兄养大，兄弟之情亦自父子之爱转来。兄卒，孤嫂续加抚养，兄俨如父，嫂则俨如母。十二郎则其寡嫂之亲生子，自愈视之，亦如同父母之兄弟。不幸而卒，愈为文哭吊，情见乎辞，一字一滴血，一行一寸肠，使人百读不厌。此亦人间之一爱。夫妇父子兄弟之爱，推而及于叔侄，自小家庭推至于大家庭，而有家族之爱。继此无穷无尽之爱，一脉而相承，百世而无尽，此乃中国古人之所追求而向往。今人则又称之曰封建思想，而无堪存怀矣。

余又爱观《四郎探母》及《王宝钏》两剧。《探母》剧中杨四郎有夫妇之爱，有母子之爱，有兄弟姊妹之爱，有叔侄之爱。凡所接触，人与人之间，又莫不有一分爱，而情形则错综复杂。又加以异民族两国军事之争。杨四郎之处此剧变，其言行得失，不可以一概论。要之，全剧以一爱字贯彻，观剧者可自得之。《王宝钏》一剧亦然。同在异国异民族间，同有军事斗争，同是一夫两妻，有家庭纠纷，同样涉及前一代后一代之种种复杂情况，处身其间，是非得失亦难详论。然而亦同有一爱字贯彻。人生岂不亦可以一爱字尽之。实则全中国，全社会，全部历史，全部文学，莫不以一爱字贯彻其间。惟不专于一男女之爱，此则吾今日国人所叹以为不如西方之一要端矣。

中国人之爱不求其专限于男女，亦不求其专限于一家一族之内，而贵能推扩及于全国、全社会、全天下、全人群。于是于夫妇父子兄弟三伦外，又有君臣朋友两伦。一言蔽之，皆以爱心为重。此即孔子之所谓仁道也。

中国剧本最初流入西方，已在近代，有《搜孤救孤》一剧，为德国第一流大文学家歌德所重视。谓当中国有此剧本时，德国人尚在树林中以掷石捕鸟为生。其实《搜孤救孤》一剧，虽成于元代，其历史故事则远起两千五六百年以前之春秋时，记载于司马迁之《史记》。此故事之主人翁为程婴与公孙杵臼，两人相友，同事晋国赵氏为陪臣，则赵氏亦属其君。杵臼牺牲其尚在婴孩之独生子并自陷于杀身之祸，以救赵氏之孤儿。程婴则抚养孤儿成立，以重振赵氏之宗祠，而卒成此下之赵国。两人一死一生，同属一心。其心则同属一爱。爱其君，及其孤儿，而自身一切则置于不顾。类此故事，中国历代史籍及其他杂记小说中不绝书。

今姑举其尤著者，如罗贯中《三国演义》中之关羽。

依史迹言，刘先主三顾草庐，诸葛亮即告以东联吴北拒魏，为西蜀立国大计。而关羽守荆州，不善处理，启衅东吴。刘先主白帝城托孤，羽当有憾。而《演义》中描写关羽忠义恳切，乃成为此下六七百年来，中国社会最受崇拜之第一武圣人。中国小说在中国文化中之影响力量，据此可见，以关圣之故事言之，桃园三结义，以朋友之爱化为兄弟之爱，君臣之爱。后天之人伦，更深过先天之天伦。先斩颜良文丑，已可报封侯赠金之恩。而犹有华容道放行一节，其对曹操之仁至义尽，此在处朋友君臣两伦上，更可谓曲尽其谊。只此一颗心，而千古人生大道主要即已在此。其事虽由伪造，而人心则尽收笔下。此六七百年来，谁不读《三国演义》，又谁不崇拜武圣关公。中国文化中文学小说所占地位有如此，而今人又加鄙弃，谓此等乃是旧小说，已属过去。今则当提倡现代化之新文学。则不知新旧判分究当据何标准。

小说中，除武圣关羽外，又在戏剧中，有力求加以特殊表演者，为宋代之包拯。此两人之家属私情，夫妇父子兄弟三伦，皆少涉及，而皆特有所宣扬。

中国剧本有一绝大杰出点，则贵在能超脱写实一束缚。不仅空荡荡一舞台无布景，而衣着则几乎古今一律，两三千年来无大分别。又有脸谱，文武忠奸，一望即知。要言之，今人犹古人，不显出此时此地此人此事之区别。在西方,则惟求显出此区别。惟有在此时此地乃有此人此事之演出。一若亦惟有此一人此一事,乃可在此一时此一地演出。旷古今,穷宇宙,可一而不可二,务使人各相异,乃始见其为真实之人生。中国则重一共相,轻其别相,可以不问时代,不问地域,为其人即有其事,为其事即得其人。凡所同然,则在一心。而其心则又归纳在脸谱上,显露在扮相上,更兼及于一举手一动足之台步上。然而此一心之精微奥妙处,则终难表达,乃必表达之于歌唱上。若用言语,一句两句可尽。必用歌唱,回肠荡气,惊心动魄,使此心融入观众心,长存梦寐中,长留天壤间,以与世无极。中国文学之深入艺术境界,超出艺术境界者,乃如此。

又中国戏剧中,尤于关公包公求有特殊之演出,故两人之脸谱与其扮相与其嗓音,皆务求有特殊处。即如诸葛亮之八卦衣及纶巾羽扇,虽亦使人一见即知其为诸葛孔明,有其超然绝群处,而仍不能与关包两人相拟。何以此两人乃独于舞台上求特出,此亦见中国一时社会之心情。盖因《水浒传》与《三国演义》实同出于元末明初,中国社会受蒙古异族统治,梁山泊忠义堂乃极富社会下层反抗政治上层之一种团结精神。明代既兴,此种精神,则事过境迁。惟林冲武松鲁智深花荣诸人之私行义,犹深受社会崇敬。而晁盖宋江卢俊义辈之为之领袖者,则已大减其价值与地位。

而刘关张之桃园三结义，论其内情，却与梁山泊结义无大相殊，仍是一种江湖相山林相，而与朝廷廊庙臣对君之忠义有不同。满清入关，而《三国演义》一书乃益见盛行。关羽之为武圣，其要端实在此。

清代文字狱大兴，乃有《吕四娘》等故事之盛行。而《包公案》《施公案》等小说，乃层出不穷。上不畏帝王朝廷之压迫，下惟为民间村野申冤屈。故关包两公之特加渲染，创造成下层社会万众一致之崇拜，此亦时代使然。虽关羽包拯，确有其人，确有其历史地位，远在晁盖宋江之上。而其同有捏造，同有夸张，则相去无几。一般读书人智识分子，亦不加分辨，同样从信。此无他，人心同，则风气同，乃可历数百年而不渝。而亦得成为民族文化传统一支派，一脉络，而有其未可忽视之意义价值之存在。此皆中国人心内蕴深情大义流露于不自觉之一种表现也。

今人则于民族文化传统排弃不遗余力，尧舜孔孟首当其冲，轻加抨击。而远自诗骚以来，三千年文学尤所厌鄙，藏之高阁，下再玩诵。即不施全面攻击，亦必正其名曰古典文学，以示区别。文学则必为现代的、通俗的、白话的、创造的。古典性的则必为贵族的、官僚的、封建的，陈腔滥调，守旧不变。即如《三国演义》《包公案》诸书，亦属白话通俗的一种创造，一如今人所提倡，而亦仍加区别，一概不登大雅之堂。其所提倡，则惟曹雪芹之《红楼梦》。论其白话通俗，亦未必驾《三国演义》与《包公案》之上。而特加重视，则无他，以其描写男女之爱，更似西方耳。今日国人提倡新文学，主要意义亦在创造人心，惟求传入西方心，替代中国心。于中国旧传统则诟厉惟恐其不至。近代最先以白话新文学擅盛名，应推鲁迅，为《阿Q正传》，驰名全国。阿Q二字，不胫而走，当时国人无不知。事不几年，今日国人已不再提。阿Q一词，鲁迅本欲为三四千年来中国人心作写照。但试问今天，阿Q之影响，何能与关公包公相比。则无怪我们要对我民族求变求新之理想前途，仍抱悲观了。要言之，中国人三四千年来传统心情变换不易，至今仍只有中国人旧心情之一种新变态，不伦不类。求其能为西方心情之嫡传，则未有其几兆。两不着岸，常在波澜汹涌之横流急湍中，则亦一殊堪隐忧之现象矣。言念及此，岂胜长叹。

略论中国文学中之音乐

余常言,文化乃一大生命,亦如一大建筑。言生命,必究其根性。言建筑,必明其结构。凡属文化体系中一项目,一现象,胥可于此辨其主从及其轻重。余于音乐属门外汉,仅止爱好。但论其在文化全体系中之地位与意义,则未尝不可姑妄言之。

中国音乐,常与文学相联系。文学为主,而音乐为之辅。古诗三百首,乃中国历代文学不祧之祖。乐即附于诗,故诗辞更重要过歌声。诗体中之最庄严者,其歌声最简淡。清庙之颂,一声三叹。大小雅次之。风诗最下,其歌声亦最繁。孔子言:"郑声淫。"因其歌声尤繁,声掩其辞,特以取悦于听者。卫风亦然。所谓淫,非指其辞言。逮后乐声愈变愈繁,至孟子时,乃有今乐古乐之争。音乐之愈趋独立,乃至脱离其文学之本。于是此下儒者,仅守《诗经》文辞,而至忘弃其音乐。

即如《楚辞·九歌》，亦文学音乐相联系。汉代乐府亦然。然最后仍是声亡而辞存。即唐诗中之七绝句及宋人之词，其先莫不附以乐，歌伎唱之以侑酒。下至元剧，亦以文学与音乐配合，而后亦亡其乐而存其辞。惟明代昆曲，至今歌谱尚留。然昆曲之辞，亦尚雅。演变至于当前流行之国剧，则歌声特居重要，而唱辞有俗不可耐者。一代老伶工，莫不以歌喉博众欢。其次有演技，身段、工架、台步、手势，乃在歌唱外加以舞蹈，又加以脸谱袍服，绣龙绣凤，则又加以图绘。于是加以锣鼓胡琴诸色乐器。但更要者，则仍为此剧本中之故事。教忠教孝，真情至性，可以感天地而泣鬼神。故国剧终不失其一种极高之文学性，不失为中国文化中特具有和合相之特性之显明一例。与西方文化中文学、音乐、舞蹈、图绘各自分途发展之趋势有异。

中国古人常言礼乐，礼为主，乐为辅。即就《诗经》言，朝廷大典，礼与文学与音乐，三者紧密相系，融为一体。春秋时，列国卿大夫国际外交，仍亦以赋诗见志。然至战国，即不能然。叔孙通为汉定朝仪，不闻更定朝乐。汉武帝立五经博士，无乐经。循至宋代诸儒，极意欲兴古乐，终成空想。然礼之泛滥下流则为俗礼。俗亦人生之一面。亦可谓中国之文学与音乐，历古相禅，虽各有变，乃无不与人生紧密相系，融为一体。如荆轲赴秦，众友送之，歌风萧萧兮易水寒。汉高祖得天下，会宴丰沛乡里，歌焉得猛士守四方。蔡文姬归汉，有《胡笳十八拍》。此皆其例。下至南宋，放翁诗"斜阳古柳赵家庄，负鼓盲翁正作场。死后是非谁管得，满村听说蔡中郎"。此下遂有弹词，有大鼓诗，有凤阳花鼓，莫非音乐文学与人生紧密联系之例。虽与舞台剧之发展稍异，要之，仍是中国文化特性中之一和合相，则其精神意义仍是相同。

惟音乐文学与人生之紧密相系，其间有一歧途。一为群体，一属个人。如文王拘幽操琴，孔子居卫鼓瑟，此则在一人独居时借音乐为消遣而见志。伯牙鼓琴，志在高山，志在流水，此亦个人消遣，贵于能自见己志。若仅为消遣，则仅属人生中一松弛，一脱节。惟能于消遣中有以见志，则仍在人生深处。独钟子期能见伯牙之志，故钟子期死，伯牙终身不复鼓琴。此一故事，在中国音乐史上实具深义，非识得此意，则恐不可与语中国之音乐。

嵇康之《广陵散》不肯传人，非惜其技以自傲，乃憾一时无可传者。伯牙之志在高山，在流水，岂诚仅志于高山流水而已乎。身在高山流水间者多矣，目中有此山水，心中无此山水，此则俗人而已。子在川上，曰："逝者如斯夫，不舍昼夜。"此即孔子之志在流水也。孟子曰："登泰山而小天下。"此则孟子之志在高山也。欧阳永叔言："醉翁之意不在酒，在乎山水之间也。"此意又岂得尽人语之。嵇康之《广陵散》，平日独居，一琴自操,乃别有其志之所在。技而进乎道。昧于道斯无法相传矣。

嵇康又有《声无哀乐论》,此意亦当细参。哀乐乃人生一大事,离却人生,复何哀乐可言。非音乐中自有哀乐,乃操音作乐者之志有哀乐,而于其音乐中透出。哀乐乃在此音乐家之心中,故曰声无哀乐也。然则音乐岂可脱离人生而自为发展,故当时人言:"丝不如竹,竹不如肉。"古人鼓琴,乃丝声。后世乃有箫笛管乐代之而起。琴则仅在双手拨弦,声音限在器物上。箫笛由人吹。有人气在内,声自不同。弥近人,斯弥易见人之哀乐矣。然箫笛仍赖一竹管,仍为器物所限,故不如歌唱,全出人身,更易见哀乐之真。故谓丝不如竹,竹不如肉,因其弥近自然,实则乃是弥近人生耳。

方其人萧然以居,悠然以思,偶有哀乐在心,以啸以歌,斯诚人生中音乐之一最高境界。或则一箫一笛,随意吹奏,此亦人生一佳境,一乐事。苏东坡游赤壁,宾客三数人,扁舟江上。夜深人静,客有吹洞箫者,其声呜呜然,如怨如慕,如泣如诉,此诚是何等天地,何等情怀。箫中哀声,发乎吹者之心,入乎听者之心,江上清风,山间明月,俯仰今古,一时游情,乃有不知其然而然者。岂如今日大都市音乐演奏会,广集群众,乃为资本社会猎取名利一手段。此虽亦是人生,但与中国文化理想中所追求向往之人生有不同。

长笛一声人倚楼,此倚楼之人,亦必心有所怀,无可抒泄，乃以一声长笛表达之。即如村野牧童，骑牛背上，亦心有所怀，但不自知所怀系何，偶亦一声长笛，成为此牧童人生中一佳境，一乐事。此亦中国人生音乐中之一例矣。

中国文学根源，必出自作者个人之内心深处。故亦能深入读者之心，得其深厚之共鸣。音乐虽与文字分途发展，但其主要根源亦仍然出自音乐家之内心，故得与文学同归。西方文学基础主要建筑在作家对外在人生之观感与描述，较之中国已不免隔了一层。其音乐精神似亦多属对外。惟其如此，故能分道扬镳，各自发展。而集体音乐又远占优势。即歌声与乐器声亦求各自发展。以群乐器合成一声，乃有大乐队之出现。余曾见之银幕上，一堂围坐，几达两百人。人操一器，器各不同。群奏一谱，和声胜于独声。此起彼伏，如群浪汹涌，群壑连绵。必得有一指挥者，张手示意，一座皆不得由己做主。皆必得忘其自我，在全曲进行中各尽其一部分之演奏。若加分别，即各不成声。如此一大合乐队，在其复杂诸乐器之组织配合中，若加进如中国之一箫一笛，岂不微弱渺小，实无几多意义价值可言。

中国乐器中有笙，亦箫笛之类，惟不如箫笛之简单，故亦不如箫笛之流行。盖乐器愈简单，则吹奏者愈得自由发挥其内心之所存，乃愈为中国人所好。闻笙传入西方，乃渐演变成钢琴。钢琴虽仅是一乐器，然弹奏钢琴，正如一大乐队之大合奏，其声纵复杂繁变，终是为器所限，人必服从器，而心无自由。西方人虽盛倡自由，然又乐于投身外面复杂环境中受其束缚，遂于此重重束缚中，争取得丝毫自由，引为人生大快。西方文化本身如是，音乐亦其一部分，自不例外。

今以一箫一笛与一钢琴言，其为器之简单与复杂何可相拟。故弹钢琴必先练习手法指法，逐步前进，俟其入门，乃得弹成谱。作谱者自是一音乐家，依谱弹奏，得其妙旨，始得亦成一音乐家。作谱者为器所限，弹奏者又为谱所限，于层层限制中获取自由，须赖技巧，求所谓内心自由，已隔多少层。中国人如一牧童，骑牛背上，随身携一笛，随意吹之，随心所欲，自成腔调。所谓熟能生巧，所谓自有会心，个中妙处，乃由自得，不关苦练。故乐器则必求其简单，人生环境亦力求简单。颜渊在陋巷，一箪食，一瓢饮，而乐在其中。乐器中如钢琴，乃大富大贵，如箫笛，则陋巷箪瓢也。

余有中学同学刘天华，性好音乐，课余参加军乐队。队中有大喇叭，吹声极单调，而环绕肩上，使人全身如负重担，不得自由。群皆厌习，天华独奋任之。随大队之尾末，蹒跚而行。所吹声又单调乏味，人皆指以为笑，天华乐任此不厌。后离学校转习中乐，成名。余曾亲聆其弹琵琶《十面埋伏》，在深夜中听之，深加欢喜。后天华以二胡名，余未得亲聆其奏，仅于收音机中听之。窃谓天华诚有音乐天才，然所得终在技巧上，于中国音乐之妙处似仍有隔。如其奏《空山鸟语》，依中国文学意义言，此中妙趣乃在听此鸟语者，而不在鸟语本身。故奏此曲贵能亲切发挥出听者之内心，若仅在鸟语声上着意，技巧纵高，终落第二乘。《诗经》有赋比兴三义，仅在鸟语声上着意，此乃诗中之赋，然所赋仍贵在人之心情上。故必有比兴。天华似于此上尚少深切体会。抑且《空山鸟语》乃与在其他处闻鸟语有不同。所谓鸟鸣山更幽，妙处正在一幽字上。此一幽字，亦不在空山，乃在此诗人之内心深处。故中国音乐贵能传心，传递生命，斯为得之。倘于大都市烦器中奏此，则仍失其趣矣。天华之二胡能变一把手至二把手三把手，音变大增，技巧自工。然似不脱初年练习军乐队时之影响，能把西方音乐集体演奏之情调谱入中国简单乐器如二胡中，斯则其大成功处也。若求其技而进乎道，则宜有更高境界在。

余最近游香港，有人赠以许多大陆中国音乐之录音带，其中有箫笛两种，皆最近大陆人所奏。吹笛者，十余年前曾来香港，余曾亲聆其演奏，技巧诚不差。洞箫亦雅有中国情味。然所录各曲，其中多加配音，则无此必要，殊属多余。当其扁舟江上，一人倚楼，生于其心，动乎其气，出乎其口，一箫一笛，随手拨弄，天机横溢，情趣烂然。若使必再约三数人或七八人来作配音，则无此场地，亦且异其心情。必当在大城市大商场大酒楼，卖票盈座。而天地已变，情怀迥别，同此箫笛，同此音节，而不复同此情怀矣。箫声和细，配音尚有限制，尚能多保留箫声之原味。而笛声清越高亮，配音益繁杂，益纵放，甚至锣鼓笙琴喧闹一片。笛声时而亢奋乎其上，时而潜行乎其中。吹奏者之技巧自不可没，要之，一人倚楼，牧童牛背之笛声，则决不如此。此虽一小节，而讨论文化批判其异同得失，则不可不明此意。

孟子言："独乐乐与众乐乐，孰乐？"一人倚楼，牧童牛背，笛声偶起，此为独乐乐也。然而楼上笛声，可以余音绕梁，三日不绝。牛背笛声，可以横溢四野，无远弗届。闻其声者，亦得同此感受，此亦众乐乐也。发乎一人，感及他人。其一人之发，则本乎天机真趣，情不自禁。而他人闻之，亦莫知其感动之所由。发者不待技巧，感者亦非先有音乐修养为其知音，其间自存有一片天机，此即人类大生命所在也。陆象山有言："我虽不识一字，亦将堂堂地做一人。"牛背上之牧童，亦可言我虽不识一音，亦将悠悠然吹一笛。愈天真，则愈生动，愈深切。中国音乐之转入一独乐境界，如伯牙之鼓琴，如牧童之吹笛，技巧工拙有所不论，抑亦可谓其皆进乎道矣。

抗战时余游昆明，一日，偕一友在大观楼外雇一舟，荡漾湖中。操舟一女子，忽引吭唱民谣。余二人闻而悦之，嘱勿分心操舟，可一任其所至，汝且尽心所唱。适值风平浪静，舟女亦兴奋有加，赓续连唱了数十曲。夕阳西下，不得不停唱返棹。问此女，汝能唱几多曲。女答，不知其数。半日之乐，乐不可言。然亦适逢此湖山，适值此风光，舟女亦适逢赏音之人，随口唱出而已。若果劝此女改业登台，为一歌女，则必从头用功夫苦练一番。待其上台卖唱，亦决不能与此日湖上所唱相拟。音乐之所以超乎工夫技巧之上者在此。所谓丝不如竹，竹不如肉，良有以也。

余又曾看一西方电影名《翠堤春晓》。男女两人驾车游园，景色宜人，又配上一套音乐，使人恍然如在另一天地中。不记多少年后，又再看一次，依然动人。此诚不失为西方一好电影。然念唐诗人之《枫桥夜泊》，终夜不寐，"姑苏城外寒山寺，夜半钟声到客船。"此亦何等动人。钟声极单调，然配合此枫桥夜半，江枫渔火，羁客幽思，一声声单调钟声，正相配合。若必寻求一大乐队，到岸上来演奏，岂不转讨此羁客之没趣。否则此羁客亦必移转心情，忘其羁苦，另生一番快乐。如今人处此境，必披衣离舟上岸，不耐听此山寺之钟声矣。中国音乐之妙处，妙在自然。实则是妙在其即在此生命，此情此境中，享受得一番妙处，却不待要舍此别求也。

白乐天在羁旅中，泊舟浔阳江头，入夜闻隔舟琵琶声，其声悲哀，若有深怨。乐天亦别有感受，深抱同情。问之，乃一嫠妇。招来舟中，命其重弹。此妇骤遇知音，心一舒泰，弹声益亲切，益生动。乐天事过不能忘,遂成《琵琶行》一长诗,千年传诵。此两人当此深夜,浔阳江头一曲琵琶声之所感受,今千年后人犹可想象得之。竟可谓余音绕江,千载犹在矣。此又中国人生与音乐与文学之紧密相系,融成一体之具体一例证。直至今日,人人竞慕新文学,此诗遂成绝响。然可见中国人生乃求即时即地,在各人生活之真情实境中,内心深处,求天机,觅出路。文学然,音乐亦然。西方人乃谋于另求一新天地,新境界,令人投入,得新人生,新心情。其文学然,音乐亦然。故中国人重其内在,西方人则重其外在。惟求内在,故愈单纯,愈合一。求之外在,则愈分歧,愈复杂,各自独立,各自成一新天地,各自成一新生命。音乐之于人生,亦外在而自有其天地与生命。譬如西方一大乐队合奏,人操一器,即不许此人自有心情,务令人人各自放心在其所操之乐器上,而诸乐器亦各无其独立之地位,必于其乐队所奏之全乐调中始有地位。倘谓音乐亦有心,亦有生命,则其心与其生命不在人,而在乐。此亦犹孟子所谓之众乐乐。诸演奏者,皆必在全乐调之进展中得其乐。倘问此乐之乐究从何来,则必谓制此乐调者之心中来,是音乐仍不离人生也。然此制乐调者,会众器成一调,其心至少不为求一人孤听,乃望大群集听,此亦犹孟子所谓与众乐乐也。惟其如此,乐中哀乐,由制者奏者至听者,其间皆具无限条件,无限曲折,不亲切,不自然,不天真。曲终人散，听乐者虽亦一时有感受，散后归去，即茫然若失，依然故我。转不如倚楼有人，牛背牧童，彼之一笛，本不期在听者。而赤壁扁舟，客吹洞箫，其心中之听者，亦惟同舟数友而止。即此而论，西方音乐，每以大群为对象，其中若不免有市场心理之羼入。中国音乐，其中乃深存农村心理，时不免有一种幽静孤独之情味。人生不同，斯音乐展出亦必有不同可知矣。

西方乐器首推钢琴，虽由一人独奏，亦依稀仿佛于一队之合奏，此诚属西方音乐之特色所在。惟大提琴小提琴在西方乐器中，较宜独奏，虽亦加有配音，而颇近中国音乐之情调。中国人如马思聪，能于小提琴中奏中国民谣，羼入中国味，已极受国人之欣赏。最近余游香港，曾去听一音乐会，皆大陆颇负盛名之乐人来港演唱，有一大提琴演奏，羼入中国情调，拉中国民谣，最为可喜。而洞箫长笛，于中国乐器中亦效西乐，多加配音，遂失中国之情味，转为可惜。今日国人于主张全盘西化外，亦主兼采中西，另开新局。然以余最近所听大陆乐人如洞箫、长笛、大提琴之三种新声，则彼此斟酌，实亦有大可商榷之余地也。

又如西方剧，有歌剧与话剧两种，然歌剧终不如话剧之盛行。而在中国，如晚清以来流行之京剧及地方戏，皆歌剧也，流行全国，历久不衰。而慕效西方为话剧，则终不受国人之深切欢迎，终亦不能与我固有之歌剧并驾齐驱，平头齐进，其中亦深具意义，可资研究中西音乐者作阐申。姑此提出,以备研讨。

余又论西方文化以宗教科学为基本,中国文化以道德艺术为基本。中国音乐在其文化结构中,应归属于艺术,发乎情,止乎礼义,尤应不背于道德,此可不详论。西方音乐则显与宗教紧密相系,教徒入教堂唱赞美诗颂圣歌,务求其心直通上帝,乃以上帝心来爱父母,爱家庭,爱人类大群。故宗教之博爱,乃本于上帝心,非本于各己心。而上帝则为外于人类一客观具体独立之存在。若以此意来看西方音乐,详于前论者,音乐亦不发乎奏乐者各己之心,而若别有一客观之存在。此为音乐与宗教在西方文化精神中一相同之点。又论科学,姑举医学为例。西方医学首重解剖,一尸体横陈桌上,孰为心,孰为肺,孰为肝,孰为肾,逐一检视,一若忘其尸体之亦曾同属一生命,而亦视之为生命外一客观之存在,否则何能不汗乎其颡,而心若冰霜,不稍动于衷乎?学音乐者之操一乐器,其心亦一在所操之器,一弦一键,各有妙义存在,亦从客观入,不从自心出,岂不亦与学医者之先习解剖有同一之心情乎。再论文学,孔子曰:"辞达而已矣。"由我心达彼心,由彼心达我心,文辞特为一工具,一媒介。而西方文学亦同重一客观外在之描写,须在此客观描写中不见我心,乃为上乘。此又西方文学在其整体文化中,与音乐与科学与宗教有其相同之一点,即同有其一客观独立之存在。此又研讨中西文化异同所当注意之一例也。

漫谈新旧文学

民初新文化运动之主要一项，乃为新文学运动。大意谓文学须是人生的。旧文学已死去，新文学方诞生，当用通俗白话文写出，不该再用文言文。但我认为中国旧文学亦是人生的。如《诗经》"一日不见如三秋兮"，《楚辞》"乐莫乐兮新相知，悲莫悲兮生别离"，何尝不是人生。即当前一小学生，初中学生，对此辞句，亦何尝难读。而元明以下，白话说部如《水浒》《红楼梦》诸书，其中难识之字，难懂之语句，亦并不少。专以文言白话来作新旧文学之分辨，此层似尚未臻论定，还值研讨。

我绝不反对白话文，我曾在初级小学亲自试验过白话文教学一年。四年级生可写八百字文理通顺的白话文，三年级生可写四百字，较之文言文省时省力，但我不主张提倡白话而废止文言，尤不主张不教学生读文言古书。直至目前，大学文学院中文历史哲学诸系学生，多不能通读古籍，这对国家民族前途实有莫大影响，有心人不得不注意。

此两年多来，我双目失明，不能见字，不能阅报，不能读书，长日闲坐，偶亦默诵旧诗。昨日清晨，忽忆唐诗"少小离家老大回，乡音无改鬓毛衰。儿童相见不相识，笑问客从何处来"一绝句。此诗所咏何尝不是人生，短短二十八个字，一中学生读之亦何难懂。但诗中所咏人生，则确似过时了。此诗所咏，仅属一种农村人生。今日则已是大都市工商社会，正要鼓励大家莫再依恋家乡，安土重迁。不仅从乡村迁向大都市是人生一进步，甚至自国内迁至国外，如获得美国一绿卡，岂不立刻受人重视。又如能操英语，或其他外国语，岂不更受人重视。但话得说回来，国家观念即建立于乡土观念上。没有乡土观，很易没有国家观与民族观。如香港为英国殖民地已近一百年，但英国人来香港，不论当官吏或经商，仍必回英国本土，很少留居香港的。他们在港几十年，依然操英语，乡音未改。能讲几句广东话，已是少之尤少。香港设有一香港大学，延聘英国学人来校教读，特规定五十五即可退休，俾使其回国再有活动，不致老大始回。若使英国人来读此诗，他们是会懂此诗中所咏的人生。

我曾游新加坡、马来亚，那里的华侨家庭离乡去国已历数百年之久，但他们仍操华语，仍保乡音。仍随时回国，以履故土为人生莫大一乐事。若他的故乡儿童亦问他客从何处来，他亦会怀有一番惆怅心情，难以倾白。最近我政府又在奖勉农村青年安守乡土，不要使美好田园有地无人。此一种趋势，是该提防的。由此言之，此一绝句里的人生观，实在并未死去，还值吟赏。

我又在前一夜忆起另一绝句，"月黑雁飞高，单于夜遁逃。欲将轻骑逐，大雪满弓刀。"短短二十字，所咏是蒙古沙漠某一夜里，唐师远征、敌我对垒的情形。是夜，月本不黑，乃忽然云兴，黑了。月黑二字，乃描写了当夜四度空间之景，寓有一段时间变化在内。何以知之，看下文雁飞高三字自知。入夜，群雁已卧，忽遇风起云兴，受惊起飞，非卧前平飞，乃卧起高飞。如今人乘飞机，天空一碧，而云层在下。群雁飞高了，乃不受风扰。天有不测风云，风起云兴，遂致月黑雁飞。而此诗则故意避去风云二字不提，此亦是文学技巧。

诗中单于二字，乃汉代匈奴首长之称呼，中小学生或不知，但一讲便知。唐代无匈奴，何来有单于。诗中单于字，乃文学上一典故，不得谓用了典故，便成死文学。而且此诗亦可说是一种譬喻借用。汉军出塞远征，主客不同，是夜天气变了，对方明知不敌，又熟悉本地气象变化，遂乘机逃了。我方不知，但有巡逻队，忽不见对方巡逻踪影，逐步向前，直达敌营，乃知已是一空营。急回报告，方求追击，步队用不上，只得用骑兵。又需快速，马背人身均需减轻披戴。接下逐字，乃追逐义。但不宜用追字。不仅为四声关系，如追奔逐北，不得改逐奔追北。奔逃不定向北，但追逐必跟其后，逐北之北，即指其背，逐字兼紧接义。而如追思追忆追述，可以有长距离相隔。白话则少用逐字。如用追字、赶字，赶字又文言所少用，追逐固须赶，但赶又不即是追逐。文字固以代表语言，但中国文字则又越语言而前，与语言有一距离。中西双方文字不同，而双方思想亦随之有不同。故中国人思想不能有如西方之哲学思想，而中国文学亦与西方文学有不同。今吾国人乃欲尽用中国白话来追随西方文学，难免有种种追不上处。此亦一无可奈何之事，问题尚多，此处暂不详论。

再述汉军方欲轻骑追逐，而大雪纷飞，一霎时，满天空，满地上，满马满身，连带满到随携的弓刀轻武器上。情势如此，则只有让敌军安然地逃了。

据如上述，此诗短短二十字，岂不已写出当时活生生一故事，岂不还是一篇活文学吗？但若试用白话来翻译，用了两百字亦不算张皇。如用两千字来改写成一小品文，亦仅够敷衍。但若教者只略说大意，随把此二十字来朗诵，一遍又一遍，学者随读，愈读愈明白，愈多味，兴趣增了，智慧亦随而长了。读中国书，自有与读西方书不同的读法。文学亦然。读法不同，自然写法亦有不同。今用白话两百字，乃至两千字，来写此一则情事，较之只用二十字，既省力，又省时。投登报纸，又可多获稿费。结集稍多，出一小书，又成为一作家，名利双收。既可速成，又能多产，又谁肯苦吟出此二十字来。则所谓旧文学已死去，实不如说旧人生已死去，更为恰当了。但论及品格，则不论文学或人生，均有一高下分别，又不可不知。

今再回述上列之七绝，少小离家老大回，乃指回家，而诗中省却了此家字。下文儿童字，乃指其家中之儿童，非乡里儿童。中国人重视家庭，此儿童或非诗人之子女，但必是家中之幼辈。同一家人，长幼相见，而不相识，在此诗人老大家之一番欢欣心情中，又夹带了好多感触与惆怅。故于儿童问语上，又特下一笑字。此非言笑之笑，乃一种轻松随便之礼貌，指笑容，非笑声。此儿笑问客从何处来，乃不知是其家中一长辈。人生之悲欢离合，无限伤感，尽在此一笑字上描绘出。此一层，则恐非幼童诵诗所能了解，须待于文学有深造，始能了悟到此。又岂能下字深了，人不遽晓，便说是死文学呢？中国文学必重情，上引五言绝句一首，乃诗人随军所记，而出国远征军之种种困难艰巨，即于此见。此诗则老大回家之种种心情，亦于此见。而中国文学必重涵蓄，须读者作同情之体会。故虽常情，亦觉情深。若直率道出，情味淡了，则转若无情。今必模仿西方文学来表达中国人情，则惟有失真，最多是浅了，不能深入。此似应为今日提倡白话新文学者所注意。

抑且少小离家老大回，固必有一番特种情绪。即在他乡遇故知，亦每有一番特种情绪之产生。近代国人多以落籍美国为荣。但既为美国公民，所亲仍以美籍中国人为多。日本人亦然。美籍之中国人与日本人，仍有界线，不相混淆。犹太人黑人犹然。同隶美国籍，历数百年，其不相混淆如故。可见中国人内心仍恋中国人，中国旧文学所诵，深入人心，至今犹活，哪便死去了呢？今人提倡新人生新文学，果能有一套中国新人生新文学出现，而仍未昧失了自己那一颗心。即远离乡土，其恋旧之心情犹存，此即所谓他乡遇故知，岂不深符此心所想望，仍然活生生地存在吗？然则非于中国旧人生旧文学有研究，又何来得此新人生新文学之发展。

但今我国人则谓生为现代人，自当现代化，何必恋往古。如看西方电影，即如美国西部片，亦彼邦百年前事，乃国人屡看不厌。又如莎翁乐府，乃西方四百年前事，国人亦研赏不辍。何以在西方尽古尽旧都足珍，在中国求变求新始可贵。此恐特系一时风气，非有甚深妙理之根据。余夫妇前在香港，大陆提倡平剧及各处地方剧，制为电影，在香港新加坡马来亚放映，各地华侨，争睹为快。即各家广东老妈子，不谙国语，亦先听丽的呼声，用广东语介绍剧情，再往买票，盛况空前。新亚一同事新从台北来，家有一女一子，余夫妇劝其子女前往一看。其后不久，"四人帮"斗争，此等电影亦皆禁绝。"四人帮"无知，并非知此旧文学旧人生于彼辈之新政权能有波及，但亦自有他们想望之新文学，如样板戏之类。今国人提倡新文学，亦每于旧文学绝口不提。今闻邓小平上台，旧摄电影又渐出现，则可知要根绝旧的，亦仍有所难呀！

惟当时此等电影不获进入台湾，有香港某电影公司抄袭大陆最先来港之梁祝一片，改换绍兴腔为黄梅调，摄制新片，传入台湾，一时亦竞相争睹，有连续看八次十次者，凌波演梁山伯，遂受国人崇拜。其来台，飞机场至台北市，列队欢迎者盈万。某大学一院长，年几古稀，亦手持旗帜杂欢迎队伍中高呼。则国人内心喜好，正如他乡遇故知，岂不当前一明证乎。

平剧在台不盛行，有军中数剧团，几于尽日登台，惟往观者率中老年人，尤多大陆来台人，青年则绝少。某夕，余夫妇往观，一旧识携其一孙女与余联席坐。此女乃高中或大学生，对平剧似不知欣赏，唱工演技更不论，但遇白鼻子丑角登场，则鼓掌狂欢不已。倘彼去观西方电影，情况当不同，且不论文学人生之新旧。崇洋蔑己，蔚成一代之风尚，展念前途，嗟慨何极。

中国传统文化又有一特殊长处，即其大思想家大文学家，均多出自衰世乱世，而又能融凝表达其日常真实人生于思想文学中，而相与为一。故使后之衰世乱世，皆能有所仰慕，有所追随，知所修行，知所树立。乃使其思想文学亦得同臻于旺盛。故能剥中有复，否极泰来，而一线相承，绵亘达于五千年。

如孔子生于春秋之衰世，屈原则生于战国之乱世。而春秋战国一段衰乱，乃已为中国思想文学深植根基，永为后起之楷模。兹姑专论文学。两汉辞赋，追效古诗之雅颂，则不如民间流行之乐府，近似国风，为得中国文学之真传。而晚汉衰乱，古诗十九首乃及建安文学，更见转机。尤足供后人仰慕者，乃为东晋南宋间之陶潜。不论其诗，即其《归去来辞》，及《桃花源记》，亦已千余年传诵不辍。在抗战时，余只身居云南宜良山中上下寺，撰写《国史大纲》。每逢星期日，必下山赴八里外一温泉入浴，随身携带一陶集，途中泉上，吟诵尽半日。余之宁神静志，得于一年之内完成此书，则实借陶集之力。不啻亦如归去来，安居桃花源中也。

犹忆余二十余岁时，教读乡村小学校。读陆放翁诗，念放翁诗名满海内，老而归乡，得此恬静之生活。诵其诗，如读其日记。"王师北定中原日，家祭无忘告乃翁。"南宋终于沦亡，何尝能北定中原，然放翁一生忠君爱国之心情，则千年长存。每诵其诗，如在目前。今余年未三十，已安获乡居，岂不已胜放翁之耆老。虽值国家民族之衰乱，亦忠爱存心斯可矣。惟念先父先祖父，年过四十，即已逝世。余之所能学于放翁者，当惟日常卫生健康之一途。乃知注意于饮食起居作息之间。余之生值乱世，较放翁为甚。今余年已逾放翁而超之矣，而余之爱好乡村生活，则迄今而不能变。余不文不诗，而生平之得益于陶陆者，实不为不多。

余又念，方幼龄十岁左右，即读《水浒传》与《三国演义》。江湖如林冲，如武松，如鲁智深，每心仪其人。廊庙如诸葛武侯，如关壮缪，一言一行，皆深入余童年之肺腑。方余未能读孔子书，而孝弟忠信固已长存我心矣。中国文学之入人之深有如此。

及余四十左右，乃读鲁迅之新文学，如《阿Q正传》。自念余为一教书匠，身居当时北平危城中，中日战争，如弦上箭，一触即发。而犹能潜心中国古籍，以孔老二之道为教，若尚有无限希望在后，此正一种阿Q心情也。使余迟生数十年，即沉浸在当时之新文学气氛中，又何得为今日之余。余常自笑此一种阿Q心情，乃以上念前古，下盼来者，此亦诚阿Q之至矣。此乃余一身所受新旧文学之亲身经验。一人之私，终不免有此歧见之存在耳。

余又念西方哲学与西方文学，每在平安世旺盛世。读其书，每恨不见其作者之真实人生。使彼亦如余今日之居此乱世，彼当何以为生。第一第二次世界大战，迄于今日，世日乱，人生日不安，而西方哲学文学亦沉默阒寂，不见其人，不闻其言。使余生西方，则独学而无友，孤陋而寡闻，真不知当何以安其身心，以度此一生。余于孔孟老庄思想深处无足言，而独于中国旧文学，一诗一文，一小说，一剧本，每常心念而不忘。不知世之君子，其将何以教之。

品与味

中国人最重品，人有人品，物亦称物品。乃就其人与物之价值意义而加以衡量评判，以定其高下，斯谓之品。西方商业社会，以物相贸易，其物出售获利高，斯其物贵，西方之物分品应在此。中国农业社会，五谷果瓜菜蔬，以及牛羊鸡豚鱼虾之类，主要在供各自食用，斯无甚多价值分别，乃不言品，而言味。

《中庸》言："人莫不饮食，鲜能知味。"西方人亦饮食，亦知味。惟其求味则与中国人不同。中国人烹饪，主五味调和，甜酸苦辣咸，斟酌配合同在一锅煮，其味自别。西方人则肉自肉，鱼自鱼，甜酸苦辣咸诸调味品亦分别盛碟中，由进食者自加调和，其味乃显与中国大不同。

又中国人把鸡鸭鱼肉主食品与其他果瓜菜蔬副食品同煮。西方人则必主食副食分别煮，由食者分别进口。故中国食味主和，西方食味主别，此乃中西文化不同一大要点。

食品亦如商品,有贵贱不同。孟子曰:"鱼我所欲也,熊掌亦我所欲也,二者不可得兼,舍鱼而取熊掌者也。"鱼易得,人所共尝。熊掌难得,故求一试。倘必得熊掌而后食,则其人非饿死不可。孟子乃北方人,鱼亦难得。故中国北方人多食羊,南方人多食鱼。孟子乃指味之难得者言。惟难中求易,只善加烹调,有美味,斯可矣。此又中国人生哲学一要点。故曰:"莫不饮食,鲜能知味。"其深义乃在此。

西方人重分别,即如鸡,又分生蛋与食用两种,但并主多产,故洋鸡亦不如中国土鸡之美味。今日国人则必主洋化,否则谓之土头土脑。实则洋化人与土头土脑人,情味亦别,此亦易知。

西方人烹鱼常斩其头尾,仅烹其身,因其好分别,遂有选择,不知头尾各有佳味。即以人之一生论,亦可分孩童、成年、中、老各期,贵能通其全生而为一。老年之味,在能回忆其孩童之当年。孩童则贵能对其成年后之想望。如老人无过去之回忆,幼童无将来之想望,就全人生言,可谓无味。有人说美国社会幼年如在天堂,中年如入战场,老年如进坟墓。将全人生割裂三分,则天堂又无可留恋。战场搏斗,亦不啻为进坟墓作准备,人生之意义价值又何在。

西方有拳王争霸战,拳王登坛,围坐而观者盈万,一拳王所得亦盈几百万美金。然求为一拳王,十五六时即须苦练，年过二十即登坛应敌，三十后便当准备退休。如阿里连膺拳王宝座荣位已三次，不甘退休，第四次争霸，终于败阵下来，但人寿应以七八十为期，三十余退休，此下尚有四五十年，却不能另换一人生，仅赖多金作消遣，闲度岁月。最近并有一拳王，当场受伤至死者，此等事宁复有人生之价值意义可言？此亦如吃鱼仅吃一中段，头尾皆斩去。其实西方人生多类此。此之谓割裂为生，乃不知味之至。

西方商业社会贵财富，财富之于人生亦仅如一兼味，用来作调味用，决不可当作主味。桌上只放甜酸苦辣咸种种调味品，而无牛羊猪鱼鸡鸭种种主味，试问如何下口。但主味亦得有兼味始可。原始人捕一羊，捉一鱼，不知用兼味亦以果腹，日久乃知用兼味，但断不能因有兼味遂忘其主味。如男婚女嫁，乃人生主味所在，婚前一段恋爱经过，亦只是其兼味。今既主自由恋爱，又主自由离婚。一若恋爱乃主味，婚姻转成兼味，此又不知味之至矣。

重视恋爱犹可，乃亦重视战争。恋爱尚可谓是人生中一甜味，战争则是一辣味苦味。食品多用甜犹不可，多用辣更不可，何论苦。最常须用咸，甜酸次之，辣更次之。余为无锡人，食品多甜味，然非专用甜。湖南、四川喜用辣，然亦非专用辣。皆须调和，配合适当，始成佳味。尤宜善择主味，并不每一食品必加甜必加辣。西方文学，几乎十之八九必涉及男女恋爱。

而近日国际来往最大敬礼乃属军礼，贵宾莅临，必以三军仪队表示欢迎。又贵宾必往阵亡将士纪念处行礼志哀悼。是国与国亦以战争结友好也。则天下焉得不乱，世界又向何道求和平。此亦可谓人生之不知味。

中国论人必重品，尤要者为君子小人之辨。女子则必首辨贞淫。西方人重富贵，财富多少，权位高下，皆有客观条件，岂待品评。然贵为天子，有不得预于君子之列。财可敌国，亦可沦为小人。故中国称人物，物者，即品评义。《汉书》有《古今人表》，分人为上中下三品，每品又各分上中下，共九品。贵为天子，有列在下品者。非富非贵，亦有高列上品者。西方人重富贵，显然不平等，故人人求平等，并求出人头地。如练拳击，荣登拳王宝座即是矣。中国人亦有终身练拳击者，如少林，如武当，率以出家人为多。然必尚侠义，始为上品。路见不平，拔刀相助。《史记》有《游侠列传》，名列史乘，千古不朽。故曰："行行出状元。"即拳击亦可列人品之上等，然拳击终为兼味，侠义始是主味。以拳击为主味，斯称无味。

中国文化中饮膳为世界之冠，已得世人公认。中国人特多人情味，亦得世人公认。使人生果得多情多味，他又何求。故中国人生，乃特以情味深厚而陶冶出人之品格德性，为求一至美尽善之理想而注意缔造出一高级人品来，此为中国文化传统一大特点。

人生在天地万物人群之包围中，人品陶冶尤赖天时地利人和三大协调之养育而促成。以言天时，中国得天独厚，地处北温带，春夏秋冬四季分明，寒暖变化，二十四节令各有其特性与佳趣。又有人文节，如三月三之上巳，五月五之端午，七月七之鹊桥相会，八月半之中秋，九月九之重阳，乃至自然节令中之清明寒食、冬至，以及岁首岁尾，一年三百六十天，不时有特殊礼俗，特殊欣赏，特殊回念与特殊想望。苍苍者天，乃亦特多人情味。四时佳节，连绵不断，不啻如一首诗，而由诗人文学家代为歌咏。诗骚以来三千年，此一首诗咏唱不绝，天人合一，即在诗人之喉中笔下，歌出写出，而中国人生则涵泳在此一首诗中，其富情味为何如。

次言地利，中国全国之锦绣河山，乃为中国人陶冶品格一大温床。孔子曰："仁者乐山，智者乐水。"中国人山水之乐，其性其情，固本天赋，亦属地成。东岳泰山，西岳华山，积朝野数千年之经营，有天然，亦有人文。北岳恒山，中岳嵩山，南岳衡山，以及其他如四川之峨眉，云南之括苍[1]，湖北之武当，安徽之黄山、九华，江西之庐山、青原，山西之太行，浙江之天台，更如两广福建等诸省各有名山胜景，亦莫不有人文荟萃。而河济江淮四大渎，则又流贯其间。又如江之有汉，河之有渭，西南之有澜沧江、珠江，

---

[1]原文如此。括苍在浙江临海，可能系作者笔误。——编者注

东北之有黑龙江等，古人著有《水经》。水又汇而为湖泊，如云南大理有洱海，昆明有滇池，湖南有洞庭，江西有鄱阳，苏浙有太湖。又如杭州有西湖，济南有大明湖，川渎湖泽，几乎遍地皆是。岂能盈篇累幅，逐一称举。中国乃如一幅大山水，一山一水，又必有人文点染。即如余乡，数里内即有小丘，称让皇山，乃西周吴泰伯让国来居，葬于此。则已有三千年以上之历史。亦称鸿山，乃东汉梁鸿偕其妻孟光来隐，亦葬于此。则亦已有接近两千年之历史。又有鹅肫荡，亦在数里内。明末东林大儒顾宪成在此教读，常扁舟徜徉其中，则亦有三百年以上之历史。有《梅里志》一书，环余乡数十里，古今人物名胜嘉话，穷日夜更仆缕指不能尽。故游中国山水，即如读中国历史，全国历史尽融入山水中。而每一山水名胜之经营构造，亦皆有历史可稽。如西湖，自唐之白乐天，吴越之钱武肃王，北宋之苏东坡，循此以往，上下一千年，西湖非由天造地设，乃有人文灌溉。故此中国一幅大山水，不仅一自然，乃由中国人文不断绘就，其多情多味有如此。

此幅大山水中又有园亭布置，如苏州城，先有唐代之寒山寺网师园，北宋之沧浪亭，继有元代之狮子林，明代之拙政园，清代之留园。尤早如虎丘，南朝竺道生即来宣佛法。其更早如吴王夫差之西施，即梳妆于灵隐。一苏州城之名胜古迹，山水园亭，络绎兴起，积三千年。生于斯，老于斯，即毕生沉浸于中国传统文化之历史中，与为一体。故一舟子，一轿夫，一卖花女，一樵柴汉，其风格，其品性，莫不受湛深人文之陶冶。日进美膳，不知其味。然所谓虚其心，实其腹，无知无欲而已。与古为友，日坐春风，亦同为其桃李矣。

中国之天时地利有如此。不言人，且言物。孔子曰："岁寒然后知松柏之后凋。"屈原《离骚》言艺兰，陶渊明诗言采菊，王子猷之登门访竹，林逋之以梅为妻，梅、兰、竹、菊，后世画家称四君子，此亦有品。唐陆羽著《茶经》，茶亦有品。品茶亦人之雅致。其他如梧桐，如荷叶、莲花，如杨柳枝，如枫叶，凡经诗人品评者又何限。飞禽有如鹤，走兽有如鹿，园亭中所畜养，莫不有其品。候鸟如雁如燕，常见如蝴蝶，如鹦鹉，如鸳鸯，如鸠鸽，皆备受养护。凡此皆莫不经中国人文之品定。虎、豹、熊、狮，近代西方动物园必加畜养，中国人非不能养，然不喜养。西方人尤爱猎犬，中国人则谓狡兔死，走狗烹，若不加惜。观于中国人对一切动植物之亲近与不亲近，爱好与不爱好，亦可见中国人之人品矣。故中国人对天地万物莫不有品评，然后有其所亲近与爱护。而中国之人文亦于此而见。然非深知其意，则如饮食而不知味，固非人人所易知也。

杜甫诗"绝代有佳人，幽居在空谷"，"天寒翠袖薄，日暮倚修竹"，亦已透露出部分中国人文精神。

日暮乃言天，空谷乃言地，修竹则言及物。人生不能脱离天地万物之大环境，然即观其处境，斯其人品亦约略可见。《关雎》之诗曰："窈窕淑女。"居空谷中，日暮倚竹，亦即深居简出、幽娴贞静之窈窕。女性之美，首贵德性，次及体貌。此又中国从来言人品一大较也。

一阴一阳之谓道，人品陶冶，自当男女并重。栽一草，植一树，畜一禽，养一兽，皆有讲究。苟使女皆无品，男亦何修。近代国人以西俗相绳，乃谓中国人重男轻女，此诚无稽荒言。中国历史，乃多有女性。《汉书·古今人表》中，亦男女两性同经品评。古诗三百首，咏及女性者多矣。首为《关雎》，"窈窕淑女，君子好逑。"淑女与君子并重。孔子曰："诗可以兴，可以观，可以群，可以怨，又可多识于鸟兽草木之名。"鸟兽草木之得诗人吟咏者，亦多经品评。如关关之雎鸠即是也。中国人能善观于天地万物大自然环境，而知所兴起。观于河洲之雎鸠，斯兴起其觅求佳偶之心。夫妇不和合，又何能群。不能群，斯为无品。夫妇能和合偕老，则女为淑女，男为君子可知。然而人生多变，君子好逑淑女，求之不得，则终夜反侧，即怨矣。不富不贵而怨，又何得为君子。屈原不得事君，乃著《离骚》。《离骚》犹离忧，即其怨矣。臣之于君，犹妻之于夫，非谓君尊臣卑，夫尊妻卑，此乃人群和安之道。屈原不得乎其君，亦如窈窕之淑女，幽娴贞静，不活动，不交际，孤芳自珍，则如草木中之幽兰，故《离骚》

多咏及兰。杜甫亦值乱世,咏此空谷佳人,即以自咏,乌有轻女之意。

人之一切行动作为,胥本乎其情志。诗言志。故观于诗,乃可以知史。中国古人言诗书,诗在书前,即此意也。如《春秋左氏传》,其中记载及女性者亦何限。而此诸女性,可敬可尊,可歌可泣者又何限。《战国策》中亦多女性。秦汉之际,西楚霸王项羽亦可谓一世人豪矣,兵困于垓下,夜饮帐中,为诗曰:"力拔山兮气盖世,时不利兮骓不逝。骓不逝兮可奈何,虞兮虞兮奈若何。"项王自顾不暇,乃为姬歌,斯亦爱之深念之切矣。虞姬闻项王诗,即席在歌舞中自杀身为女性不能冲锋陷阵,自杀身死,亦以慰项王之心。战国时人已言:"忠臣不仕二主,烈女不事二夫。"虞姬亦得谓之烈女矣。项王终突围而至乌江,曰:"何以见江东父老。"则不渡。实则项王之心,若渡乌江,亦将无以见虞姬于地下耳。司马迁为《史记》,特述及虞姬,但未加褒语。后世读者,皆知敬虞姬。人品高下,自有公道,岂烦加褒。

中国女性之美,不仅出诸名门闺秀,实已普及全社会。晚明有柳如是,乃一歌伎。慕于钱谦益之名,而屈身为之妾侍。谦益乃当时大诗人,又为朝廷大臣,年事已老。柳如是以一年轻美女,天下慕趋之,而终归身于谦益,举世传为美谈。柳如是名益飑。不久明亡,清廷宠召谦益,亦以笼络人心。而谦益不能拒。

柳如是以为耻，为之自尽。谦益死，清廷列之贰臣传，仍以买收人心。而柳如是乃如天上人，举世仰望。此亦中国数千年人品标准，岂偶而已乎。近闻陈寅恪著有《柳如是别传》为谦益晚节辩诬，但对柳如是则更推崇备至。惜余已不能读其书，此不详论。

又中国有婢女，见之小说戏剧者，如《西厢记》有红娘，如《白蛇传》有青蛇，亦如男性中有老家人，如《三娘教子》剧中有老薛保，此皆圣贤中人。列诸《古今人表》，断当不在中等以下。又如《红楼梦》林黛玉有婢紫娟，薛宝钗有婢莺儿。读其书，亦宁得以小婢视之。西方小说剧本中之女性，皆出想象创造，然何尝创造有如此人物来。我无以说之，亦仅曰中国人情味厚，西方人情味薄而已。然今国人竞慕西化，则曰此乃中国封建社会奴性使然矣。情味之薄，乃尤甚于西方。

又有人造物，中国亦与西方有不同。如丝绸，如陶瓷，其质料极精致，其光色极柔和，其体状极大方高雅，不刺激，不炫耀。要之，与穿着使用人之品格陶冶有相得益彰之妙。而制造工匠之安定宁静，保常守旧，依循规矩，不轻变动，而于悠久中不害有进步，则其人之品格陶冶，亦因而见。此与西方制品必求出奇制胜，务多产广售，以牟厚利者，大不同。又中国衣锦则尚䌹，花瓶则有瓶座，茶杯则有杯托，人与物之相互间，必求配合协调，没入一大意境中，而不感有冲突。今如此空谷佳人，日暮而倚修竹，必须穿中国装，纵锦绣华贵，亦得相称。若效近世西装，袒胸露臂，两腿外曝，虽时髦，虽摩登，然往来畴人广众中则宜，在空谷修竹间，则不宜。在五光十色中则宜，在日暮暗淡中则不宜。彼其人亦何肯留空谷日暮修竹间乎。

此佳人入居室内，得中国旧家具旧陈设则宜。近代之西方装备，宜通都大邑，高楼巨厦中，并在宾客群集时使用。故所谓佳人，亦宜善交际，能应酬，不宜窈窕贞静。工业制造品亦由人文化成。则宜古今中西之各不同矣。

中国山水园亭亦不宜辟为近代之观光游览区。近代之观光游览必广揽游众，乃可赢利。故凡属胜境，惟求通俗化，遂使群客奔波尽兴。实则人看人，倘兼以歌唱舞蹈，愈撩乱，则愈活跃，心神无片刻安顿处，斯为观光之成功。凡属观光，乃求动，不求静。乃求热闹，不求清净。此乃近代人心一大趋向。中国风景皆求清赏，"鸟鸣山更幽"，始觉此山中之深趣。"山中方七日，世上已千年。"倘亦男女杂沓，喧哗拥挤，转眼即过，则七日亦在一瞬间。此始是近代观光客游览客所要求，如此才感快意。

古人诗"振衣千仞冈，濯足万里流"。今人则必在万目睽睽下振衣，一振衣而下座，掌声雷动，乃始快意。千仞冈上，何人得见。海水浴场，亦必人群聚集，乃始成一场面。一人濯足，则何情味可言。故千仞之冈，则必组旅行队。万里之流，则必组游泳团。一人闲居，必感无聊。古以窈窕乃成淑女，今则尽时髦，尽摩登，投入人群中活跃，以供人玩赏为己乐，人品亦化成商品，良可嗟矣。一味两味，可以下酒，可以过饭。食前方丈，乃无下箸处。今日人生必求方丈，下箸在他人目中，其无情无味，岂不显然。

今日国人已不识从来之中国，乃亦不喜中国史，更不爱诵中国诗。惟外国人来中国，则仍赞中国多人情味。一如外国人吃中国菜，同知爱好，斯亦足矣。今日国人赴国外开餐馆者大有人在，如欲其在国外宣扬中国文化，则群谢不敏。遂若中国徒为一饮食之人，此岂得谓之知味乎。吾尝谓中国史乃如一首诗。余又谓中国传统文化，乃一最富艺术性之文化。故中国人之理想人品，必求其诗味艺术味。今则惟求其为商业化机械化，真如一百八十度之转身，是诚难于多言矣。

欣赏与刺激

"奇文共欣赏，疑义相与析。"此是陶潜诗中之两语。欣赏二字流传为普通口语，迄今千数百年。陶诗本以论文学，实则一切艺术皆然。尤其是人生，该艺术化，也该懂得有可欣赏。近人对文学艺术以及人生，每喜用刺激二字。刺激与欣赏，意味大不同，兹试加以分析。

姑举一浅明事为例，饮茶习惯在中国已历千数百年的历史。唐人饮茶，本富刺激性，略如近人喝咖啡，故茶中必加以杂味，或甜或咸，又如牛羊乳之类，喝了一杯，即不想再喝。卢仝七杯茶，遂以驰名全国，至今犹为人知。但此后茶品变，煮茶方法变，茶味不再富刺激性，使人能晨晚随时饮，随时欣赏，为中国人生休闲中一大乐趣。主要一点在使茶味淡，乃觉味长，并有余味，留在口舌，而又不伤肠胃。饮茶成为中国人生普遍流传一艺术，其中大有深意。中国人言"君子之交淡若水"，淡则能久，情味深厚。酒食相征逐，则成为市道交，其味浓，若够刺激，惜不能久，情味浅薄。其间主要差别更在时间上。

《中庸》言："人莫不饮食，鲜能知味。"中国饮食，知重求味。西方各品分别烹煮，再同置一器中。五味亦分别置器中，由食者亲自加配。中国则预先配成，和合烹煮，故曰肴。肴者，淆也。先已混淆，然后调制出真味来。又西方人进食，先来一品，吃完续来第二品。中国则各品同置桌上，由进食者自加选择，不必先此后彼，而同时又得一番调和。此如夫妇父母子女，西方人只是同居一宅，即成为家。而中国人则在一家中，其相互情感又加种种烹煮煅炼始得家庭之真味。故西方人于家庭似少甚深特殊之情味，而中国则不然。其对家庭情味深厚，并觉离此则无相近似之同样情味可觅。

故中国人于情味贵淡，贵和，贵单纯，少变化。此间有内外之别。物在外，凡所接触则成内。人与天地万物相接触，即成为我生之一部分。非以我之生来接触万物，乃因接触万物而成我之生。故凡所接触，必感其与我相和相合，共成一生，乃有情味可欣赏。所欣赏者即吾生，非在生外。身外万物时时刻刻在变动中，此时此刻所接触，他时他刻即离去。与我接触，皆成我生。接触变，即生在变。故凡所接触，皆觉有味。

"采菊东篱下，悠然见南山。此中有真意，欲辨已忘言。"采菊见山皆吾生命之一部分，此中真意乃吾生命内在自发之一种欣赏情绪，显非外来刺激，与《天方夜谭》中之能言鸟有别。子在川上，曰："逝者如斯夫。"生命即如逝水，前水已去，后水随来，而水与水间，共成一流，同是水滴，无大差异。惟其同是一水，故觉情味之无穷，可久可长，而更深更厚。孔子以水流喻人生，人生之可欣赏者正在此，真意宛然，诚非言辩所及矣。

夫妇和合，乃一寻常事。然积以岁月，则其味长矣。西方文学好言恋爱，此乃一种刺激，非可欣赏。正以其味浓，不可持久。非结为婚姻，即反目相离。反目后，更有相视如仇敌者。结为婚姻，而往日恋爱之情亦即消失，不可再觅。若求长日恋爱，又不可能，所以卢仝七杯茶，乃驰名全国也。

要求刺激，亦必先有一番要求刺激之心情，必其人在忙碌中，在复杂变动中，在不安定不宁静中，在苦闷烦躁中，在如是等之心情中，乃求有刺激。刺激必从生命外面来，非即其生命。欣赏则即在生命中，与生命为一。如长途跋涉，偶得片刻停车道旁，喝一杯咖啡，即匆匆再赶路，亦觉有味。果在此匆忙中，饮一杯中国茶，便嫌味淡，不够刺激，不尽兴。

中国人饮茶，另有一番情味，在安闲无事中，心气和平，或一人独品，或宾朋聚赏，或幽思，或畅谈，不能限以时刻，或羼以他事。否则茶既淡而无味，饮之亦仅解渴，无可欣赏。今日国人乃亦求于饮茶中找刺激，诚不知味之尤矣。

今言文学。西方人亦于文学中找刺激，如恋爱，如战争，如神怪，如冒险，如恐怖，一切题材，皆必曲折离奇，紧张刺激，乃于其日常人生外另找一新人生，以多方面复杂性之刺激来拼凑一人生，此为西方人生。中国人则于其日常人生中透露出文学，文学即其真实人生中之一部分。亦有人生不如意而发为文学者，如屈原《离骚》。太史公曰："离骚者，即离忧也。"屈原之忧心，即于《离骚》中发出。西方文学中，则何曾有作者自身之人生从其作品中发出。西方人生乃由多方面拼凑。文学作者亦以写作为其人生中一拼凑，亦求自刺激，亦正如其喝一杯咖啡。中国作家之写一作品，则亦如其饮茶，乃其本身生活之一种自欣赏而已。今再以哲学术语言，中国之欣赏文学，乃即体以见用。西方之刺激文学，乃集用以为体。此其大不同所在。

陶渊明诗，何尝非渊明本身生活之自欣赏。渊明生活极平淡，极调和，亦极单纯，何奇可言。屈原《离骚》文中亦涉神怪，亦涉恋爱，若稍奇。其实屈原亦是本其日常平淡调和之心情而始成其作品。苟不能保住其平淡，而别求刺激，何来长存此忠君爱国之忧。中国人之忠爱，皆从和淡心情来。不和不淡，则无忠爱可言矣。不和不淡，斯亦无欣赏可言。中国自古诗三百首，下迄屈陶，乃至后代全部文学史，惟淡与和，乃其最高境界所在。庄老教人淡，孔孟教人和，惟淡乃能和，惟和始见淡。中国全部人情，乃由此淡与和两味酝酿而成。而中国文化传统之大体系，亦必以儒道两家为其中心主干。

再言音乐。箫和笛清，两器皆仅一管五口，简单已极。箫声呜呜，可欣赏，无刺激。清亦单纯义。如水之清，因其无混杂，故亦由和得清，由清见和。西方乐器乐声，务求复杂，乃以刺激供欣赏。如伴舞蹈，如开大会，热闹紧张，始更相宜。又如绘画。其在中国，苟富刺激，即非上品。如画仕女，亦求雅淡。艳丽则俗，无足赏矣。中国戏剧，内情刺激，有超西方而上者。但歌唱舞蹈，图谱音乐，会为一体。必使欣赏更深于刺激。观听之余，乃若处身世外，非在人间。戏剧之人生化，乃成人生之戏剧化。一颦一笑，一骂一哭，皆可在无尽欣赏中，而忘其为刺激。此则艺术之最上乘矣。

又如房屋建筑，园林构造，山水名胜之布置，一经中国人匠心，必使避免刺激。骤视若寻常，而加深欣赏则玩味无穷。纵有惊险，亦必融若平夷。如登泰山，南天门乃所必经，日观峰始是超极。而南天门石级层次历然，步履其上，亦毫无惊险可觉。倘照西方人心理，当嫌其不够刺激矣。故游中国山水名胜，亦如观中国平剧,有惊无惊,有险不险,有紧张可不紧张,有热闹亦非热闹,若够刺激若无刺激,中国人生可贵正在此。其可欣赏亦在此。中国全部历史文化之主要体系,亦正在此。

中国亦非无科学,如丝如瓷,皆科学而艺术化。可欣赏,无刺激。如游四川灌县离堆二王庙,两千年来治水奇迹,够惊险刺激之工程,宛在目前。然游者俯仰视听,欣赏之不暇,若无刺激存在。中国亦非无思想,如孔孟庄老,读其书,平淡无奇,安和不惊,并无刺激性,而富欣赏味。朝夕讽诵,积以岁月,虽不能至,心向往之。如读西方哲学家书,则高论蜂起,奇帜屡张,使人欲辩无可辩,欲从亦无能从,出人意表,而未必入人人心中,刺激有余,而欣赏阙如。与读中国孔孟庄老书,味不相同。则读者自知之,非言辩可及也。

今观世界形势,自两次世界大战以来,惊险时增,刺激日加,不能谈,不能和,宁有欣赏之可言。若对此而有欣赏,其人存心必不可问矣。今试再于刺激与欣赏作一浅显之辨。则欣赏必具时间性,能淡能和,经久不变,始得有欣赏。若时而起,时而歇,一变方来,一变又起,则只有刺激,无欣赏可言矣。时间则存于各人之心中,长短有不同。山中方七日,世上已千年。七日方见时间之长,千年乃感时间之短。刺激则必在短时间中。时间短乃求之空间,如一运动会有数十万人云集者。一场竞赛方毕，鼓掌声欢呼声四围轰起，但转瞬间即消散，竞赛者与群观者尽散。一场寂寞，此之谓刺激。当今世变，亦如运动场上之竞赛，一场胜负毕，另来第二场。此岂人生大道所在乎？

中国人道重赏不重罚，又贵无形迹。赏以物，斯受者若居下。赏以心，则自尽各心而已。两千五百年来，中国人无不知心赏孔子，乃无如耶稣十字架之刺激。又如屈原沉湘，而端午佳节龙舟竞赛之风遍全国，历千年而不衰。此亦中国人生中欣赏情深之一端。中国传统文化之意义深长，亦可于此见之矣。

恋爱与恐怖

中国人主张合内外，又重情，情即合内外而成。情又可分两类，一是由内感外，一是由外感内。今亦可称由内感外者为情，由外感内者为感。

《中庸》言喜怒哀乐爱恶欲七情。其实七情中以欲为主。合于所欲则生爱，反于所欲则生恶。得其所爱则生乐，失其所爱则生哀。遇所爱则生喜，遇所恶则生怒。故七情以内为主，即以己为中心。天地万物皆在外，随其所感而情斯变。欲即性也。性由天命，而以己为中心，亦即以天为中心。此又谓之合天人。

孔子曰："七十而从心所欲不逾矩。"从心所欲，即犹《中庸》之言率性。俗言任性。然则中国人生理想乃是要任性，任性亦犹言任天。惟此天字亦可分内外。在己之内者为性，尚有在己之外者。如云天理，则即孔子言不逾矩之矩字。能任己之性而不违天理，则其间当有一段修养工夫。孟子曰："尽心知性，尽性知天。"是也。

惟孔孟儒家比较偏重讲究内，庄老道家则比较偏重讲究外。《中庸》《易传》已把此内外会通说了。宋理学家更然，乃分说天理人欲，心所欲而逾矩了，即是人欲。外面规矩与内心所欲合一无违，乃始是天理，始是通天人合内外的境界。

西方人把天人内外过分分别，由此寻求真理，不敢羼入情感。中国人常情理兼言，而西方人则像是认为理中便不涵有情，这就与中国人想法大异了。但人终不能无情。西方哲学戒言情，惟其文学则仍好言情。但其所好言之情，乃亦与中国人所言之情有异。在西方小说剧本乃至最近之电影中，所言情，最要者有两项。一曰恋爱，一曰恐怖。西方人之恋爱与中国七情之爱有不同。孔子曰："从吾所好。"中国人言好恶，即如言爱恶。此好字所指极广泛，爱字亦然。而西方人言恋爱，则专指男女异性之爱言。中国人重言情，而在此异性恋爱方面则似颇不重视。孟子言慕少艾，此亦壮年人常情。然慕与爱好又稍有不同，爱与好之反面有一恶字，慕则无反面字。人情之挚，必有相反之两面，无反面则情不挚。慕则只是一种想慕。不加想慕，则与己无关，对之自无情可言。恋爱与慕固不同，但同无反面字。互不恋爱，则尔为尔，我为我，互不相关。故恋爱乃双方专一之爱，施于此，则不再施于彼，对象独特。《论语》言："泛爱众而亲仁"，韩愈言："博爱之谓仁"，则其爱普广，可及于全人类，并可推以及于天地万物，而尽纳其中。中国人之言人情乃如此。故人可以为天地万物之中心，即每一人各可以为天地万物之中心，乃据此情而言。如我此情变，则天地万物亦随而变。

中国人情有极难言者，如追随田横流亡海岛之五百壮士，其高卓之情，岂不永为国人千古所仰慕。然其情为何等情，无以名之，则惟当仍名之曰爱。其对田横之爱敬爱重，可谓融通君臣朋友两伦之爱而一之。夫妇父子兄弟三伦之爱，亦岂能更超乎其上。至于田横之自刎，不愿面见汉祖，亦惟其一己自爱自重之意而已。其于汉祖，固无所恶，无所怒。其自刎而死，固亦无所悲，亦无喜乐可言。中国人情乃有如此之深厚而诚挚者，又乌得与西方人言恋爱之情相提并论。如田横，如其五百壮士，谓之乃天地一中心，而天地亦无以违，岂不昭然若揭乎。

西方人对知识喜分门别类，专一求之。其对情感亦然，亦喜分别对象，专一以求。于普遍广泛处，一若与己不相干。知如此，情如此，则意亦如此。故其于天地间一切对象，均加分别，均有界域，而又人各不同。换言之，即人各一天地，而互不相通。故西方人重外，各谋自占一天地，而人之与人间，互不相通。此为西方个人主义之所由生。既属个人主义，其对外又复何爱可言。

深言之，则尚有甚者。不仅人与人相别不相通。即我之为我，就其内在言，亦可有分别不同处。如遇恋爱，可一心一意在恋爱上，天地一切尽置不顾。即我之内在一切，亦同可置之不顾。斯时则我即是一恋爱，恋爱即是一我。西方人说结婚为恋爱之坟墓，实亦可说结婚乃即为恋爱时我一己之坟墓。结婚后，乃另为一我，当另找一事物新对象，以表现其为我。

此种心情，可举牛顿为例。其研讨苹果落地时，与其为大小两猫辟大小两壁洞时，分别两事，几若成为两个牛顿。即在同时，牛顿乃有两个我之存在，心情不同，斯其表现亦不同。因西方人重外不重内，内在之我即寄存于其对外面事物之心情与作为上。无对外面之心情与作为，即无我可见。如运动，本为一己卫生锻炼之用，亦可为我生活中一爱好，一行为，我与外即由此而合一。而西方运动家则即以此一心一事来寄托我，完成我，乃若我之为我，即在此一心一事上，岂不过于重外轻内了。而外面之对象与事物则甚为复杂，不相合一。商人重利轻离别，抛妻遗子，远去异乡，在其家庭中等如无己。尤其在海涛汹涌中，蹈险履危，惯于此等生活，乃更见己之为己，我之为我，全操纵在外面，几不知有我之存在。故方其出外经商，及其还家团聚，乃若有两个己之存在，其身则一，其心则异。于是遂若其生命寄托，主要转在身，而次要始在心。不如一农人，夫妇父子晨夕相亲，生死相伴。我此生命主要则在家庭，次要乃在田野。祠堂坟墓，尤见身之既腐，而生前心事犹在他人之心中。故中国人有人格观，人品观，实即一人之生命观，而西方人似无之。余常谓中国历史重人，西方历史重事。中国乃以一文学家写出其文学来，而西方则以其写有文学而始成为一文学家。凡此论点，皆由双方内心深处生有此分别，而遂成为双方文化体系之大分别。

尤要者，西方生命寄于外，内顾则虚。舍却外面一切事物作为，乃若无己可知，无我可有。此与中国道家言无我又不同。道家言无我，乃是一混沌，泯除一切分别，乃见真我。儒家则化闻见为聪明，于一切分别中会通和合乃见我。吾妻吾子，吾屋吾田，吾乡吾国，于吾之天地中，而我为其一中心之主。西方人则于外面一切事物中觅我，其权操在外，我不得为之主。乃于内心深处，终不免对外面事物生一恐怖感。

恋爱对象专，攫得此对象，在我始见为充实，此之谓恋爱之占有。或投身此对象，亦见有充实，此之谓恋爱之牺牲。西方人对生活其他方面，亦必择一专一对象，始有着手处。但外面对象终有一不易分别，不可捉摸之浑然一存在，西方人之恐怖感即由此生。中国人生以己为主。己之立，则一切皆由己作主宰，乃不觉有恐怖感。孔子曰："君子有三畏，畏天命，畏大人，畏圣人之言。"生命终有一内外之分，内则此心，外则此身。身体健康亦不可忽。内则为己，外则为天，

恋爱与恐怖

畏则为一戒慎心。己虽为主,天命亦不可不戒慎。内有己而外有群,大人者一群中之领袖,故对之亦不可不戒慎。圣人发明此理,故对圣人言,亦不可不戒慎。孟子曰,彼人也,我亦人也,彼能是,我亦能是,我何畏彼哉。故君子能独立不惧。有杀身成仁,有舍生取义,皆由我做主,而仁义又即我之大生命所在,此又何畏焉。故畏乃对外逐事有之,精言之,畏之知的成分实多于情的成分。非如喜怒哀乐,外面浑然一体,乃尽在吾情之内也。悲亦自外来,与畏略相似。悲天悯人,即对外面浑然之体而有悲,主要亦属知的成分多于情的成分。故悲终是悲其外,即悲从中来,悲亦无反面字。不如哀之发于中而对于外,内外乃为浑然之一体。孔子常兼言仁智,仁属情,智属知,仁中有智,智中有仁,甚难严格分别。亦可谓智亦属于仁,惟仁乃为其浑然之一体。今人多以悲与畏谓其属于情,此亦见仁智之难分耳。故必连言悲哀,乃始纯是情,乃始有其反面。今人据西洋文学分言悲喜剧,悲喜乃成为相反之两面,此如中国人言悲欢离合,惟悲欢之情终不如喜怒哀乐之重要。庾信《哀江南赋》,亦不得改为《悲江南赋》是已。

西方人生命寄在外,外面一切事物此争彼夺,胜败无常,若终有一不可知之外力存在。此外力不可知,乃造为各种神怪,以代表此不可知之外力,以形成各种恐怖小说,恐怖戏剧,恐怖电影,使人看了反觉内心有一安慰，有一满足，此正见西方人之内心空虚，故遂生出此要求。而此种恐怖，则不仅在小说戏剧电影中有之，实际人生中亦时时处处有之。故西方人对人生必主斗争，主进取，而永无休止。即此一恐怖感为之排布也。

中国亦有神怪小说，如《西游记》《封神榜》之类，但与西方以恐怖为终极者不同。至如《聊斋志异》中诸妖狐，则使人梦寐求之，欲得一亲而未得为憾。又如《白蛇传》，白蛇对其夫其子之爱，岂不更胜于人类。其遭遇挫折，尽人同情。虽属神怪，亦何恐怖之有。西方人于恐怖题材外，又有冒险题材。冒险多为打散恐怖。中国亦有冒险题材，则出自侠义忠勇，又与西方不同。要之，西方文学恐怖神怪冒险多在外面自然界，给与人生以种种之压迫。而中国之神怪冒险，则皆在人文界，使自然亦臻于人文化。其心理不同有如此。

恐怖心之外，又有怨恨心。西洋史所表现常见怨恨，直至近代犹然。而在中国，则怨恨不列入七情。孔子曰："以德报德，以直报怨。"德与怨皆外来，报则以内应外，与存于内而发之外者有不同。一见其为己，一见其由人。人之有德于我，犹云见恩图报，以德报德，见己情之厚。人之有怨于我，以直报怨，见己情之正，在我无怨，非以怨报怨也。外面所来，有不当怨者，孔子曰："不怨天，不尤人。"是也。孔子

恋爱与恐怖

之辞鲁司寇职而去，周游十四年而返，曰："道之不行，吾知之矣。"又曰："人不知而不愠。"则于天于人，无怨无尤。孟子四十不动心，此见孔子之不动心，即其情不变，斯之谓己之立。亦有不能无怨者，能化怨为哀，哀怨亦庶不失其情矣。又俗言怨气，气与情又不同。情转成气，皆当戒慎。七情中惟喜怒，俗皆言气。而怒尤当慎，尤当戒。今人皆知中国人重情，但此情字涵有甚深意蕴，须体会，须领悟。不得谓凡起于心生于气者皆我情，则此等情惟当戒，惟当慎，不当重矣。

恨字古人少言。唐人诗有《长恨歌》，歌中所咏，洵可恨。恨犹憾也。处事不当，遗恨遗憾，所谓一失足成千古恨，此心难忘。此在常人有所不免。能化为幽恨，不发露在外，此亦可谅可恕，可予以同情。若移此恨以对人，则失德之尤，无情之尤，又乌得谓恨亦人情乎。《论语》言："人不堪其忧。"此则在己之忧，与恨又不同。中国人又连言忧乐，而七情言哀乐。忧只在己，哀则对外而发。范仲淹"先天下之忧而忧，后天下之乐而乐"，则忧不为己，人不堪其忧，而仲淹代忧之，此又高德之表现，而非可望之人人者。此亦见中国人对人情之大有讲究。心理状态，千端万绪，而情则最值珍重。中国人之人生哲理，其深邃温厚有如此。故俗言，合情合理，乃见未有不合情而能合于理者。又曰天理人情，乃见人情即天理，亦见天理即人情也。

要之，西方人好分别，愈分别则一切存在将愈见为细微，而终则堕入于空虚。西方人又重外，故好扩张。其实外在无涯涘，愈扩张则内在者亦将见为愈微细，而终亦堕入于空虚。中国人重其一己，立己以为天地万物之中心，斯其对天地万物又乌得无情。乃惟此情，遂见己之为天地万物之中心耳。西方人重外，重分别，其病乃不知其一己之为己。西方人之视其己，则亦如一物而止。其心情之最要流露，则在文学中。余特举其恋爱与恐怖两项以为之证，其他不详论。

文学既必以心情为渊源，而中国人心情与西方人不同，故其文学内涵亦不同。今国人模袭西方文学外在之体貌，竞夸以为新文学。而中国已有之文学传统，则目之为旧文学，又称之曰死文学。是岂中国人五千年来之传统心情可使尽归死亡，而能一以西方心情为心情乎。此实大可研讨一问题也。

读书与游历

行万里路，读万卷书，古人每以游历与读书并言，此两者间，实有其相似处，亦有其相关处。到一新环境，增新知识，添新兴趣，读新书正亦如游新地。但游历必有导游。游罗马、巴黎、伦敦，各地不同。入境问俗，导游者会领导你到先该去的处所。读书亦然，亦该有导读。一美国人去罗马，总会去看梵蒂冈教廷。去巴黎，总会登拿破仑凯旋门。去伦敦，总会逛西敏寺。但总不该去罗马巴黎伦敦寻访白宫与自由神像。游客兴趣不同，尽可或爱罗马，或爱伦敦巴黎。亦可三处全爱或全不爱。但游客总是客，游览则贵能客观。

读书亦然，读书求客观，先贵遵传统，有师法，亦即如游客之有导游。如欲通中国文学，最先当读《诗经》。读《诗经》，便应知有风雅颂与赋比兴。不知此六义，《诗经》即无从读起。朱子《诗集传》，是此八百年读《诗经》一导游人。但导游人亦可各不同。

领你进了梵蒂冈教廷，先后详略，导游人指点解说可以相异。朱子作《诗经》导读，先教人不要信诗传，那却在朱子前后数千年来，引起了种种争论。朱子解说国风，又说其间许多是男女淫奔之诗，此在朱子前后数千年来，又有莫大异同。读《诗经》者，可以循着朱子之导读，自己进入《诗经》园地，触发许多新境界，引生许多新兴趣。亦尽容你提出许多新问题，发挥许多新意见。

近人读《诗经》却不然，好凭自己观点，如神话观，平民文学观等，那都是西方文学观点。如带一华盛顿导游人去游罗马巴黎伦敦，最多在旅馆中及街市上，可有许多相似处。此游人尽留恋其相似处，不愿亦不知游览其相异处。却还要说罗马巴黎伦敦不如华盛顿。他在华盛顿生长，自可留恋华盛顿，但不妨暂游异地，领略其风光景色，倦而思返，亦尽可向华盛顿居民未去过罗马巴黎伦敦者作一番新鲜报道。使听者亦如身游，依稀想象，知道华盛顿外尚有罗马巴黎伦敦诸城市之约略情况。

读书人在人群中之可爱处正在此。行万里路，读万卷书，茶余酒后，至少可资谈助，平添他人一解颐。若要说《诗经》中亦有神话，亦有平民文学，正如说罗马巴黎伦敦亦有咖啡馆，则何贵其为环游欧邦一游客。其实咖啡馆亦不寻常。余曾游罗马，有一咖啡馆，有数百年来各地名诗人作家前往小饮，签名留念，我亦曾去一坐。临离时，飞机误点，从上午直耽搁到下午，一位久居罗马的朋友送行，陪着我接连到了许多新去处。下午两时后，飞机继续误点，那位朋友问我，曾去过某一咖啡店否。余答未。那朋友云：此刻尚有余暇，可一去。待到那咖啡店，才知不虚此行。临走还买了大包咖啡上飞机。香溢四座，赢得同机人注意。但我因在罗马住过了一星期，才觉此咖啡店值得一去。若初来罗马，即专程去那咖啡店，岂不荒唐之甚。又若无那位久住罗马的朋友，又何从去访此咖啡店。

读一新书，究比游一新地，复杂更多。识途老马，游历易得，读书难求。近人读书，好凭新观点，有新主张。一涉传统，便加鄙弃。读《诗经》，可以先不究风雅颂与赋比兴，譬如逛罗马，不去梵蒂冈。凭其自己观点，尽在《诗经》中寻神话，寻民间文学，《诗经》中亦非没有。譬如去罗马，尽进咖啡馆。但若读了《诗经》还读《楚辞》，《楚辞》中亦有神话，却少见民间文学。读了《楚辞》，更读汉赋，连神话气息也少了。这如游了罗马再去意大利其他城市，在游者心中，渺不见各城市除却马路汽车咖啡馆外，更有何关联之点，便肆口说意大利无可游。

其实凭此心情，再去巴黎伦敦，乃及英法其他各城市，亦将感英法无可游。只因此游者先凭自己观点，自己主张，要去异地亦如家乡，宜其感到无可留恋，只有废然而返。但今天我们中国读书人的心情，却又颠倒正转，只感异地好，家乡一无是处。我是江南太湖流域人，上有天堂，下有苏杭，洞庭西湖，名胜古迹，庙宇园亭，人情风俗，花草树木，饮膳衣着，自幼浸染，一到外地，亦懂得欣赏新异，但总抹不去我那一番恋旧思乡之情绪。我读《诗经》十五国风，不论是郑风，邶、鄘、卫、魏、秦诸国，每感它们之间，各各有别。读三千年前人古诗，亦如游神往古，抑且遍历异地，较我读后人诗，如范石湖，如陆放翁，他们所咏，正多在我家乡太湖流域一带，但我纵爱太湖，亦爱其他地区。如读陶渊明诗，便想象到庐山栗里。读郑子尹诗，便想象到贵州遵义。我幸而也都曾去过，异乡正如家乡，往代正如现代。读书也等如游历，而游历还等如读书，使我在内心情绪上，平增无限愉快。

我不幸不能读外国书。我又不幸而不能漫游世界各地，只困居在家乡太湖流域之一带。常爱孔子一车两马，周游列国。爱司马迁年二十即南游江淮，上会稽，探禹穴，窥九嶷，浮于沅湘，北涉汶泗，讲业齐鲁之都，观孔子之遗风。乡射邹峄，厄困鄱薛彭城，过梁楚以归。后人所谓行万里路读万卷书之想象，即从司马迁来。我则只能借读书为卧游。又幸中国书中异地广，历史久。我常爱读郦道元之《水经注》，不仅多历异地，亦复多历异时。古代北方中国，依稀仿佛，如或遇之。

我中年后，去北京教书，那时北大清华燕京诸校，每年有教授休假，出国进修，以一年或半年为期。一则多数教授由海外学成归来，旧地重游，亦一快事。二则自然科学方面，日新月异，出国吸收新知，事更重要。亦有初次出国，心胸眼界，得一新展拓。此项制度，备受欢迎。但我认为，我们究是中国人，负中国高等教育之大任。多读外国书，也不应不读些中国书。多去国外游历，也不应不在国内稍稍走走。我更想中国人文地理，意义无穷。我家乡三四华里内，有一鸿山，亦名皇山，实则仅是一小土丘，但相传西周吴泰伯，逃避来此，即葬此山。东汉梁鸿孟光，亦隐居在此。每逢清明，乡人来此瞻拜祭奠者麇集。我幼年即常游此山。稍后读书愈多，于吴泰伯梁鸿，仰慕备至。游山如读书，读书如游山。举此为例，中国各地，名胜古迹何限。中国几千年历史人物，及其文化积累，即散布在全中国各地。我爱读中国地理书籍，上自《汉书·地理志》，下迄清代嘉庆《一统志》，而吾乡周围数十里内，有《梅里志》一书，上自吴泰伯，下迄清人如浦二田钱梅溪之流，几乎三里五里，即有人物，即有故事，即有历史，即有古迹，时代已过，而影像犹存。由此推想，中国各地，大如一部活书，游历即如读书，而又身历其境，风景如旧，江山犹昔。黄鹤已去，而又如丁林威重返。读中国书而不履中国地，岂不大可惋惜。所以我当时曾提倡，北京每年一批休假学人，何不分出一部分，结队漫游中国本土，较之只往国外，应有异样心情，异样兴感。而惜乎我那年虽亦有休假机会，而并未轮到。

但第二年正值抗战，北方学人，大批去西南，我获游历了广东湖南广西云南四川贵州各省，加之在北方几年，亦曾游历了河北山东河南陕西察哈尔绥远各省，更加以东南浙江福建江西湖北各省，足迹所到亦不少，然心中想去而没有能去的太多了。想多留而不能多留的又太多了。中国书读不完，中国地也走不完。而更所遗憾的，当吾世之中国人，似乎心不爱中国，不爱读中国书，亦不爱游中国地。更主要的，是不爱中国古人，因此中国古人所活动的天地，也连带受轻忽，受厌弃。像是天地景物都变了，总似乎外国的天地景物，都胜过了中国。不读中国书，则地上一切全平面化了。电灯自来水汽车马路都比不上外国，但中国古人所想象天人合一的境界，则实是在中国地面上具体化了。即论北京一城，历史相传，已经有八百年以上，一游其地，至少八百年历史，可以逐一浮上心头，较之游罗马，至少无愧逊。较游巴黎伦敦，则远为胜之。外国人游中国，都称中国社会人情味浓。若彼辈来游者，能多读几本中国书，则知中国地面上之人情味，乃是包涵古今。三四千年前中国古社会之人情，仍兼容在中国地面上，可使游者心领神会，如在目前。如游台湾嘉义吴凤庙，瞻谒之余，两百多年前吴凤一番深情蜜意，忠肝义胆，其感天地而泣鬼神者，固犹可跃然重现于游人之心中乎？中国人称人杰地灵，中国历史悠久，文化深厚，三四千年来全国人物，遍及各地，又一一善为保留其供后人以瞻拜游眺之资。故就全世界言，地之最灵，宜莫过于中国，而中国书则为其最好之导游。

余尝爱读王渔洋诗，观其每历一地，山陬水澨，一野亭、一古庙、一小市、一荒墟，乃至都邑官廨，道路驿舍，凡所经驻，不论久暂，无不有诗。而其诗又流连古今，就眼前之风光，融会之于以往之人事，上自忠臣义士，下至孤嫠穷儒，高僧老道，娼伎武侠，遗闻轶事，可歌可泣，莫不因地而兴感，触目而成咏。乃知中国各地，不仅皆画境，亦皆是诗境。诗之与画，全在地上。画属自然，诗属人文，地灵即见于人杰。中国人又称，天下名山僧占尽，其实是中国各地乃无不为历史人物所占尽。亦可谓中国人生于斯，长于斯，老于斯，葬于斯，子子孙孙永念于斯。三四千年来之中国文化，中国人生，中国历史，乃永与中国土地结不解缘。余尝读中国诗人之歌咏其所游历而悟得此一意，而尤于渔洋诗为然。久而又悟得渔洋诗之风情与技巧，固自有其独至，然渔洋又有一秘诀，为读其诗者骤所不晓。盖渔洋每至一地，必随地浏览其方志小说之属，此乃渔洋之善择其导游。否则纵博闻强记，又乌得先自堆藏此许多琐杂丛碎于胸中。若果先堆藏此许多琐杂丛碎于胸中，则早已窒塞了其诗情。然其诗情则正由其许多琐杂丛碎中来。若果漫游一地，而于其地先无所知，无有导游，何来游兴。今日国人，已多不喜读中国书，则又何望其能安居中国之土地，而不生其侨迁异邦之遐想乎？

犹忆十九年前在美国，偶曾参加一集会，两牧师考察大陆，返国报告，携有许多摄影放映，多名胜古迹。南方如杭州之西湖，北方如山东之泰山，更北如万里长城等，与会者见所未见，欣赏不置，因叹美中国之大陆，而连带向往共党之统治。认为在此统治下而有此美境，此种统治绝不差。两牧师宣传宗旨，果获成绩。不悟此种名胜古迹，乃从中国历史文化中产出，与现实政权无关。即论西湖，远自唐代白乐天兴白堤，中历五代吴越国钱武肃王勤疏浚，宋初林和靖高隐，中叶苏东坡兴苏堤，下逮南渡，建都余杭，西湖规模，始约略粗定。这已有了三四百年以上不断创建之历史。泰山更悠远。战国不论，秦皇汉武，登临封禅，下迄宋真宗。其他儒道人物，种种兴建及其遗迹，遂得为中国五岳之冠冕。其历史年代，尤远在西湖之上。而万里长城，更与中国国防历史古今连贯。一登其遗址，自起人生无穷之怀思。故知凡属中国之地理，都已与中国历史融成一片。不读书，何能游。不亲身游历，徒睹历史记载，亦终为一憾事。余在香港，又识一比利时青年，因游大陆，深慕中国文化。转来台湾，娶一中国籍女子为妻。又转来香港，受读新亚。其人读中国书尚浅，而其在中国大陆之游历，则影响其心灵者实深。

余亦因游伦敦巴黎罗马,乃始于西欧历史文化,稍有悟解,较之从读书中得来者,远为亲切。每恨未能遍游欧土。然每念如多脑莱因两河,在彼土已兼容古今,并包诸邦,若移来中国,殆亦如四川嘉陵江,湖南湘江之类,只属偏远省区一河流。若如中国之长江大河,在欧美殆无其匹。而如广西之漓江,浙江之富春江,其风景之幽美,恐在欧土,亦将遍找不得。即如洞庭彭蠡太湖,以拟美国之五湖,不论人文含蕴之深厚,即论自然地理方面,其形势风光之优美多变,殆亦有无限之越出。而天台太华五岳之胜,人文自然,各擅绝顶。又如云南一省,天时地理,云霞花草,论其伟大复杂,应远在瑞士之上。惟瑞士在欧土之中,云南居中国之偏,若加修治,必当为世界之瑞士。以瑞士比云南,将如小巫之比大巫无疑。若如长安洛阳,较之欧土之有维也纳,在历史人文上,更超出不可以道里计。纵在中国宋后一千年来,不断荒废堕落,然稍经整葺,犹可回复其往古盛况之依稀,供人之凭吊想望于无尽。

故中国地理,得天既厚,而中国人四千年来经之营之,人文赓续自然之参赞培植之功,亦在此世独占鳌头。计此后,在中国欲复兴文化,劝人读中国书,莫如先导人游中国地。身履其地,不啻即是读了中国一部活历史,而此一部活历史,实从天地大自然中孕育酝酿而来。不仅是所谓天人合一之人文大理想，而实具有几千年来吾中华民族躬修实践之大智大慧而得此成果，可以有目而共睹。求之历史，不易骤入，求之地理，则惊心动魄，不啻耳提而面命。

举其一例言之，中国以农立国，水利工程，夙所注意。四川省灌县有都江堰，可谓至今尚为世界上最伟大最奇险之一工程。抗战时，多有欧美农业水利专家来此参观。吾国人好问如此工程当作何改进。彼辈答，如此工程，作长期研究尚了解不易，何敢遽言改进。此工程远起秦国李冰，已具有两千年以上之历史。只求国人能一游其地，即可知科学落后，是近代事，在古代固不然。尤值发人深思者，中国科学建设，不仅专着眼在民生实利上，又兼深造于艺术美学上。游人初履其地，反易忽略其对农田灌溉上之用心，而震骇于其化险为夷、巧夺天工处。而其江山之美，风景之胜，则又如天地之故意呈显其奇秘于吾人之耳目，而人类之智慧与努力，乃转隐藏而不彰。

其次再言园亭建设，即如苏州一地，城乡散布，何止百数。言其历史，有绵历千年之上者。言其艺术价值，莫不精美绝伦，各擅胜场，举世稀遘。再推而至于太湖流域江浙两省，其他各县，或属公有，或属私家，或在僧寺道院，或系祠墓庙宇。分言之，则星罗棋布。合言之，则实可谓遍地已园亭化。如游北京，更可了然。再推言之，亦可谓全中国已成园亭化，即读古今诗人吟咏，一一默识其所在之地，亦可知其非夸言矣。

再次如言桥梁，自唐以下，各种体制，尚保留其原型，争奇斗胜，各不相同。遍中国，就其脍炙人口，流传称述，而迄今仍可登临瞻眺者，亦当不止二三十处。其他模拟仿佛者可勿论。又次如雕刻，大同之云冈，洛阳之龙门，甘肃之敦煌，特其汇聚之尤富者。而其他古雕刻或在庙，或在墓，分散各地，更难缕指。要之，此乃全中国地面园亭化之某种点缀而已。

更次如言农村。多读中国诗，观其所歌咏，再作实地观察，自知中国农村，实亦如大园亭中一点缀。故中国园亭设计，苟占地稍广，每喜特为布置农村一角，此非园亭设计家之匠心独创，实只是其模拟中国地面园亭化之一境而已。又次言市集，亦可纳入规模愈大之园亭中成为一景，即如北京颐和园之后山是也。

农村然，市集然，则城镇又何独不然。故中国之大城镇，几乎皆成为园亭化中之一角。尤可体认者，如古代之长安洛阳金陵开封余杭，苟成为全国中央政府之所在地，无不经营成园亭化，曾一游北京城者，便可想知。北京及其四郊，尤其是西郊，展扩益远，共同合成一大园亭结构。除皇宫外，有名的园亭，可供分别游览者，何止数十处。即私家住宅，拥有宅内园亭者，若大若小，又何止百数千数。在此一园亭化之大结构内，又拥有若干农村市集，莫不如在大园亭中一小角落。

我游欧陆，最好注意其中古时期所遗存下的堡垒。因在中国绝难见到。即在中国古籍，上自《诗经》三百首，下至《春秋》三传所载二百四十年事，亦绝无见有此等堡垒之存在。同样是封建时代，在西欧为堡垒化，在中国则为都市农村化。魏晋南北朝以至隋唐时代之门第，今国人亦称之为变相的封建，然其居家，不论本宅乃至别墅或庄园，皆园亭化，不堡垒化。余又好游西方之教堂，亦与中国僧寺道院不同。中国僧寺道院皆园亭化，西方教堂则不论哥特式乃至文艺复兴后之新式，莫不带有堡垒化。所谓堡垒化者，乃谓其划然独立于四围自然与人文界之外，其存在之意义与价值，则各自封闭隔绝，外界则仅供其吸收与攫取之资。所谓园亭化者，则内外融凝为一。天地自然，草木鸟兽，人文历史，皆合为一体。中国人之所谓通天人合内外，则胥可于其居处认取。

即言近代建筑，东西双方，亦可以堡垒化与园亭化作分别。余在民初，曾屡游西湖，或步或艇，绕堤环水，眺瞩所及，总觉整个西湖，浑成一境。纵有许多建筑，又有十景之称，但气味调和，风光不别。后来再去，忽有美术学校一座西式大楼出现，平添了极浓重的占据割裂气氛，至少那一边的西湖旧景是破坏了。附近有平湖秋月一景，那只是一小亭，除其背倚堤岸的一面外，三面伸入湖中，湖光月色，沉瀣无际。

但一翼新楼，巍峨崛起，把视线全挡了。只剩两面，风景大为抹杀。固然一窗一棂，到处可以望湖睇月，但平湖秋月旧景之取义，则渺不复睹。而且以一小亭相形于庞然大物之旁，自顾卑秽，登其亭者，将滋局促不安之感。游者本求心情之宽畅，何耐心情之压迫。若使此等新建筑接踵继起，各踞片隅，互争雄长，则整个西湖，亦成一割据分裂之局面。又使西湖而现代化，首先必有大旅社，使都市娱乐，可以尽量纳入。湖上必备快速汽艇，使湖水尽成雪花飞溅，而四围景色，可以转瞬掠过。灵隐韬光诸寺，当先建宏伟之停车场。静观默赏，则以摄影机代之。湖山乃供侵略，风景不为陶冶。西方式之游乐区，自成一套，亦将不见为不调和，但与中国式之情味则大不相同。

余又曾屡游灌县，漫步街市，在一排中国式房屋之一端，忽矗立一西式洋楼，使我骤睹，一如心目被刺，而整条街市，亦显见为不调和。中国房屋，每在整条围墙内，分门列居。其内部固各有安顿，其外面则调和浑一。而西式洋楼，则必分离独立，互相对峙。中国式之房屋，其内部各有一天地，外面则共成一天地。西式房屋，内部无天地，四面开窗，天地尽在外面。余亦曾游欧陆都市，一排住宅，同临一马路，可通电车汽车，前后开窗，可对外面天地。故住宅区与街市，形式无分。因此，西方都市，比较单式化，而中国都市则较为复式化，此观于北京与巴黎华盛顿而即可知。

亦如西方园亭较为单式化，中国园亭则较为复式化，此观于伦敦之中央公园与北京之中央公园与北海中南海公园而可知。凡此单式化与复式化之比，任择一例即可知。此因中国历史社会文化人生乃在复式中求调和，而西方历史社会文化人生则在单式中争雄长。此在游历中可获实地观察，而单凭读书，则仅能作抽象之思索。但非读书，则游历亦无从作观察。

因此我又想起，从前的中国智识分子，所谓士大夫阶级，自有大一统的中央政府，远从西汉以来，因有地方察举制度，下及隋唐后之考试制度，全国各偏远地区之智识分子，几乎无不有长途跋涉、游历中央政府所在地之机会。而自人仕以后，又因限制不在本土服务，更多遍历全国各地之可能。凡属担任国家公共事务者，则无不使其有广大而亲切的对国家土地上一切有情感有认识的方便。这也是中国有悠久的历史传统一大关键。

不幸而近代国人，多读外国书，多游外国地。更不幸而三十年来，青少年生长于台湾一岛之上，更无从亲履中国地。仅读中国书，亦无以亲切了解中国之实情。不久我们重返大陆，却宛如骤游异地，尚不能像赴欧美般，还比较有些影像，这实是我们当前一大堪隐忧警惕之事。

释诗言志

读文随笔之一

诗言志这句话,似乎语义甚明白,不烦再解释。但究竟这是两千年前人的话,他们讲这句话时的真意义,是否如两千年后我们所想象?这里却有问题了。

清儒治古经籍,总是尊重汉人旧说,认为汉儒去古未远,而且有师说相承,因此汉儒对古人的了解,总比后代更亲切,更可靠。清儒这一番意见,实值得我们再注意。让我且举郑玄《六艺论》论诗一节略加以阐述。郑玄说:

> 诗者,弦歌讽喻之声也。自书契之兴,朴略尚质,面称不为谄,目谏不为谤,君臣之接如朋友然,在于诚恳而已。斯道稍衰,奸伪以生,上下相犯。及其制体,尊君卑臣,君道刚严,

> 臣道柔顺,于是箴谏者希,情志不通。故作诗者以诵其美而讥其过。

郑玄这番话,认为诗之兴起,弦歌讽喻之为用,乃在斯道稍衰,礼乐制作之后,这意见大有老庄道家意味,在历史事实上,确可商榷。但至少有两点该注意。第一,诗言志,必有一所与言之对象,并不像后代如李太白春日醉起言志,冬夜醉宿龙门觉起言志之类,在自言自语地言志。第二,所谓志,乃专指政治方面言,也不似后代诗人之就于日常个人情感言。《诗经》三百首中,如雅颂,显然关涉政治者可不论。即如十五国风,近人都说是民间文学。夷考其实,颇不然。即有些原是民间的,但已经诗人一番整理,文字雅化了,音节配上固定的曲谱了,其使用意义,也可能与原先意义不同了。即如《关雎》那一首诗,褒然列为诗三百之第一首,郑氏说:

> 关雎,后妃之德也,风之始也,所以风天下而正夫妇也。故用之乡人焉,用之邦国焉。

既用之邦国,我们不能定说它只是一首民间的自由恋爱诗。古经师的说法,我们不能定说它全没有根据。不论此诗是指周文王时,抑康王时,总之在赋诗言志的人,他意有所讽喻,则决不定限于某一时,某一人,与某一事。而且任何人，借着机会，唱出当时流行的某一首旧诗，而别有所讽喻，那亦是赋诗言志了。

古代贵族极重礼，列国君卿相见，必有一番宴享之礼。逢宴享时，又例必作乐唱诗。于是借着那席间唱诗的机会，虽然所唱只是些当时流行人人习熟的某一首旧诗，但在唱诗人心中则别有所指，借他所唱来作讽喻，此事在春秋时代极盛行。让我们举《左传》鲁襄公二十七年郑七子赋诗言志那一番有名的故事来作证。《左传》原文如下引：

> 郑伯享赵孟于垂陇，子展伯有子西子产子大叔二子石从，赵孟曰：七子从君以宠武也，请皆赋以卒君贶，武亦以观七子之志。子展赋草虫，……伯有赋鹑之贲贲……子西赋黍苗之四章，……子产赋隰桑，……子大叔赋野有蔓草，……印段赋蟋蟀，……公孙段赋桑扈。

赵孟明说我将借以观七子之志。当时七人都唱了一首诗，所唱都是些旧诗，但赵孟听了，都了解他们心中所指，对每一人都有一答复。可见诗言志，古人多运用在政治场合中。所言之志，都牵涉到政治。我尝说，中国古代文学，大体是一种政治性的贵族文学，《诗经》三百首，亦不例外。所以章学诚要说六经皆史，这实在是一极大的发明。章氏所谓六经皆史，殊不如我们所想象，认为六经皆可作史料看。当知章氏所谓六经皆史之史字，乃指当时的官书言。在章氏本意，只说六经皆是当时的王官学而已。此在章氏原书《文史通义》中，说得很明白很详细。我们读清代乾嘉时人著作，尚易滋误会，更何况读两千年前的古经籍？

我们明白得这一义，才知诗长于讽喻，主文而谲谏。言之者无罪，闻之者足以戒，这些话皆有其真际与分限。而中国后代言诗，皆主温婉，不主峭直，皆由此渊源。我们并亦因此而可以明白章氏《文史通义》中所论战国策士游说之文，其源出于春秋时代行人辞命的这一番创见。正因由春秋到战国，那时贵族古礼都破坏了，不再有临宴赋诗那些事。而时代风气，也一切在激急地变，到战国时，也没有像郑玄所说君道刚严臣道柔顺那一种分别了。因此战国策士游说，已不是赋诗言志那一套，于是变成直抒己见，又创出了新文体。明白言之，则由诗转成为散文，由散文来言志，不是更显豁、更明畅了吗？

直到近代，中国社会家宅大门外，还有写着诗礼传家的习用语。在郑玄，把礼之变来说诗之兴起，那即是我常所主张，要把中国全部文化史作背景来写中国文学史之微旨所在。清儒中有焦循，深识此微旨，因此焦循论文学，也时时有他特出的创见。

释《离骚》

读文随笔之二

离骚二字,太史公《史记》说:"犹离忧也。"班孟坚则谓:"离,犹遭也。骚,忧也。"是把离字认作动词用。但据楚语,伍举曰:"德义不行,则迩者骚离,而远者距违。"此离字断非一动词。因此王应麟《困学记闻》说:"伍举所谓骚离,屈平所谓离骚,皆楚言也。"扬雄有《畔牢愁》。赵令時《侯鲭录》谓:"愁,忧也。"集韵:"扬雄有畔牢愁,音曹,今人言心不快为心曹,当用此愁字,即忧也。"

今按:史称扬雄作《反离骚》,其实即是《畔牢愁》,畔即反也。然则牢愁即是《离骚》。愁与骚皆训忧,牢与离可无训。正如逍遥游即是远游,遥训远,逍字不须训。今语称牢骚,即离骚也。前贤发此意者甚多,而仍若未臻为定论,因复重为之说。牢离双声,牢骚叠韵，故篱围离其内，亦近牢义。又篱笆连称，俗语牢牢把住，则牢与巴义亦近。离牢皆有隔别义，隔于外斯骚其内矣。

在中国言语文字间，自有雅俗之分。雅不能离于俗，而俗亦可以成为雅，然终有别。司马迁训离骚二字，犹未失。而班固终失之。扬雄研究方言，乃始得其正解。今国人则群尊通俗，不喜古雅，其影响于学术文化之前途，忠国家爱民族之君子，亦宜有其一番不胜牢骚愁忧之心情矣。

略论《九歌》作者

读文随笔之三

《九歌》仍当属屈原作品，朱子训释，大体可遵从。首先我们不当承认，在那时已有这般典雅丽则的民间歌曲。其次我们也得承认，《九歌》原是些迎神之曲。若必分别某几篇为送神迎神，把另外几篇又认为是民间恋歌，此实无法证成。若单因其中有许多情语和恋辞，如《湘夫人》"思公子兮未敢言"，《少司命》"悲莫悲兮生别离，乐莫乐兮新相知"，《河伯》"子交手兮东行，送美人兮南浦"，《山鬼》"既含睇兮又宜笑，子慕予兮善窈窕"之类，说它不像对神所歌。这在朱子亦已交代明白，说："蛮荆陋俗，词既鄙俚，而其阴阳人鬼之间，又或不能无亵慢淫荒之杂。"此说极近情理。但为何又定要说是屈原改定呢？朱子对此又有更好的阐说。盖巫祭降神，该是神必来降才得。

否则那一番祭祀，岂不落了空。巫主降神，决不肯说神没有来。群众祭神，也决不预想神不肯来。因此原本的降神辞，断不该预想神不肯来而把来作歌辞讴唱，此理显然易见。但今《九歌》中，如《湘君》《湘夫人》之类，显然是神终不来。当知必如此，而后屈原的忠爱之忱，与其牢骚之情，始能十分透达。则试问若非有人改定其辞，哪有唱歌迎神，而歌中却尽说神终不来之理？但若认为有人改定，则此改定人自当归之屈原，始见身份恰切，也就不烦详辨了。朱子说："此卷诸篇，皆以事神不答，而不能忘其敬爱，比事君不合，而不能忘其忠赤。尤足以见其恳切之意。"此说殊好。只如《东皇太一》《云中君》诸篇，显然是神既降临，朱子在注各篇中，亦曾指陈极晰。而又谓卷中诸篇皆以事神不答为辞，此只好说是朱子的疏忽了。

略谈《湘君》《湘夫人》

读文随笔之四

《九歌》决当为屈原作品,有一义可资证成者。若此诸篇乃民间之祀神歌,则断无设为事神不答,临祭而神不来临之理。朱子曰:

> 此卷诸篇,皆以事神不答,而不能忘其敬爱,比事君不合,而不能忘其忠赤。尤足以见其恳切之意。

此说是也。惟《九歌》中设为事神不答者,亦惟《湘君》《湘夫人》两篇,而朱子所注仍嫌未能透切,兹姑再释之如下:

湘 君

君不行兮夷犹，蹇谁留兮中洲，美要眇兮宜修。

此诗开首即望神而不至也。疑或有人相留，或是修饰需时，要之是望神不来。

沛吾乘兮桂舟，令沅湘兮无波，使江水兮安流。望夫君兮未来，吹参差兮谁思。

此欲乘桂舟以迎神，而神终未来也。

驾飞龙兮北征，邅吾道兮洞庭。薜荔柏兮蕙绸，荪桡兮兰旌，望涔阳兮极浦，横大江兮扬灵。

驾飞龙而北征者，即此迎神之舟。邅道洞庭，望涔阳，横大江，扬灵犹今俗云出神，是恳切想望之至也。

扬灵兮未极，女婵媛兮为余太息。横流涕兮潺湲，隐思君兮陫侧。

扬灵未极，犹云正在出神之际。女婵媛，朱子曰："指旁观之人，盖见其慕望之切，亦为之眷恋而嗟叹也。"君，朱子曰："湘君也。是虽极想望迎候之诚，而湘君仍不见来也。"

> 桂櫂兮兰枻，斲冰兮积雪。采薜荔兮水中，搴芙蓉兮木末。心不同兮媒劳，恩不甚兮轻绝。

此已明知湘君之决不来矣。朱子曰："自是而往，益微而益婉。"若认此为屈原作，则哀而不伤，怨悱而不乱，于屈子心情辞气皆宛肖。若认为是民歌原唱，谅无如此迎神之理。又斲冰积雪，正见《九歌》乃在襄阳宜城间作品。若在今湖南沅湘境，气候亦不合。

> 石濑兮浅浅，飞龙兮翩翩，交不忠兮怨长，期不信兮告余以不闲。

此言神之决不来也。

> 朝骋骛兮江皋，夕弭节兮北渚，鸟次兮屋上，水周兮堂下。

北渚，祭神之所。骋骛江皋，即上章驾飞龙，遭道洞庭，望涔阳，横大江云云也。鸟次屋上，水周堂下，只是一片凄凉，神终未至。

> 捐余玦兮江中，遗余佩兮澧浦，采芳洲兮

杜若,将以遗兮下女。时不可兮再得,聊逍遥兮容与。

朱子曰:"此言湘君既不可见,而爱慕之心终不能忘,故犹欲解其玦佩以为赠,而又不敢显然致之,故但委之水滨,以寄吾意。又采香草以遗其下女,使通吾意,其慕恋之心如此。"朱子此说甚是。然苟为民间巫歌娱神,则断无如此设想与如此落笔之理。

湘夫人

帝子降兮北渚,目眇眇兮愁予。

北渚,即上篇之北渚,同一祀神之地。帝子降兮者,乃盼其降,非真已降也。故曰目眇眇兮愁予,正是盼神不至而愁也。

袅袅兮秋风,洞庭波兮木叶下。

此洞庭即上篇邅吾道之洞庭也。秋风袅袅,木叶时下,其地盖在江皋北渚附近,盼帝子之降,乃常眺此洞庭之波也。

登白薠兮骋望,与佳期兮夕张。鸟何萃兮

蘋中，罾何为兮木上。

鸟萃蘋中，罾施木上，犹之水中采薜荔，木末搴芙蓉，已见神之必不来矣。

  沅有芷兮澧有兰，思公子兮未敢言，荒忽兮远望，观流水兮潺湲。

思之之切，故荒忽起望也。

  麋何食兮庭中，蛟何为兮水裔。朝驰余马兮江皋，夕济兮西澨。

此犹上篇朝骋骛夕弭节之意。

  闻佳人兮召予，将腾驾兮偕逝。

此篇与上篇不同者，上篇明白断定神之不来，而此篇复不然。神虽不来，而复又想望其或一旦而相召，则可以与之腾驾而偕逝。此亦一种想望语，非叙述语。痴想之至，正以见其忠恳之至耳。

  筑室兮水中，葺之兮荷盖，荪壁兮紫坛，匊芳椒兮成堂。桂栋兮兰橑，辛夷楣兮药房。

> 罔薜荔兮为帷，擗蕙櫋兮既张。白玉兮为镇，疏石兰兮为芳。芷葺兮荷屋，缭之兮杜衡。合百草兮实庭，建芳馨兮庑门。

此一段承上，神或来召，故将筑室水中以待也。

> 九嶷缤兮并迎，灵之来兮如云。

此两句与本节开端闻佳人兮召予句相呼应。己既筑室水中以待，或一日有神如云而来迎也。湘君湘夫人既为舜之二妃，舜葬九嶷，则二神之灵亦当居九嶷。故九嶷之迎，乃湘夫人之来迎，非谓舜迎湘夫人以去。朱子释本节似失之。

> 捐余袂兮江中，遗余褋兮澧浦，搴汀洲兮杜若，将以遗兮远者。时不可兮骤得，聊逍遥兮容与。

此节与上篇捐余玦兮江中节相似。惟上篇祀神不来，而日已夕，故曰时不可兮再得。此篇乃纵想神之来迎，而此事不知在何日，故曰时不可兮骤得也。然则先有上篇湘君之歌，续作下篇湘夫人之歌，其辞出于一人之手，故又变其辞使不相重复耳。若出各地民歌，何以又有如此之变动与配合，此必难于为说矣。

略谈《湘君》《湘夫人》

为谁韩案鸣不平

昌黎韩文公，不仅为唐代一人物，实系中国全史上下古今三四千年来少数之第一流大人物也。其创为古文，起八代之衰，下启宋元明清四代之古文学，而为不祧之祖，其在中国文学史上，少与伦比，此且不论。在其当世，有两事大堪叙述。一则当时全国上下，群奉佛教，韩公倡言辟佛，因《论佛骨表》，贬潮州。但佛教实主出世，唐末五代，一世黑暗，宋初有僧智圆，在佛寺中劝和尚们读韩文，期待国家社会稍有规模秩序，和尚们再可安居佛寺中信佛。此其一。第二是当时惟佛寺中和尚得称师，全国学术界已无师称，独韩公作为《师说》，以师道自居。柳宗元谓：今之世不闻有师。独韩愈不顾流俗，犯笑侮，抗颜为师，以是得狂名。自谓才能勇敢不如韩退之，故不为人师。但宋元明清四代，中国学术界仍有师弟子一伦，此一转变，不能不追溯到韩公。

潮州人尊韩甚挚，府城东有东山，因韩公在此游览，遂名韩山。又恶水，由潮出海，韩公贬潮州，经此水，称其涛泷壮猛，难计程期。飓风鳄鱼，患祸不测，故其水又称鳄溪。韩公为文驱鳄，潮人因名此水曰韩江。宋代潮州府建韩文公庙，苏轼为之碑。后改为韩山书院。又有昌黎书院景韩书院等。潮州一府之名宦流寓及乡土人物，亦繁有徒，然潮人必尊举韩公为首。其实韩公乃系得罪贬官而来，其贬在宪宗十四年正月，以三四月间到潮府，即以是年十月，改授袁州刺史。在潮先后，只半年六月之期。而潮人千年以来敬礼追思之不已，诚为不可多得之一事。

民国以来，竞务为崇洋遣华，在中国历史上不甘仍留一好人。孔子大圣，以子见南子肆嘲弄。岳武穆为武圣，以军阀恣诬蔑。韩公亦自不免。近日潮州同乡会有一潮州文献杂志，发行人郭某，于杂志上特刊一文，谓韩公在潮染风流病，以致体力过度消耗，及后误信方士硫磺铅下补剂，离潮州不久，果卒于硫磺中毒。然公之被贬，即日上道。家属亦遭迫遣，女挐年十二，死于途。见《女挐圹铭》。其到潮后《谢上表》，欧阳修言其戚戚怨嗟，有不堪之穷愁，形于文字。然韩公非不关心潮民疾苦，为文驱鳄鱼是一事，又为潮置乡校，请潮民赵德领学事，今外集有《潮州请置乡校牒》。苏轼谓潮人初未知学，公命赵德为之师，自是潮之人笃于文行，延及齐民，至于今号称易治，是也。韩公自潮移袁，有《别赵子》诗，曰："揭阳去京华，其里万有余。不谓小郭中，有子可与娱。"是韩公当或亲至其家。又传韩公与僧大颠往来，韩公不自讳，《与孟尚书书》，曰："老僧大颠颇聪明，识道理，远地无可与语，故自山召至州郭，留十数日，因与来往。及祭神至海上，遂造其庐。及来袁州，留衣服为别。"今外集亦有《与大颠师书》。大颠居址，在潮阳县西少北五十里之灵山，故韩公海上祭神至其庐也。惟在潮海上祭神事，则韩集无他处可考。韩公少年苦学，备见《答李翊书》。《祭十二郎文》有曰："吾年未四十，而视茫茫，而发苍苍，而齿牙动摇。"《与崔群书》又曰："近者尤衰惫，左车第二牙，无故动摇脱去，目视昏花，两鬓半白，头发五分白其一，须亦有一茎两茎白者。"又有《落齿》诗云："去年落一牙，今年落一齿。俄然落六七，落势殊未已。"又《赠刘师服》诗云："我今呀豁落者多，所存十余皆兀臲。"又曰："只今年才四十五，后日悬知渐莽卤。"此皆在赴潮前。其潮州《谢上表》则曰："臣少多病，年才五十，发白齿落，理不久长。"

凡韩公在潮六月，其心情，其体况，其交游，其政绩，可知者具此。今忽有人云云，则在韩公同时，下迄于今千数百年，潮州人之信崇韩公，一何愚昧。辱及其三四十代之祖先，在今日潮州人中，有人不服，情亦可恕。辗转讼之法庭，乃有学术界起为郭某卫护，引白居易诗退之服硫磺一语为证。但此退之是否即韩公，历代有争议，未臻定论。纵谓是韩公，亦与在潮州时无涉。郭某谓韩公在潮得风流病，一般学人又谓法院判郭罪乃文字狱。此所谓风流病与文字狱两语，似不宜随便使用。

韩公《答崔立之》有云："将耕于宽闲之野，钓于寂寞之滨，求国家之遗事，考贤人哲士之终始，作唐之一经，垂之于无穷，诛奸谀于既死，发潜德之幽光。"窃观韩公，非奸不谀，应可无诤。而其德则已潜，其光则已幽。今日吾学术界，读韩公诗文集者又几人。必辨复兴文化非复古，古亦岂易复。至圣先师如孔子，一代文宗如韩公，武圣如岳武穆，今岂易复得其人。古不易复，存而不论，可矣。韩集尽可置一旁，但何必为服硫磺一案造定谳。韩公《答元侍御书》有曰："发春秋美君子乐道人之善。"夫苟能乐道人之善，则天下皆去恶为善，善人得其所，其功实大。韩公独不得为一善人乎？若谓居今日，凡善皆在外洋，凡恶皆在我躬，此犹可也。果必求恶于古人，吾祖吾宗，积数千年来，无善可述，则今日吾国人，可与为善者又几希，此诚当惕然自反也。

犹忆七十年前，当清末，在小学，有一暑期讲习会。授古文，自上古至清末共得四十篇，韩文占一篇，为《伯夷颂》。余时方十二三岁，读而爱之。越后读书稍多，乃知韩公实自颂也。其言曰："士之特立独行，适于义而已。不顾人之是非，皆豪杰之士，信道笃而自知明者也。一家非之，力行而不惑者寡矣。至于一国一州非之，力行而不惑者，盖天下一人而已矣。若至于举世非之，力行而不惑者，则千百年乃一人而已耳。"若伯夷者，穷天地亘万世而不顾者也。今日吾学术界群起为郭某辩护，为要保障学术言论之自由。然使于韩公此文广为宣扬，使人手一篇，雏诵数十百遍，其可发旺吾人之独立自由精神者又何限乎。

韩公《送孟东野序》有曰："大凡物不得其平则鸣。人之于言也亦然。文辞之于言，又其精也。周之衰，孔子之徒鸣之，其声大而远。唐之有天下，陈子昂苏源明元结李白杜甫李观，皆以其所能鸣。孟郊东野李翱张籍，三子之鸣信善矣，抑不知天将和其声而使鸣国家之盛邪，抑将饿其身，思愁其心肠，而使自鸣其不幸邪。"窃谓此文不啻乃中国全部文学史一总宣言书也。凡文辞，皆以鸣心中之不平。鸣大不平，得大共鸣，是为文中寓大道。鸣小不平，得小共鸣，甚至于无共鸣，斯为文中寓小道，乃至于无道不道。所鸣又有正反公私。鸣国家民族之治乱兴亡，斯为公而得其正。鸣一人之穷达饥饱，斯为私而近于反。宋以下，胥承韩公之意以为文。谓其文起八代之衰者，为魏晋以下八代之文不寓大道也。然韩公之文亦有未尽得其正而大者。如韩集中三《上宰相书》,《符读书城南》诗，乃如潮州《谢上表》之类，后世之尊韩者，多致讥议。

然亦以尊韩。丘有过，人必知，终亦无害于七十子之尊孔也。

民国以来，吾学术界亦有共鸣，则为崇洋谴华，是今非古。余不幸，乃独于前清之末即知读韩公书，乃不能免于敬贤尊古之夙习。近代学术界亦非不敬贤尊古，惟所敬所尊乃洋贤洋古，而惟己是谴。余则谴己生之不肖，不敢谴祖宗之无德。因以自孤于一世，则每以韩公之颂伯夷者自慰自勉。偶值诽韩风潮，亦不免作不平鸣，然其声哑以嘶，其辞晦而抑，并不能鸣举国一世之盛，而特为国族往古鸣不平。是余之所鸣，乃得当世之私而反。惟亦窃自附于学术言论之自由，当受卫护，不受裁判，则虽遭鄙斥，又何说以效东野之不释然哉。韩公《答胡生书》有曰："别是非，分贤与不肖，愈不敢有意于是。"窃愿附于此，用息不知者之谤。

韩柳交谊

读文随笔之五

韩柳同时倡为古文，又两家有师友渊源，生平交好，世所共知。然读韩公《赴江陵途中寄赠王二十补阙，李十一拾遗，李二十六员外翰林三学士》诗有云：

> 孤臣昔放逐，血泣追愆尤。汗漫不省识，恍如乘桴浮。或自疑上疏，上疏岂其由。……同官尽才俊，偏善柳与刘。或虑语言泄，传之落冤仇。二子不宜尔，将疑断还不。

此诗乃追叙公贬阳山令事，在贞元十九年。时公与子厚梦得同为御史，而此诗之作，则在永贞元年。事隔两载，公已遇赦，柳刘方远谪。若韩公真不疑此二人，何忍于此特著此二语。故知韩公实是疑此不释也。

又《岳阳楼别窦司直》诗云：

念昔始读书，志欲干霸王。屠龙破千金，为艺亦云亢。爱才不择行，触事得逸谤。前年出官由，此祸最无妄。公卿采虚名，擢拜识天仗。奸猜畏弹射，斥逐恣欺诳。

《公祭张员外》文亦云："彼婉娈者，实惮吾曹，侧肩帖耳，有舌如刀。"是谓王叔文韦执谊之徒畏公敢言，故加中伤，而爱才不择行五字，则显指柳刘二人也。

又《忆昨行和张十一》诗云：

念昔从君渡湘水，大帆夜划穷高桅。阳山鸟路出临武，驿马拒地驱频隤。践蛇茹蛊不择死，忽有飞诏从天来。伾文未揃崖州炽，虽得赦宥恒愁猜。近者三奸悉破碎，羽窟无底幽黄能。眼中了了见乡国，知有归日眉方开。

是韩公之贬，确出王韦，而子厚梦得，正是王韦亲党，则韩公之疑，更属自然。而所谓二子不宜尔者，转为对朋友之怨辞矣。

又《永贞行》有云：

四门肃穆贤俊登，数君匪亲岂其朋。郎官

清要为世称，荒郡迫野嗟可矜。湖波连天日相腾，蛮俗生梗瘴疠烝。江氛岭祲昏若凝，一蛇两头见未曾。怪鸟鸣唤令人憎，蛊虫群飞夜扑灯。雄虺毒螫堕股肱，食中置药肝心崩。左右使令诈难凭，慎勿浪信常兢兢。吾尝同僚情可胜，具书目见非妄征，嗟尔既往宜为惩。

此诗乃公量移江陵，北返途中之作。公《岳阳楼》诗，梦得有和篇，题云：韩十八侍御见示岳阳楼别窦司直诗，因令属和，重以自述，故足成六十二韵。诗中有云：

故人南台旧，一别如弦矢。今朝会荆蛮，斗酒相宴喜。为余出新什，笑抃随伸纸。晔若观五色，欢然臻四美。委曲风涛事，分明穷达旨。

是韩刘二人显在途中相值。何焯评公《永贞行》有云："具书目见，亦有君来路，吾归路之意，非长者言。"是公之内憾于柳刘，迄是仍未释然也。

如上所述，韩公当时所疑是否确有其事，可不论，而韩公当时之确有此疑，则明白有证。抑且不仅疑之于心，亦复形之于文辞，则即在柳刘二人，亦当知韩公之于彼抱有此疑矣。而韩公与刘柳此后交情，终于美满，此亦可见古人之终为不可及也。

读欧阳文忠公笔记

读文随笔之六

我尝谓中国文学，贵在能把作者自己放进其作品中。此一传统，不仅文学如是，即艺术亦无不然。诗文字画，同此标准。兹引宋欧阳永叔与梅宛陵两人意见为证。

欧集有《笔说》篇，谓：

> 世之人有喜作肥字者，正如厚皮馒头，食之未必不佳，而视其为状，已可知其俗物。字法中绝，将五十年。近日稍稍知以字书为贵，而追迹前贤，未有三数人。古之人皆能书，独其人之贤者传遂远。然后世不推此，但务于书，不知前日工书，随与纸墨泯弃者，不可胜数也。使颜公书虽不佳，后世见者必宝也。杨凝式以

直言谏其父，其节见于艰危。李建中清慎温雅，爱其书者，兼取其为人也。岂有其实，然后存之久耶？非自古贤哲必能书也，惟贤者能存尔。其余泯泯，不复见尔。

梅集有《韵语答永叔内翰》，把欧公此文译成为诗，想来自是同情欧公意见。诗云：

> 世之作肥字，正如论馒头。厚皮虽然佳，俗物已可羞。字法叹中绝，今将五十秋。近日稍稍贵，追踪慕前流。曾未三数人，得与古昔俦。古人皆能书，独其贤者留。后世不推此，但务于书求。不知前日工，随纸泯已休。颜书苟不佳，世岂不宝收。设如杨凝式，言且直节修。又若李建中，清慎实罕俦。乃知爱其书，兼取为人优。岂书能存久，贤哲人焉廋。非贤必能此，惟贤乃为尤。其余皆泯泯，死去同马牛。大尹欧阳公，昨日喜疾瘳。信笔写此语，谓可忘病忧。黄昏走小校，寄我东郭陬。缀之辄成篇，聊以助吟讴。

欧梅两人所论，对于艺术家如何把自己精神透进其作品中此一过程，并未触及。但对中国社会向来重视作者胜过其重视作品之心理，则已宣露无遗。其他有关历史古迹名胜，亦可推此理说之。如秦始皇帝阿房宫，论其建筑，岂不伟瑰绝伦，堪称中国艺术史建筑史上一大创作。但楚人入关，付之一炬，在于当时乃及后世，若曾不稍顾惜。而如严子陵钓台之类，古迹艳传，永垂不朽。考其实乃无可凭信，而后人终是流连凭吊，相认为名胜。明知其羌无故实，亦以致仰慕想望之意焉。此亦是一种同类心理，与诗文字画同一评价，同一观感也。近人总爱呵斥前人，只谓中国人不懂宝贵艺术，把历史上伟大遗产都毁了，其意似欲使秦之阿房宫亦如埃及金字塔般长留世间，永为夸耀。然诚使中国阿房宫仍能保留至今，不知中国今日是否亦如埃及，尚能有此中国存在否？世之倡为纯粹艺术之说者，必不能欣赏中国人心理，必谓中国人不懂得纯艺术之可贵，则亦无足深怪也。

记唐文人干谒之风

唐代士人干谒之风特盛，姚铉《唐文粹》至专辟《自荐书》两卷。而韩昌黎三《上宰相书》，乃独为后世所知。考此风之盛，厥有数因。昔孔丛子载子思告曾子曰：

> 时移世异，人各有宜。当吾先君，周制虽毁，君臣固位，上下相持，若一体然。夫欲行其道，不执礼以求之，则不能入。今天下诸侯，方欲力争，竞招英雄以自辅翼。此乃得士则昌，失士则亡之秋，伋于此时不自高，人将下吾，不自贵，人将贱吾。舜禹揖让，汤武用师，非故相诡，乃各时也。

孔丛子虽伪书托辞，然战国游士自高自贵之风，则抉发根源，言之甚析。隋唐以降，科举进士之制新兴，穷阎白屋之徒，皆得奋而上达。其先既许之以怀牒自列，试前又有公卷之预拔，采声誉，观素学，若不自炫耀，将坐致湮沉。皇甫湜《答李生第二书》（见《全唐文》卷六八五）谓：

> 近风教偷薄，进士尤甚，乃至一谦三十年之说，争为虚张，以相高自谩。诗未有刘长卿一句，已呼阮籍为老兵矣。笔语未有骆宾王一字，已骂宋玉为罪人矣。书字未识偏傍，高谈稷契。读书未知句度，下视服郑。此时之大病。

此正子思之所以语曾子者。且唐代进士及第，仍未释褐，先多游于藩侯之幕。诸侯既得自辟署，故多士奔走，其局势亦与战国相近。不如西汉掾属之视乡评为进退。此有以长其干谒之风者一矣。且门第承荫袭贵之风既渐替，其先我而达者，方其未显，潦倒犹吾，凡所以激其竞进之气而生其攀援之想，此有以长其干谒之风者二矣。其言之尤坦率而倾渴者，则有如王冷然之《论荐书》（见《全唐文》卷三九四）。书曰：

> 将仕郎守太子校书郎王冷然，谨再拜上书相国燕公（张说）阁下。昔者公之有文章时，岂不欲文章者见之乎？未富贵时，岂不欲富贵者用之乎？今公贵称当朝，文称命代，见天

下未富贵有文章之士，不知公何以用之？公一登科甲，三至宰相，是因文章之得用，于今亦三十年。后进之士，公勿谓其无人。长安令裴耀卿，于开元五年掌天下举，擢仆高第。今尚书右丞王邱于开元九年掌天下选，授仆清资。二君若无明鉴，宁处要津。仆亦有文章思公见，亦未富贵思公用。主上开张翰林，引公富贵功成，纳才子，公以傲物而富贵骄人。为相以来，竟不能进一善，拔一贤。文章命遂，惟身未退耳。仆见相公事方急，不可默诸桃李。公闻人之言或中，犹可收以桑榆。仆去冬有诗赠公爱子协律，有句云："官微列倚玉，文浅怯投珠。"公且看此十字，则知仆曾吟五言，亦更有旧文愿呈。如公用人盖已多矣，仆之思用其来久矣。拾遗补阙宁有种，仆虽不佞,亦相公一枝桃李也。愿相公进贤为务，下论仆身求用之路，则仆当持旧文章而再拜来也。

此已胁挟诣媚兼用，无所不至其极矣。而其《与御史高昌宇书》（见《全唐文》卷三九四），言之尤浅迫而无蕴。书曰：

仆虽幼末，未闲声律，辄参举选。公既明试，量拟点额，今年春三月及第。往者虽蒙公不送，今日亦自致青云。天下进士有数，自河以北，

> 惟仆而已。光华藉甚，不是不知。仆困穷如君之往昔，君之未遇，似仆之今朝。因斯而言，相去何远。君是御史，仆是词人，虽贵贱之间，与君隔阔，而文章之道，亦谓同声。试遣仆为御史，君在贫途，见天下文章精神气调得如王子者哉。望御史今年为仆索一妇，明年为留心一官。幸有余力，何惜些些。此仆之宿憾，心中不言，君之此恩，顶上相戴。倘也贵人多忘，国士难期，仆一朝出其不意，与君并肩台阁，侧眼相视，公始悔而谢仆，仆安能有色于君乎。

观王氏此等文字，其意气状态，何异乎战国纵横之策士。惟战国诸侯分疆，而今则大唐一统。战国重兵谋国策，今则惟文翰诗赋，仅此为异耳。至其歆富贵而尚术数，高自炫鬻，不羞陈乞，而必期于一得，则正二世之所同似也。（又卷三〇六有张楚《与达奚侍郎书》，卷三三一有王昌龄《上李侍郎书》，又卷三三二有房琯《上张燕公书》，皆可互看，不具举。）

其尤诙奇自喜，直模仿战国策士为文者，则有如袁参之《上中书令姚令公元崇书》（见《全唐文》卷三九六）。书曰：

> 参将自托于君以重君。请以车轨所至，马首所及，掩君之短，称君之长。若使君遭不测

之祸，参请伏死一剑以白君冤。若使君因缘谤书，卒至免逐，则参以三寸之舌，抗义犯颜，解于阙廷。朝廷之士议欲侵君，则参请以直辞先挫其口，眦血次污其衣。使君千秋万岁后，门闱卒有饥寒之虞，参请解裘推哺，终身奉之。参于君非有食客之旧，门生之恩，然行年已半春秋，金尽裘散，唇腐齿落，不得成名，独念非君无足依，故敢以五利求市于君。参亦非天下庸人也，厚利可爱。昔蒯人卖冰于市，客有苦热者，蒯人欲邀客数倍之利，客怒而去，俄而冰散。今亦君卖冰之秋，而士买冰之际，有利则合，岂宜失时。愿少图之，无为蒯人之事也。

与此书相类者，尚有任华《与庚中丞书》（见《全唐文》卷三七六），书曰：

昔侯嬴邀信陵君车骑过屠门。王生命廷尉结袜。仆所以邀明公枉车骑过陋巷者，窃见天下有识士，品藻当世人物，或以君恃才傲物。仆故以国士报君，欲浇君恃才傲物之过而补君之阙。乃踌躇数日不我顾，意者耻从卖醪博徒游乎。昔平原君斩美人头，造躄者门，宾客由是复来。今君犹惜马蹄不我顾，仆恐君之门客，于是乎解体。（又任华尚有《上京兆杜中丞书》《告辞京尹贾大夫书》。又《上严大夫笺》。及卷四五二邵说《上中书张舍人书》。皆可互看，不具举。)

此则其胸襟吐属，全肖战国策士，无怪乎安史一起，割据河朔，番将擅制，而中国谋士文人，驰骋服事其间，而恬不以为耻矣。李白《与韩荆州书》(见《全唐文》卷三四八)亦谓：

> 白陇西布衣，流落是叹。十五好剑术，偏干诸侯。三十成文章，历代卿相。(又《上安州裴长史书》可参看)

此等意态，亦与战国策士无异。此可见当时之士风世尚，而白之晚节不终，宜无足怪。至韩昌黎《上宰相书》，既一既二而不得意，乃至于三上，其书曰：

> 愈之待命四十余日矣，书再上而志不得通，足三及门而阍人辞焉。古之士，三月不仕则相吊，故出疆必载贽，于周不可则去之鲁，于鲁不可则去之齐，于齐不可则去之宋、之郑、之秦楚。今天下一君，四海之国，舍乎此则夷狄矣。故士不得于朝，则山林而已。山林者，不忧天下者之所能安也，如有忧天下之心，则不能矣。

昌黎以安天下自负，又不肯事夷狄，此其所以异于人，而独见为当时之孟子也。然昌黎之笔端心头，则亦依然一战国耳。此必下及赵宋，学者既严春秋夷夏之防，又盛尊师道，以圣贤自居，然后豪杰之士乃始有以自安于田野。故昌黎虽魁伟，犹不为宋贤所许。而李翱《幽怀》一赋，独见折服（见《欧阳文忠集·读李翱》文）。此亦可觇世态之变矣。

唐人干谒，其主既曰求禄仕，其次则曰求衣食。昌黎《与李翱书》谓：

> 仆在京城八九年，无所取资，日求于人，以度时月，当时行之不觉也。今而思之，如痛定之人，思当痛之时，不知何能自处。

其言沉痛乃尔。以昌黎之贤而不能免，盖唐代门荫之制，将堕未堕，寒士负家累，门庭食口，往往有多至数十人以上者。苟非仕宦，冻馁不免，此亦助进唐人干谒之一端也。李观《与吏部奚员外书》（见《全唐文》卷五三二）谓：

> 甚病者莫若羁旅，曷有帝城之下，薪如桂，米如琼，仆人不长三四尺，而僦瘦驴以求食，有时不食，人畜向日曛黑未还，则令忧骇。一日不为则使失飧。又闻举子其艰苦憔悴者，虽

有铻铻其才，不如啗肥跃骏足党与者，虽无所长，得之必骐。观以是益忧之。昨者有放歌行一篇，拟动李令公邀数金之恩。不知宰相贵盛，出处有节，扫门之事不可复迹，俯仰吟悒，未知其由。今去举已促，甚自激发，其有未知己者，大可畏也。俾未知之有闻，非十丈其谁哉。鹏飞九万，一日未易料耳。

韩愈《上考功崔虞部书》亦谓：

今所病者，在于穷约，无僦屋赁仆之资，无缊袍粝食之给。

而其《殿中少监马君墓志》，则谓：

予弱冠应进士贡在京师，穷不自存，以故人稚弟拜北平王于马前。王问而怜之，因得见于安邑里第。王轸其寒饥，赐食与衣。

寒士穷窘，长安居大不易，可以想见。而况于又有家族之累。郑太穆《上于司空顿书》（见《全唐文》卷六八三），谓：

太穆幼孤，二百余口，饥冻两京，少郡俸

薄（太穆官至金州刺史），尚为衣食之忧。沟壑之期，斯遂至矣。伏维贤公赐钱一千贯，绢一千匹，器物一千事，米一千石，奴婢各十人。分千树一叶之影，即是浓阴，减四海数滴之泉，便为膏泽。

时太穆已为刺史，尚作衣食之乞，自称家累，二百余口，此在当时亦未为少见，则毋怪寒士羁旅之不得不汲汲焉干谒请乞于贵达之门矣。

且唐代门第之制虽云渐替，而盛族衣冠之荫，尚有存者。彼等皆以豪奢相尚。唐之官俸亦颇优饶，故贫富之相形尤显。郑太穆之请贷于于顿者，钱绢粮物皆以千计，又益之奴婢十人，所乞不可谓不奢，然仍谓是千树之一叶。于览太穆书曰：

郑君所须，各依来数一半，以戎旅之际，不全副其本望也。（此见《唐语林》卷四）

韩愈《与于襄阳书》亦谓：

愈今者惟朝夕刍米仆赁之资是急，不过费阁下一朝之享而足。

李观《与房武支使书》（见《全唐文》卷五三三），亦曰：

> 足下诚肯彻重味于膳夫,抽月俸于公府,实数子之囊,备二京之粮,则公之德声日播千里,鲁卫之客争趋其门。

此等贵门豪奢,贫富悬绝,又是足以激进当时干谒之风之又一端也。符载《上襄阳楚大夫书》(见《全唐文》卷六八八),谓:

> 天下有特达之道,可施于人者二焉。大者以位举德,其有自泥涂布褐,一奋而登于青冥金紫者。次者以财拯困,其有自粝饭蓬户,一变而致于肤梁广厦者。载羽毛颓弱,未敢辱公扶摇九万之势。家室空耗,敢欲以次者为节下之累。诚能回公方寸之地,为小子生涯庇庥之所,移公盈月之俸,为小子度世衣食之业。

则坦白丐乞,若不知其有所不当矣。且载之陈乞,实不为空耗,乃慕豪纵。《北梦琐言》称其:

> 以王霸自许,耻于常调,居浔阳二林间,南昌军奏请为副倅,授奉礼郎,不赴。命小童持一幅上于襄阳,乞百万钱买山,四方交辟,羔雁盈于山门。草堂中以女伎二十人娱侍,声名藉甚,于时守常藉道者号曰凶人。

则见当时固不以此为卑鄙可羞。施者以为豪，乞者以为荣。直相与夸道称说之而已。干谒请乞既成风尚，乃有公然称人为丐，而施者受者皆夷然不以为怪者。杜牧《送卢秀才赴举序》（见《全唐文》卷七五三），谓：

> 卢生客居于饶，年十七八，既主一家骨肉之饥寒。常与一仆，东从沧海，北至单于府，丐得百钱尺帛，囊而聚之，使其仆负以归。年未三十，尝三举进士，以业丐资家。今之去，余知其成名而不为丐矣。

然唐人之丐，固不因得举成名而即止。杜牧《上宰相求湖州第三启》（见《全唐文》卷七五三），谓：

> 某伏念骨肉悉皆早衰多病，当不敢以寿考自期。今更得钱二百万，资弟妹衣食之地，假使身死，死亦无恨。湖州三考，可遂此心。

又《上宰相求杭州启》（见《全唐文》卷七五三），谓：

> 某一院家累亦四十口，作刺史则一家骨肉四处皆泰，为京官则一家骨肉四处皆困。今天下以江淮为国命，杭州户十万，税钱五十万，

刺史有厚禄。

又其《为堂兄慥求澧州启》（见《全唐文》卷七五三），谓：

> 家兄近在郢州汨口草市，绝俸已是累年，孤外甥及侄女堪嫁者三人，仰食恃衣者不啻百口，脱粟蒿藋，才及一餐。

此则明明以乞丐谋官职也。此等风气既盛极一时，乃有起而谋禁者。太和三年四月中书门下《请禁自荐求迁表》（见《全唐文》卷九六五），谓：

> 近日人多干竞，迹罕贞修，或日诣宰司自陈功状，或屡渎宸衷，曲祈恩波。

是可证唐人干谒之风，实至晚而弥烈矣。

唐人此等风气，盖至宋犹存。直至仁英以下，儒风大煽，而此习遂变。杨公笔录记：

> 范文正在睢阳掌学，有孙秀才者索游上谒，文正赠金一千。明年，孙生复过睢阳，谒文正，又赠一千。因问何为汲汲于道路，生戚然动色，曰："母老无以为养，若日得百钱，甘旨足矣。"

> 文正曰:"吾观子辞气非乞客也。二年仆仆,所得几何,而废学多矣。吾今补子学职,月可得三千以供养,子能安于学乎。"生大喜。

此所谓孙生,即泰山孙明复也。其后学风既盛,谈道日高,学者退处,以束脩自给,以清淡自甘,以骛于仕进为耻,更何论于干谒之与请乞矣。司马光《答刘蒙书》,谓:

> 足下以亲之无以养,兄之无以葬,弟妹嫂侄之无以恤,策马裁书,千里渡河,指某以为归。且曰:"以鬻一下婢之资五十万畀之,足以周事。"光虽窃托迹于侍从之臣,月俸不及数万,爨桂炊玉,晦朔不相续,居京师已十年,囊橐旧物皆竭,安所取五十万以佐从者之蔬粝乎?光家居食不敢常有肉,衣不敢纯衣帛,何敢以五十万市一婢乎?足下服儒衣,谈孔颜之道,啜菽饮水足以尽欢于亲,箪食瓢饮,足以致乐于身,而遑遑焉以贫乏有求于人,光能无疑乎?

盖下迄宋世,门第之旧荫既绝,朝廷之俸给亦觳,唐代士大夫豪华奢纵之习已不复存,而学者亦以清苦高节相尚,刘蒙乃犹效唐人之口吻以陈乞于当朝之大贤,是真所谓不识时务之尤矣。至于宋代科举考试规则之谨严，与夫及第即释褐得禄仕，又政权集于中央，地方幕僚自辟署者亦少，此亦唐人干谒不得再行于宋世之诸缘也。

记唐代文人之润笔

《昌黎集·进王用碑文状》：

> 其王用男所与臣马一匹，并鞍衔、白玉腰带一条，臣未敢受领，谨奏。

又有《谢许受王用男人事物状》。又《奏韩弘人事物表》：

> 臣奉恩敕撰平淮西碑文，圣恩以碑本赐韩弘等，今韩弘寄绢五百匹与臣充人事、未敢受领，谨录奏闻。

又有《谢许受韩弘物状》。又刘禹锡《祭韩退之》文：

> 公鼎侯碑，志隧表阡，一字之价，辇金如山。

李商隐《书齐鲁二生》，谓：

> 刘乂持韩愈金数斤去，曰：此谀墓中人所得耳，不若与刘君为寿。

白居易《修香山寺记》（《全唐文》卷六七六）：

> 元氏之老，状其臧获舆马绫帛洎银鞍玉带之物，价当六七十万，为谢文之贽，来致于予。

又杜牧《谢许受江西送撰韦丹碑彩绢等状》：

> 圣旨令臣领江西观察使纥干众所寄撰韦丹遗爱碑文人事彩绢三百匹。

又《唐语林》：

> 裴均之子求铭于韦相，许缣万匹。贯之曰，宁饿不苟。

《新唐书·皇甫湜传》：

> 湜为裴度撰福先寺碑。度赠彩甚厚，湜大怒，曰：碑三千字，字三缣，何遇我薄耶？度笑，

即馈以绢九千匹。

观上诸称引,可见唐代文人笔润之优厚,然亦似是中晚唐以后始然。至宋范祖禹元祐八年十二月《辞润笔劄子》:

> 臣前奉敕撰故魏王神道碑,已具进。今月十四日,怀州防察使孝治与臣书,送臣润笔银二百两,绢三百匹。臣翰墨微勤,乃其职业,岂可因公,辄受馈遗。

此则俨然仍是唐代遗风。然此等史料,在宋殊不多见,殆是唐、宋两代社会经济门第等别均已不同,故笔润厚遗之事,亦不再觏耳。

无师自通中国文言自修读本之编辑计划书

一民族一国家之文化传统，必然会大量地保存于其国家民族所使用之文字。而且其文化传统之精微处、重要处，所保存于文字中者，必远过其能保存于其国家民族之其他事物中。故在每一民族与国家之后代人，欲求了解其前代人之文化业绩，亦必然将凭借其国家民族所使用之文字为其主要之桥梁。另一国家民族，欲求了解其他国家民族之文化，亦必当了解其国家民族所使用之文字。

中国文化传统，绵延四千年以上，而且能不断发扬光大，其中一原因，亦为其文字具有特殊之性格与功能，故使其文化传统，易保存、易传递。其一是中国文字能摆脱语言束缚，而获得其独立自由之发展。其次是中国文字创造，有其精妙之意义，与其活泼之使用方法，故使中国人只凭少数单字，而对历史上不断后起之种种新事物新观念，都可运用自如，尽量表达，而使旧有文字，永不感有不敷应用之困难。

若论中国文字形体，其间变化较多。如从甲骨文、钟鼎文、大篆、小篆、隶书而至楷书，大率自商代至秦汉，其间已经历近于两千年之久，文字形体常在变动中。即秦汉时代，亦尚只以隶书为主，楷书之起，犹在后。后代人惯用楷书，骤见前代所用甲骨钟鼎大小篆隶书，有不识其形体，不知其为何字者。

但论中国文字之结构，及其句法之组织方面，则远较字形变化为简单。大抵在韵文方面，如古诗三百首，其中句法，已与后代句法无不相同。如云："一日不见，如三秋兮"，此一句八字中，只兮字已为后世所少用。但略去此一字，只读上面七字，其句中意义，亦已显豁呈露，不难了解。上引诗句之七字中，只一秋字，涵义须稍作讲解。此秋字，不作春夏秋冬之秋字解，乃借作一年两年之年字解。因每年必有一秋，故三秋可借作三年解。此一字义上之变化，只须一点便明。一初识字之小学生，读此诗句，略经讲解，便可明了。但此诗句，已远在三千年前。三千年后一初识字小学生，便能读三千年前古人之诗句，而当下明其意义，此惟中国文字，有此功能。此只偶举一例，三百首诗中其他类于此等句法者尚多。

若论散文方面，孔子作《春秋》，其句法亦与后代相似，无大分别。但《春秋》著成年代，距今已两千五百年。如云："陨石于宋五，六鹢退飞过宋都。"

此两句中，只一鹢字，为小学生所不识。但只看其左边一益字，便可知此字亦读益。看其右边一鸟字，便可知此字亦指鸟，只不知其为何鸟而已。又如陨字作落字解，一经讲授，则此两句意，亦便易明了。

其实中国古代造句，亦与近代人讲话，无大相异。只是较为简净化。中国近代人讲话，只较中国古代人作文造句，多加进了几个字。其文法与语法间，则并无大变化。

中国疆域广大，各地方音，不能一致。但使各地人同读一部古书，无论如三千年以上之《诗经》，两千五百年以上之《春秋》，人人易懂，只是读音稍有不同。中国文化传统之可久可大，其有赖于中国文字之功能者，观于上举，可以想见。

但近代中国人读中国古代书，究有困难。其困难不在句法组织上，乃在字义运用上。如上句秋字作年字用，陨字乃落字义。而近代中国人说话，则只说三年，不说三秋。又只说落，不说陨，此是一例。

中国文字，多有同字异义者。同一字可解作许多义，又有在同义有细微分别者。如《论语》开端即云："学而时习之，不亦说乎，有朋自远方来，不亦乐乎？"悦字乐字，即是在同意义中有分别。而在现代人说话中，则无此分别。只说乐，不说悦。白话说乐又必说快乐，不单说一乐字。但在文言中，此快乐二字意义亦有不同。单据现代人讲话来运用文字，则必有不够运用不够细密之病。又若单凭口语，来求了解中国文化，则必有不够了解之处。

近代中国人提倡白话文，欲使文字语言化。此在普及教育及通俗应用上，不能谓无贡献。但另一面，也该使语言文字化，始可使语言渐臻精密圆满，庶可无损于此文化传统将来之继续发展与进步。

近代中国，因于推行白话文教育，影响所及，使多数人只能读五十年以内书，最多亦仅能读百年前后书。而有些书则已不能读。百年以上一切古书，则只有进入大学文学院某几系的学生始能读。如是则几于把中国文化传统腰斩了，使绝大多数人，不能了解自己民族的文化传统，于中国文化此下进展，必将受大损害。

外国人关心中国文化，想求了解，也多从学习中国话，认识中国字，读中国的白话文开始。如是亦将使他们仅能认识近五十年，乃至一百年来之中国，而于中国文化传统，终亦无从认识。

一般人总说中国文言难学，其实不然。我认识几位外国朋友，他们并不曾费甚大精力，而也能读中国的古书。并有能写中国诗，能作中国文言文的。只据此例，便知中国文言并非难学，只要把学中国文言文的方法稍求变通便得。据我想象，只在四五年内，不论中国人外国人，从识字直到读古书，奠定一基础，其事并不难。

我因此有一意愿，要来写一部无师自通的《中国文言自修读本》，第一目标是为中国人而作。只要是一高中学生，他已认识了不少中国字，读我此书，自更容易。第二目标，是为外国人而作。只要曾学中国话，曾读中国白话文者，读我此书，自也容易。纵使未学中国话，不识中国字，也可以直接读我此书。从识字到读古书，费四五年工夫，便能建立其基础，完成其目标。

此下我将扼要叙述我编写此书之几项重要工作。

一、选择单字。

此书将选用中国古书中所常用之单字，约以四千字为度，最多将不超过五千字。

二、详列字形。

本书于通用楷体外，依照东汉许慎《说文解字》，兼列篆体。识字形，可以便利明字义。在小篆与楷书中间之隶体，识了小篆楷书，自易识得。小篆以上，尚有大篆、钟鼎、甲骨等字体，但字数不多，于读古书无大补助，此书内不列。若要在此方面做专门研究，识了小篆，也已为他指示了入门。

三、兼注字音。

本书选用字，均旁注国语注音符号。为外国人用，并添注国际音标。

四、分辨六书。

东汉许慎作《说文解字》，分别指出中国造字六项原则。一曰象形,二曰指事,三曰形声,四曰会意,五曰假借,六曰转注,称曰六书。本书于每一单字,依许书逐一注明其属于六书中之何一项,俾读者容易了解及记忆其字形,并进而了解及追究其字义变化之所以然。

五、选择句子。

解释字义,固是一种小学工夫,但不能专依许氏书。每一字义,应从其在句子之实际使用中获得解释。本书不从每一个单字来讲字义,乃在从文句中来识字,来解义。如本书将采用"中国一人,天下一家"此两句作开始。此两句中一个一字重复外,共有七个生字。读此两句,便可识得七字。并识得此七字之义解。

但中国每一单字可有许多义,本书将从一字多义中来选择成句,使读者认识一个字,即可进而知道此一字之许多意义及其用法。惟较生僻者除外。

如《庄子》"惟虫能天",此天字之意义与用法与普通不同。又如《诗经》"有物有则",物字当可有近二十解。《孟子》"万物皆备于我",《大学》"致知在格物",此诸物字,皆与普通字义用法不同,而自成一特殊意义,但为人所常易误解。如此之类,须多列成句,使每一字之意义用法,均在所引成句中显出。

六、指明文法。

字义不同,有些当从六书讲,有些当从句法组织中此字所占文法上之词类讲。本书于每句每一字皆将从旁注明其字之为名词、代名词、动词、形容词等，使读者易于从文法而明此一句之组织，而字义亦因而定。

七、添加翻译。

本书选列成句，必添加翻译。为中国人读者，只加白话翻译。为外国人读者，更添加英文翻译。期使读者于每一句法每一字义，均易获得明确之了解。

八、选句条例。

本书选成句亦如选单字，务求选择其为近人所熟知或常用者。其属生僻之句，避不选列。

本书选句，必从前人普通常读之书中选出，其生僻之书，比较少人诵读者，亦避不选列。

本书选句，于愈古之书中愈多选，于愈后出之书中愈少选。先秦以前，群经诸子及其他史籍，将最多选列。秦汉时代书次之，魏晋南北朝时代更次之，唐宋时代更次之，此下书将不选列。读本书者，将可凭此以读中国一切古书，而自宋以下书，除少数特殊外，自可迎刃而解。

本书选句，将韵文散文并列。中国韵文句法，实较散文句法更简净、更平易。如"海上生明月""松下问童子"之类，较之读散文，更为易知易晓。从前中国人每误将散文韵文过于分别，本书将力矫其弊。

本书选择每一成句所从出之古书，亦将力求平均，尽量将中国人常读书，普遍选列。引句下必注明其出于何书，每书加一简注，使读者能知道中国从来许多人所常读之书名，循此可以博览群书，导其深入。

本书选句，将尽量选其深富意义者，如上举"中国一人，天下一家"，字句极明显，而涵义则极深极富。年轻人纵不深晓其意，亦易记忆。中年以上人读之，将可接触到许多中国文化中之传统精义，不感枯燥与单调。

九、分年分量。

本书共分六册。前四册分作四年之读本，此四册中以选单字与成句为主。单字以选四千字为度，成句约略估计，以选四万句为度。期能将四千字之异义异用尽量纳入。

在此四万成句中，每一单字，可以重复叠见。读完此四册书，对于书中四千单字，可以不烦特费记忆力而自能记忆，不再有陌生之感。

一〇、本书编排。

在此四年进程中，单字认识，当求其逐年增加。第一年只求其能认识六百字，最多至八百字。第二年当求其能认识八百字至一千字。第三第四两年，每年认识单字，约一千二百字。

惟在前两年中所选单字，务求其为更常使用之字，因此其异义异用必更多，则所选成句，或将超过后两年。如此则前后四册读本之内容，亦将大体相当。

万一每册篇幅较多,则将分上下两册,半年读一册,四年总八册。

一一、选句淘汰。

为求本书内容之更臻理想,选句工作,初步将尽量多选,再加淘汰,期能于四五句七八句中,选出其更恰切适用之句,而加编排。

一二、诗文附选。

读完本书四年进程,当再选古书中最为人传诵之短篇散文小品,及诗词中之名作,长短不论。每篇散文,则最多自二三百字至五六百字,诗文各选一百篇至一百五十篇,分成两册。

此两册诗文选,可使读者自己考验其读书能力,遇不易解处,再翻查前四年之读本,其尚有不易解者,可自查字典辞典或其他参考书。本书或偶作注释,但将尽量以不加注释为原则。并不加以语体与英文之翻译。

此两册书,备学者自由诵读,以能读至精熟为度,从此再进窥古书,将不再有扞格难通之苦。

钱穆作品系列
（二十四种）

《孔子传》

本书综合司马迁以下各家考订所得，重为孔子作传。其最大宗旨，乃在孔子之为人，即其自述所谓"学不厌、教不倦"者，而以寻求孔子毕生为学之日进无疆、与其教育事业之博大深微为主要中心，而政治事业次之。故本书所采材料亦以《论语》为主。

《论语新解》

钱穆先生为文史大家，尤对孔子与儒家思想精研甚深甚切。本书乃汇集前人对《论语》的注疏、集解，力求融会贯通、"一以贯之"，再加上自己的理解予以重新阐释，实为阅读和研究《论语》之入门书和必读书。

《庄老通辨》

《老子》书之作者及成书年代，为历来中国思想学术界一大"悬案"。本书作者本着孟子所谓"求知其人，而追论其世"之意旨，梳理了道家思想乃至先秦思想史中各家各派之相互影响、传承与辩驳关系，言之成理、证据凿凿地推论出《老子》书应尚在《庄子》后。

《庄子纂笺》

本书为作者对古今上百家《庄子》注释的编辑汇要，"斟酌选择调和决夺，得一妥适之正解"，因此，非传统意义上的"集注"或"集释"，而是通过对历代注释的取舍体现了作者对《庄子》在"义理、考据、辞章"方面的理解。

《朱子学提纲》

钱穆先生于1969年撰成百万言巨著《朱子新学案》，"因念牵涉太广，篇幅过巨，于70年初夏特撰《提纲》一篇，撮述书中要旨，并推广及于全部中国学术史。上自孔子，下迄清末，二千五百年中之儒学流变，旁及百家众说之杂出，以见朱子学术承先启后之意义价值所在。"本书条理清晰、深入浅出，实为研究和阅读朱子学之入门。

《宋代理学三书随劄》

本书为作者对宋代理学三书——元代刘因所编《朱子四书集义精要》、周濂溪《通书》及朱熹、吕东莱编《近思录》——所做的读书劄记，以发挥理学家之共同要义为主，简明扼要地辨析了宋代理学对传统孔孟儒家思想的阐释、继承和发展。

《中国思想通俗讲话》

本书意在指出目前中国社会人人习用普遍流行的几许概念与名词——如道理、性命、德行、气运等的内在涵义、流变沿革。及其相互会通之点,并由此上溯全部中国思想史,描述出中国传统思想一大轮廓。

《现代中国学术论衡》

本书对近现代中国学术的新门类如宗教、哲学、科学、心理学、史学、考古学、教育学、政治学、社会学、文学、艺术、音乐等作了简要的概评,既从中西比照的角度,指出了"中国重和合会通,西方重分别独立"这一中西学术乃至思想文化之根本区别;又将各现代学术还诸旧传统,指出其本属相通及互有得失处,使见出"中西新旧有其异,亦有其同,仍可会通求之"。

《中国学术思想史论丛》

共三编八册,汇集了作者六十年来讨论中国历代学术思想而未收入各专著的单篇散论,为作者1976—79年时自编。上编(1—2册)自上古至先秦,中编(3—4册)自两汉至隋唐五代,下编(5—8册)自两宋迄晚清民国。全书探源溯流,阐幽发微,颇多学术创辟,系统而真切地勾勒了中国几千年学术思想之脉络全景。

《黄帝》

华夏文明的创始人:黄帝、尧舜禹汤、文武周公,他们的事迹虽茫昧不明,有关他们的传说却并非神话,其中充满着古人的基本精神。本书即是讲述他们的故事,虽非信史,然中国上古史真相,庶可于此诸故事中一窥究竟。

《秦汉史》

本书为作者于1931年所撰写之讲义,上自秦人一统之局,下至王莽之新政,为一尚未编完之断代史。作者秉其一贯高屋建瓴、融会贯通的史学要旨,深入浅出地梳理了秦汉两代的政治、经济、学术和文化,指呈了中国历史上这一辉煌时期的精要所在。

《国史新论》

本书作者"旨求通俗,义取综合",从中国的社会文化演变、传统的政治教育制度等多个侧面,融古今、贯诸端,对中国几千年历史之特质、症结、演变及对当今社会现实的巨大影响,作了高屋建瓴、深入浅出的精彩剖析。

《古史地理论丛》

本书汇集考论古代历史地理的二十余篇文章。作者以通儒精神将地名学、史学、政治、经济、人文及民族学融为一体,辨析异地同名的历史现象,探究古代部族迁徙之迹,进而说明中国历史上各地经济、政治、人文演进的古今变迁。

《中国历代政治得失》

本书分别就中国汉、唐、宋、明、清五代的政府组织、百官职权、考试监察、财政赋税、兵役义务等种种政治制度作了提要钩玄的概观与比照,叙述因革演变,指陈利害得失,实不失为一部简明的"中国政治制度史"。

《中国历史研究法》

本书从通史和文化史的总题及政治史、社会史、经济史、学术史、历史人物、历史地理等六个分题言简意赅地论述了中国历史研究的大意与方法。实为作者此后三十年史学见解之本源所在,亦可视为作者对中国史学大纲要义的简要叙述。

《中国史学名著》

本书为一本简明的史学史著作,扼要介绍了从《尚书》到《文史通义》的数部中国史学名著。作者从学科史的角度,提纲挈领地勾勒了中国史学的发生、发展、特征和存在的问题,并从中西史学的比照中见出中国史学乃至中国思想和学术的精神与大义。

《中国史学发微》

本书汇集作者有关中国历史、史学和中国文化精神等方面的演讲与杂论,既对中国史学之本体、中国历史之精神,乃至中国文化要义、中国教育思想史等均作了高屋建瓴、体大思精的概论;又融会贯通地对中国史学中的"文与质"、中国历史人物、历史与人生等具体而微的方面作了细致而体贴的发疏。

《湖上闲思录》

充满闲思与玄想的哲学小品,分别就人类精神和文化领域诸多或具体或抽象的相对命题,如情与欲、理与气、善与恶等作了灵动、细腻而深刻的分析与阐发,从二元对立的视角思索了人类存在的基本问题。

《文化与教育》

本书乃汇集作者关于中国文化与教育诸问题的专论和演讲词而成,作者以其对中国文化精深弘大之体悟,揭示中西传统与路线之差异,指明中国文化现代转向之途径,并以教育实施之弊端及其改革为特别关心所在,寻求民族健康发育之正途。

《人生十论》

本书汇集了作者讨论人生问题的三次讲演,一为"人生十论",一为"人生三步骤",一为"中国人生哲学"。作者从中国传统文化入手,征诸当今潮流风气,探讨"心"、"我"、"自由"、"命"、"道"等终极问题,而不离人生日常态度,启发读者追溯本民族文化传统的根源,思考中国人在现代社会安身立命的根本。

《中国文学论丛》

作者为文史大家,其谈文学,多从文化思想入手,注重高屋建瓴、融会贯通。本书上起诗三百,下及近代新文学,有考订,有批评。会通读之,则见出中国一部文学演进史;而中国文学之特性,及各时代各体各家之高下得失之描述，亦见出作者之会心及评判标准。

《新亚遗铎》

1949年钱穆南下香港创立新亚书院。本书汇集其主政新亚书院之十五年中对学生之讲演及文稿，鼓励青年立志，提倡为学、做人并重，讲述传统文化之精要，阐述大学教育之宗旨，体现其矢志不渝且终身实践的教育思想。

《晚学盲言》

本书是作者晚年"目盲不能视人"的情况下，由口诵耳听一字一句修改订定。终迄时已九十二岁高龄。全书分上、中、下三部，一为宇宙天地自然之部，次为政治社会人文之部，三为德性行为修养之部。虽篇各一义，而相贯相承，主旨为讨论中西方文化传统之异同。

《八十忆双亲　师友杂忆》

作者八十高龄后对双亲及师友等的回忆文字，情致款款，令人慨叹。读者不仅由此得见钱穆一生的求学、著述与为人，亦能略窥现代学术概貌之一斑。有心的读者更能从此书感受到二十世纪"国家社会家庭风气人物思想学术一切之变"。